Alexa Hirth
Slow Dating Alpenglühen
Roman

Bibliografische Information der Deutschen Bibliothek:
Die Deutsche Bibliothek verzeichnet diese Publikation
in der Deutschen Nationalbibliografie; detaillierte Daten
sind im Internet unter http://dnb.ddb.de abrufbar

Impressum

Alexa Hirth
Slow Dating Alpenglühen
Roman
1. Auflage 2025
© Alexa Hirth, 2025, Kontakt: alexa.hirth@t-online.de

Verlag:
BoD · Books on Demand GmbH, In de Tarpen 42,
22848 Norderstedt, bod@bod.de
Druck:
Libri Plureos GmbH, Friedensallee 273, 22763 Hamburg

Covergestaltung: Rebecca Siegmund unter Verwendung
eines Motivs von Unsplash, Catur Argi
Kontakt: mail@siegmund.com.de, www.siegmund.com.de

ISBN: 978-3-7693-4052-5

Auch als E-Book erhältlich!

Über dieses Buch

Slow Dating Alpenglühen ist der dritte Roman von Alexa Hirth und der letzte Teil einer Miniserie. Zu dieser Serie gehören die Romane *Slow Dating*, im Februar 2017 erschienen, sowie *Slow Dating Ahoi!* (2020). Alle drei Romane sind in sich abgeschlossen. Sie beziehen sich zwar in einigen Details aufeinander, können aber auch unabhängig voneinander gelesen werden.

Über die Autorin

Alexa Hirth ist das Pseudonym der Schriftstellerin Beate Schaefer, die seit 1996 historische Romane, Kurzgeschichten und Theaterstücke veröffentlicht. Als Alexa Hirth schreibt sie moderne Liebesromane (unter anderem ab Mai 2025 für den Verlag dotbooks.de). Die Autorin lebt mit ihrem Mann in Lübeck.

Mehr unter www.beate-schaefer.de

1. KAPITEL

Ding Dong.

Das Bett, in dem Maike Schirmer die letzten Minuten vor dem Klingeln des Weckers genoss, knarrte ein wenig, als sie sich seufzend auf die andere Seite drehte. Ihr Sohn, Timo, war für zwei Wochen bei seinem Vater, wie ausgemacht, und sie musste nicht um sechs Uhr raus zum Frühstück zubereiten, Schulbrot schmieren, Ranzen kontrollieren.

Ding Dong.

Hatte es gerade an der Tür geklingelt? Maike rollte sich auf den Rücken, streckte die Beine aus und wackelte mit den Zehen. Dann gähnte sie und wollte gerade wieder in Seitenlage gehen.

Ding Dong! Ding Dong!

Mit einem Ruck setzte sie sich auf. Timo! Was war los? Hatte er sich mit seinem Vater gestritten? War er krank? Brauchte er etwas für die Schule, das er hier vergessen hatte?

Ding Dong, Ding Dong, Ding Dong!

Sie sprang aus dem Bett und rannte zur Tür. Keinen Moment lang dachte sie darüber nach, dass sie nur ein labberiges, ausgeblichenes T-Shirt trug.

Schwungvoll riss sie die Tür auf. „Was ...?"

Die Worte blieben ihr im Hals stecken, als sie sah, wer draußen im Hausflur stand und gerade wieder auf den Klingelknopf drücken wollte.

Petros Meyer-Roussi.

Der Mann, in den sie seit seinem Vorstellungsgespräch bei *Slow Happy* – der Datingagentur, für die sie arbeitete –, verliebt war. Und der seit zwölf Monaten ihr Nachbar war, denn sie hatte ihm, dem Neu-Hamburger, die Wohnung vermittelt. Natürlich mit Hintergedanken.

Seit zwölf Monaten hoffte sie darauf, dass er bei ihr klingeln, sie in die Arme nehmen und sie ins Bett tragen würde.

Danach würden sie frühstücken und über eine gemeinsame Zukunft sprechen.

„Hast du eventuell ein Kondom für mich?", fragte Petros ohne Einleitung. „Oder vielleicht zwei?"

Maike glaubte, sich verhört zu haben. Verstört schaute sie auf den hochgewachsenen schlanken Mann mit den widerspenstigen dunkelblonden Locken, der barfuß auf ihrer Matte stand und nichts weiter trug als ein um die Hüften geschlungenes rotes Handtuch.

„W... wie bitte?", stammelte sie.

„Uns sind die Kondome ausgegangen", erklärte Petros freundlich. „Ich dachte, du könntest uns eventuell aushelfen."

Uns.

Als Petros sich damals als Workshopleiter bei *Slow Happy* beworben hatte, war er angeblich wegen einer Frau nach Hamburg gezogen. Maike hatte diese Frau ein oder zwei Mal gesehen. Bald jedoch war diese Beziehung auseinander gegangen. Seitdem war Petros als Jäger und Sammler unterwegs, und Maike hatte gehofft, dass er irgendwann feststellen würde, wie nah das Wild war, das er am meisten begehrte.

Seit zwölf Monaten lag daher in ihrem Badezimmerschrank eine Großpackung Kondome. In allen Farben.

„Maike?", erinnerte Petros sie an seine Anwesenheit.

Sie hob den Kopf und sah in seine braunen, goldgesprenkelten Augen. Augen, in denen Verlangen schimmerte. Aber nicht nach ihr. Dann schaute sie auf seine nackten Füße. Attraktive, gepflegte Füße. Gleich darauf wanderte ihr Blick nach oben und blieb an dem roten Handtuch hängen. War da eine Wölbung zu erkennen?

Sie wurde knallrot, rannte wortlos ins Bad, holte die ganze Packung Kondome, rannte zurück, drückte sie Petros in die Hand und warf ihm die Tür vor der Nase zu.

Gleich darauf sprang sie ins Bett und hämmerte heulend auf ihr Kissen. „Mistkerl! Frauenverbraucher! Gemeiner Schuft!"

Aber sie war keine, die sich so leicht unterkriegen ließ. Als ihre Wut und ihre Enttäuschung verebbt waren, stand sie auf, ging duschen, zog sich an und machte Kaffee. Beim Frühstück erinnerte sie sich daran, was sie neulich in der Frauenzeitschrift *My Dream*, die regelmäßig über die Slow Dating-Workshops von *Slow Happy* berichtete, gelesen hatte. Bei aussichtsloser Verliebtheit oder Liebeskummer solle man sich täglich mehrmals vor den Spiegel stellen und sagen: „Diese Beziehung ist für mich beendet." Es würde eine Weile dauern, aber irgendwann würde man feststellen, dass man nicht mehr verliebt sei.

Maike stellte ihre Kaffeetasse ab und ging ins Bad. Dort stellte sie sich vor den Spiegel und wollte den Satz laut sagen, aber es kam ihr zu blöd vor, und sie bewegte nur die Lippen. Stattdessen schaute sie sich im Spiegel an. Ovales Gesicht, helle Haut, grüne Augen, eine lustige Nase mit einem kleinen silbernen Ring als Nasenpiercing, ein fröhlicher Mund, immer bereit zu lachen. Zurzeit trug sie einen Vollpony, ihr Haar war überschulterlang und zur Abwechslung mal wieder braun mit ein paar grünen Strähnen. Ab und zu haderte sie mit ein oder zwei Pfund zu viel, aber da sie sowieso meist selbstgeschneiderte bunte Kleider oder bequeme Leinenhosen und dazu wildgemusterte Blusen nach eigenen Schnitten trug, kümmerte sie das nicht.

Noch ein Versuch.

„Diese Beziehung ist für mich, hm ..."

Grrr ... Wieso war sie plötzlich so gehemmt? Schließlich war sie allein hier im Bad. Niemand schaute oder hörte zu.

„Diese Beziehung ist für mich beendet."

Das ging schon besser. Nun noch einmal richtig laut.

„Diese Beziehung ist für mich beendet."

Maike brach in Tränen aus. Mist. Das klappte nicht. Es war ja auch gar keine Beziehung.

Trotzdem war es Zeit, etwas gegen diese Gefühle zu unternehmen. Sollte er doch poppen, wen er wollte. Sie brauchte eine Strategie, um sich zu schützen. Und außerdem würde sie ihm im Büro nicht mehr jeden Wunsch erfüllen, ehe er überhaupt danach gefragt hatte.

Noch rollten die Tränen, aber sie blickte entschlossen in den Spiegel und sagte laut und fest: „Petros, du kannst mich mal. Meine Verliebtheit ist hiermit beendet."

Da! Sie konnte sogar lächeln.

Als sie zurück in die Küche ging, fühlte sie sich schon besser. Falsche Hoffnungen zogen eine unerwiderte Liebe nur in die Länge und hinderten dich am echten Leben. Auch das hatte sie irgendwo gelesen.

Ihr Smartphone auf dem Tisch vibrierte. Sie nahm es und schaute auf das Display. Die Nachricht war von Tina, ihrer Chefin.

Kannst du Toilettenpapier mitbringen, wenn du nachher kommst? Ich bin heute im Homeoffice. Danke. Tina.

Dahinter ein lila Herzchen als Emoji.

Klar konnte Maike Klopapier mitbringen. Als Assistentin der kleinen, feinen Partneragentur *Slow Happy* in der Hamburger Rothenbaumchaussee war sie die Seele des Betriebs, und sie war stolz darauf. Tina hatte im vergangenen Juli während eines Slow Dating-Workshops auf der Bella Luna, einem Kreuzfahrtschiff, ihre große Liebe gefunden. Nun war Tina hochschwanger mit Zwillingen und führte seit Kurzem keine Workshops mehr durch. Nur deshalb durfte Maike nun zum ersten Mal mit Petros arbeiten. In den vergangenen Monaten hatte sie immer nur Tina assistiert. Sie vermutete stark, dass Tina ein Duo Petros/Maike bisher bewusst verhindert hatte.

Noch eine Nachricht auf dem Mobilteil. Wieder von Tina.

> *Für den Workshop am nächsten Wochenende hat sich noch jemand angemeldet, der passen dürfte. Er heißt Meinhard von Trems und sieht fantastisch aus. Um den werden sich alle Damen reißen. Wir sind also zum Glück doch noch voll!*

Dahinter ein Daumen-hoch-Emoji.

Uh, das nächste Wochenende. Slow Dating mit zwölf Teilnehmer:innen in Schönau am Königsee. Tiefstes Bayern. Thema: Wanderdating. Das bewährte System aus Rollenspiel, gemeinsamer Aktivität, geselligem Beisammensein und zum Abschluss der berühmte Fragebogen des Dr. Arthur Aron. Garant dafür, dass sich zwei völlig Fremde ineinander verliebten, wenn sie bereit waren, ihn gemeinsam und ehrlich zu beantworten.

Im vergangenen Jahr hatte Tina ein Angebot der großen Partnervermittlung Valentine's abgelehnt, *Slow Happy* zu kaufen, und beschlossen, die Slow Dating-Seminare möglichst im Zweierteam zu begleiten.

Bis zu diesem schrecklichen Tag heute hatte sich Maike auf das Seminar am Königssee gefreut. Weil – da war ja immer diese Hoffnung. Ich werd' verrückt, wenn's heut passiert ... Der olle wahre Song von Nena ...

Und jetzt?

„Petros, du kannst mich mal. Diese Verliebtheit ist für mich beendet", murmelte sie, und dann gleich noch einmal hinterher. „Diese Verliebtheit ist für mich beendet."

So, das wäre also geklärt.

Klare Verhältnisse waren ihr wichtig. Eindeutigkeit. Ehrlichkeit. Auch gegenüber sich selbst.

Eine Frau musste sich eingestehen können, wenn sie verloren hatte.

Oder war verloren nicht das richtige Wort?

Irgendwie fühlte es sich aber so an, als hätte sie einen Wettkampf verloren. Gegen die anderen Frauen, die Petros bevorzugte.

Die anderen Frauen. Mit einer davon lag er gerade im Bett oder auf dem Eisbärenfell oder stand mit ihr unter der Dusche und ... Nein, daran wollte sie gar nicht denken. Und außerdem hatte er gar kein Eisbärenfell. Oder? Schließlich war sie noch nie in seiner Wohnung gewesen.

Haare färben. In solchen Situationen half eine neue Haarfarbe. Murmel, murmel: „Diese Verliebtheit ist für mich beendet."

Maike schaute auf die Uhr. Es war halb acht. Keine Zeit mehr, sich um so etwas wie Colorationen zu kümmern. Wenn sie noch halbwegs pünktlich ins Büro kommen wollte, musste sie sich beeilen.

Als sie eine Viertelstunde später ihre Wohnung verließ, wurde gegenüber die Tür geöffnet.

Oh, nein! Petros!

Er trug Jeans, dazu ein rotes T-Shirt, Sneakers und wie üblich seinen kleinen schwarzen Rucksack. Er sah lässig und gut aus wie immer, und ihr Herz klopfte wild.

„Tschüs", rief er nach drinnen. „Kaffeepulver ist im linken oberen Küchenschrank." Dann zog er die Tür zu und erblickte Maike.

„Hi, fahren wir zusammen?", fragte er und wirkte so cool, als hätte er sie nicht gerade vor vierzig Minuten um Kondome gebeten.

„Nee, ich muss noch was besorgen", antwortete sie und sprintete die Treppe hinunter. „Ich komme heute erst um zehn", rief sie über die Schulter zurück, denn gerade hatte sie beschlossen, zum Friseur zu gehen. Schließlich hatte sie massig Überstunden abzufeiern. Und Petros konnte in der Agentur ruhig mal allein die Stellung halten.

Sie öffnete die Haustür und blinzelte in die Morgensonne. Murmel, murmel. „Diese Verliebtheit ist für mich beendet."

Blond, hatte sie entschieden. Gegen Liebeskummer half nur Blond. Und zwar sofort. Nicht selbst gemacht, sondern von einem Profi.

Sie nahm ihr Handy, rief die Friseurin ihres Vertrauens an und beobachtete dabei, wie Petros zu seinem Fahrrad ging. Er warf ihr einen fragenden Blick zu. Doch sie drehte ihm den Rücken zu und war froh, dass sich am Ende der Leitung jemand meldete.

„Salon Donna, was kann ich für Sie tun?", fragte eine helle Frauenstimme.

„Sinem, hier ist Maike. Hast du Zeit für mich?", fragte sie.

„Hm, jetzt gleich?"

„Ja, jetzt gleich."

„Lass mich nachschauen. In zehn Minuten kommt Herr Behncke, aber den könnte ich an Ljudmila abtreten."

Maike hörte sie blättern. „Bitte, bitte, Sinem. Es ist ein Notfall."

„Na gut. Komm vorbei. Aber möglichst umgehend."

„Du bist ein Schatz, Sinem. Ich bin in fünf Minuten da."

Sie schwang sich aufs Fahrrad und trat kräftig in die Pedale. Es war zwar schon Mitte September, aber noch herrlich warm in Hamburg. Ihr kurzes weißblaues Batikkleid wehte bis über die nackten Oberschenkel hoch, und ihr langes braunes Haar mit den grünen Strähnen flatterte im Wind. Ihre Füße steckten in Birkenstocksandalen, und ihre Fußnägel waren grün lackiert. Wenn sie darauf geachtet hätte, dann hätte sie die anerkennenden Blicke männlicher Passanten bemerkt, doch sie war total fokussiert auf ihr Ziel, den Friseursalon Donna, entschlossen, ihren Willen zur Veränderung auch äußerlich sichtbar zu machen.

Um kurz nach zehn verließ sie den Friseur. Ihr hellblonder Bob mit der einen grünen Strähne wippte, und sie warf einen Blick ins Schaufenster. Ja, die neue Frisur verschaffte ihr definitiv neues Selbstbewusstsein. Beschwingt kaufte sie nebenan in der Drogerie eine Packung Toilettenpapier, klemmte sie auf den Gepäckträger, und radelte los. Eine Viertelstunde später betrat sie die kleine Partneragentur *Slow Happy* in der Rothenbaumchaussee. Eigentlich hätte sie ein schlechtes Gewissen haben müssen, weil sie eigenmächtig freigenommen hatte, doch eine Notlage duldete keinen Aufschub. Sie ging zu ihrem Empfangstresen, schaltete den Computer ein und entsperrte das Telefon. Während sie ihre ebenfalls selbst entworfene und genähte Patchworktasche verstaute, hörte sie den Anrufbeantworter ab. Nur eine einzige Nachricht, und die war nicht wichtig. Kein Mensch telefonierte heutzutage noch übers Festnetz. Ihr Mailprogramm öffnete sich automatisch. Da sah es schon anders aus.

Ehe sie mit der Arbeit begann, ging sie in die winzige Küche, um sich einen Kaffee zu holen. Doch die Kaffeemaschine war kalt, der Rest Kaffee in der Glaskanne eingetrocknet, und gespülte Tassen gab es auch nicht.

Alles musste man selber machen!

Seufzend kehrte sie zu ihrem Arbeitspatz am Fenster zurück, nahm drei Henkelbecher, die verschiedene Füllhöhen mit abgestandenem Kaffee aufwiesen, ging wieder in die Küche und spülte die Tassen. Dann schrubbte sie die Glaskanne, goss Wasser in den Behälter der Maschine und holte die Kaffeedose aus dem Küchenschrank.

„Neue Frisur?"

Maike zuckte beim Klang von Petros' Stimme zusammen und ließ die Kaffeedose fallen. Der Deckel sprang ab, und das Pulver verteilte sich großräumig auf dem Küchenfußboden. „Oh, nein!"

„Tut mir leid. Ich wollte dich nicht erschrecken", sagte Petros. „Wo ist der Handfeger? Ich helfe dir."

„Der ist hier unter der Spüle", fauchte sie, und ihre Hände zitterten, als sie die Spülentür aufschob. Die klemmte. „Mist."

„Lass mich mal", meinte Petros, aber Maike ließ den Griff nicht los, so dass sich ihre Hände trafen.

Hektisch riss sie ihre Hand weg. Seine Nähe machte sie so nervös wie damals, als sie ihm hier bei seinem Vorstellungsgespräch das erste Mal begegnet war und ihm ein Glas Cola über die Hose gekippt hatte.

Sie atmete tief durch und wiederholte im Stillen ihr Mantra: Diese Verliebtheit ist für mich beendet.

„Nein." Warum kiekste ihre Stimme denn plötzlich? „Tu mir den Gefallen und geh raus. Ich mache das hier schon."

„Wie du willst."

Klang Petros leicht amüsiert? Immerhin verschwand er, und als sie sauber gemacht, endlich Kaffee aufgesetzt hatte und wieder zurück zu ihrem Tresen ging, stellte sie erleichtert fest, dass Petros die Tür zu seinem verglasten Büro im hinteren Teil der Agentur geschlossen hatte. Offenbar telefonierte er.

Ihr Mobiltelefon klingelte. Es war Tina.

„Hallo, Tina", meldete sich Maike etwas atemlos.

„Was ist los?", wollte ihre Chefin wissen. „Ich habe dir hunderttausend Nachrichten geschickt und dich zwei Mal angerufen."

„Es ... es gab ein Malheur in der Küche", sagte Maike.

„Ein Wasserschaden?"

„Eher ein Dachschaden", antwortete Maike, ohne nachzudenken.

„Wie bitte?", fragte Tina verständnislos.

„Ich meinte, ich habe einen Dachschaden", erklärte Maike, riss sich zusammen und fügte hinzu: „Nein, Unsinn, ich habe Kaffeepulver in der Küche verteilt und musste putzen."

„Egal", sagte Tina. „Hör zu ..."

In den nächsten zehn Minuten bekam Maike verschiedene Aufgaben, die alle noch erledigt werden mussten, bevor sie morgen früh um sieben mit Petros gen Berchtesgaden aufbrechen würde. Und in den nächsten drei Stunden arbeitete sie diese und andere Aufgaben in ihrer bewährt zuverlässigen und kompetenten Art ab.

Während sie E-Mails beantwortete, Formulare verschickte, den Background von potenziellen Teilnehmer:innen an Slow Dating-Workshops checkte und mit Hotels, Reiseunternehmen und Dienstleistern telefonierte, kam Petros ein oder zwei Mal aus seinem Büro, um sich Kaffee zu holen. Normalerweise war sie es, die ihm den ersten Kaffee des Tages brachte. Um Kontakt herzustellen, seine Stimme zu hören, ihm ein Lächeln zu entlocken, ein Dankeschön. Immerhin hatte sie es heute geschafft, dieses Bedürfnis zu unterdrücken. Sie war nach dem Desaster noch nicht einmal in die Küche zurückgekehrt, um sich selbst Kaffee zu holen.

Während sie ihre Arbeit erledigte, murmelte sie immer wieder ihr Mantra vor sich hin. „Diese Verliebtheit ist für mich beendet."

Die Klientel von *Slow Happy* war im Durchschnitt nicht mehr ganz jung, wohlhabend bis reich, und sehr entschlossen, sich zum ersten Mal oder noch einmal zu binden. Tina hatte Maike den Kontakt von Meinhard von Trems geschickt. Laut Selbstauskunft lebte er in Nürnberg, war von Beruf Immobilienmakler, achtundfünfzig Jahre alt, geschieden mit einem Sohn aus erster Ehe. Maike gab seinen Namen bei einer großen Suchmaschine ein und fand einen Eintrag bei einem Businessnetzwerk sowie eine Homepage, die sehr exklusiv wirkte. Man konnte kein Menü aufklappen, um Angebote zu sehen, sondern wurde aufgefordert, sich direkt an den Geschäftsführer Meinhard von Trems zu wenden, der sich dann persönlich um geeignete Objekte bemühen würde. Daneben ein Foto des Inhabers. Tina hatte Recht. Er sah wirklich sehr gut aus. Wache blaue Augen hinter einer modischen Brille, silbergraues, dichtes, leicht gewelltes Haar, markantes Kinn, hohe Wangenknochen, ein gepflegter, graumelierter Bart. Sie klickte sich zurück zur Suchmaschine. Seitlich war noch etwas Interessantes. Das Foto einer romantisch wirkenden Burg auf einem Hügel. Trems in Thüringen. Mit Wappen, Entstehungszeit im vierzehnten Jahrhundert, neugotisch umgebaut im neunzehnten Jahrhundert. Ob Meinhard von Trems diese Burg gehörte?

Zufrieden mit ihrer Recherche schloss Maike den Browser und öffnete ihre Mail, um Tina eine Nachricht zu schreiben. Meinhard von Trems würde beim Slow Dating-Workshop definitiv punkten. Apropos Dating. Sie erinnerte sich an ihr Mantra und murmelte: „Diese Verliebtheit ist für mich beendet."

„Was brummelst du denn da die ganze Zeit?"

Abrupt wandte Maike den Kopf. Sie war so konzentriert gewesen, dass sie nicht bemerkt hatte, dass Petros herübergekommen war.

Sie hörte auf zu tippen. „Könntest du dich bitte nicht so anschleichen", fuhr sie ihn an. „Du hast mich heute schon zum zweiten Mal erschreckt."

So, besser aggressiv als liebebedürftig.

Sie war stolz auf sich.

Er hob beide Hände. „Sorry, ich kann ja nicht wissen, dass du heute so empfindlich bist. Kriegst du deine Tage?"

Normalerweise hatten sie einen lockeren Umgangston, der solche kleinen Frechheiten durchaus zuließ. Und normalerweise stand sie Petros darin in nichts nach.

Was sich neckt, das liebt sich.

Hatte sie gedacht. Oder gehofft.

Sie dachte an das rote Handtuch. An die Art, wie er „Kaffee ist im linken oberen Schrank" zurück in die Wohnung

gerufen hatte. Wo seine derzeitige Gespielin sich im Bett rä-
kelte und darauf wartete, dass er irgendwann Feierabend
machte und eines von Maikes Kondomen überzog, um mit
ihr ...

„Das war ein sexistischer Kommentar", sagte sie. „Lass
das."

„Okay, okay. Ich wollte eigentlich nur fragen, ob du mit
mir Mittagessen gehst."

Das taten sie oft. Auf eine schnelle Pasta. Oder einen Döner. Oder sie holten sich ein Sandwich und gingen eine Weile
spazieren. Sie hatte diese Zweisamkeit immer genossen. Und
gehofft, dass daraus mehr entstehen würde. Manchmal, beim
Spazierengehen, hatten sich wie zufällig ihre Arme berührt.
Oder ihre Blicke trafen sich sekundenlang, und sie meinte,
in seinen Augen so etwas wie Zuneigung gelesen zu haben.

Beinahe hätte sie daher jetzt spontan ja gesagt. Zum
Glück fiel ihr noch rechtzeitig ein, was sie sich vorgenommen hatte, und sie schüttelte den Kopf. „Danke, aber ich
muss die zwei Stunden von heute Morgen wieder aufholen."

„Soll ich dir was mitbringen?"

Wieder schüttelte sie den Kopf.

„Willst du verhungern?"

Gegen ihren Willen musste sie lachen. „Unsinn. Bring mir
ein Schokomuffin mit, wenn du eins triffst."

Petros grinste. „Das hört sich schon mehr nach dir an.
Also, dann bis später."

Er winkte und verließ die Agentur. Durch die geöffnete
Lamellenjalousie des Fensters, das ehemals ein Schaufenster
gewesen war, ehe der große Laden als Büro umfunktioniert
worden war, schaute Maike ihm nach. Seine Beine waren
lang und durchtrainiert und formten ein leichtes O, was seinem Gang etwas Wiegendes verlieh. Sie hätte ihn an diesem
Gang unter Tausenden erkannt.

Frustriert wandte sie sich ab und versuchte, sich wieder auf ihre Mail zu konzentrieren. Murmel, murmel. „Diese Verliebtheit ist für mich beendet."

Doch irgendwie erschien ihr dieses Ziel mit einem Mal ziemlich unerreichbar.

Vergeblich zu hoffen, tat weh.

Aber diese Hoffnung ein für allemal aufzugeben, schmerzte noch viel mehr.

2. KAPITEL

Es war Freitagmorgen, zehn vor sieben, und Maike war nicht da.

Petros Meyer-Roussi stand auf Bahnsteig eins des Hamburger Dammtor-Bahnhofs, in Blue Jeans, brauner Lederjacke, gut eingelaufenen ledernen Wanderschuhen, einen kleinen Rollkoffer an der Hand. Langsam wurde er nervös. Der ICE nach München kam in wenigen Minuten, und wer fehlte, war Maike Schirmer. Er hatte vorgeschlagen, zusammen zum Bahnhof zu fahren, denn schließlich waren sie ja Nachbarn. Doch sie hatte abgelehnt, warum auch immer. Vor fünf Minuten hatte er sie angerufen, aber nur die Mailbox erreicht.

Wo steckte sie?

Sie hatten eine Platzreservierung und eine Zugbindung. Es war das erste Mal, dass er zusammen mit Maike einen Slow Dating-Workshop durchführen sollte. Abgesehen von dem Chaos auf ihrem Schreibtisch mit angebissenen Mettbrötchen, leeren Muffinhüllen, Kaffeetassen in verschiedenen Füllzuständen und lächerlich antiquierten Post-it-Notes am Computerbildschirm, war Maike die Zuverlässigkeit in Person.

„Am Gleis eins erhält jetzt Einfahrt ICE 610 nach München über Hannover, Göttingen, Fulda, Würzburg, Nürnberg, Ingolstadt. Die Wagen der ersten Klasse halten in den Abschnitten A und B, die Wagen der zweiten Klasse in den Abschnitten C bis F. Bitte Vorsicht bei der Einfahrt des Zuges.“

Petros schaute nach rechts und sah den weißen Zug um die Kurve biegen. Dann schaute er nach links und erstarrte, als er auf der Rolltreppe zuerst Maikes Kopf, dann ihren Oberkörper, dann den Rest von ihr erblickte. Ihr Mund war vom raschen Atmen leicht geöffnet, und ihr kinnlanges, frisch blondiertes Haar wippte, als sie hastig auf ihn zukam.

In den Händen hatte sie Wanderstöcke, die auf dem Fliesenboden des Bahnsteigs tock, tock, tock machten. Sie trug nagelneue Funktionskleidung in anthrazitgrau, und obwohl der einfahrende Zug das pft, pft, pft, pft des aneinanderreibenden Hosenstoffs übertönte, nahm Petros es wahr. Auf Maikes Rücken saß ein riesiger Wanderrucksack, ebenfalls funkelnagelneu. Obendrauf eine blaue, zusammengerollte Isomatte, in einer flexiblen Seitentasche aus Mesh steckte eine blaue Trinkflasche aus Blech.

„Da bin ich", keuchte sie, als sie Petros erreicht hatte. „Tut mir leid, die U-Bahn ist auf halbem Weg verreckt."

„Am Gleis eins steht abfahrbereit der ICE nach München über …"

„Los, einsteigen", forderte Petros sie auf und nahm die am nächsten gelegene Tür. Maike folgte ihm. Sobald sie drinnen waren, wurden die Türen geschlossen.

„Uff, geschafft", sagte sie und lehnte sich gegen die Wand.

Der Zug setzte sich in Bewegung und Petros schaute auf sein Mobiltelefon. „Welcher Wagen ist das hier?"

Maike schaute sich suchend um. „Keine Ahnung."

„Ah, Nummer drei", sagte Petros. „Unsere Plätze sind in Wagen sieben. Wir müssen uns beeilen. Am Hauptbahnhof wird es voll."

Er ging voraus durch den über Weichen schlingernden Zug und hörte das Klappern, als Maikes Stöcke zu Boden fielen. Genervt verdrehte er die Augen. Der Zug war noch relativ leer, in den Waggons war es ruhig, und er konnte das pft, pft, pft, pft der aneinanderreibenden Hosenbeine von Maikes neuem Wanderoutfit jetzt nur zu gut hören. Was hatte sie sich bloß dabei gedacht? Schließlich wollten sie ja nicht den Watzmann besteigen, sondern nur mit zwölf heiratswilligen Slow Datern ein bisschen am Königssee spazieren gehen. Klar, es nannte sich Wanderdating. Aber so wörtlich hätte sie das nicht nehmen müssen.

Kurz bevor der Zug in den Hamburger Hauptbahnhof einfuhr, erreichten sie endlich ihre reservierten Plätze. Petros verstaute erst sein Gepäck und half Maike dann beim Absetzen ihres Rucksacks.

„Was hast du denn da drin?", fragte er, als er merkte, wie schwer das Ding war.

„Alles", erwiderte Maike schlicht. „Willst du am Fenster sitzen?"

„Lieber am Gang. Da habe ich Platz für meine Beine."

Der ICE bremste, und Maike taumelte gegen ihn.

„Sorry", sagte sie, wurde rot und ließ sich auf ihren Sitz fallen. Gleich darauf stand sie wieder auf. „Ich muss nochmal an meinen Rucksack. Die Brötchen ..."

Innerlich seufzend holte Petros ihn wieder herunter und wartete, bis sie die Schnallen geöffnet und eine große Tüte vom Bäcker herausgeholt hatte. Dann nahm sie die Trinkflasche aus der Halterung am Rucksack. Mittlerweile drängten sich die zusteigenden Reisenden im Gang.

„Tut mir leid, bin gleich weg", verkündete Maike, lächelte die Leute freundlich an und setzte sich wieder.

Petros verstaute ihren Rucksack erneut und quetschte sich dann auf seinen Sitz. Für Leute seiner Größe war die Bestuhlung im ICE einfach nicht gemacht, jedenfalls nicht in der zweiten Klasse.

„Hast du nichts zu essen dabei?", fragte Maike.

Einen Moment war er irritiert. Es wurde ihm bewusst, dass er einfach angenommen hatte, Maike würde ihn mitverpflegen. Denn tat sie das nicht im Büro auch meistens? Maike, die Fürsorgliche. Maike, die stets um sein Wohl bemühte. Er hatte sich daran gewöhnt, dass sie ihm morgens als erstes einen Kaffee in sein kleines verglastes Kabuff in der Agentur brachte. Später brachte sie oft was Süßes vom Bäcker mit. Ab und zu machte sie zu Hause mit Spinat und Feta gefüllte Blätterteigtaschen und spendierte eine Runde für alle. Ihm lief das Wasser im Mund zusammen, als er daran dachte. Ihre Frage kam daher unerwartet. „Ich dachte, wir gehen nachher ins Zugbistro", meinte er. „Auf Firmenkosten", fügte er grinsend hinzu.

Sie wühlte in ihrer Papiertüte, und er nahm an, dass sie ihm gleich etwas anbieten würde. Doch sie holte nur ein belegtes Brötchen heraus und verschloss die Tüte wieder, ehe sie herzhaft in das lecker aussehende Brötchen mit Mortadella und Gewürzgurke biss. „Sobald ich im Zug sitze, muss ich was essen", sagte sie mit vollem Mund und schaute aus dem Fenster, während sie über die Elbbrücke fuhren. „Guck mal, da ist die Elphi", rief sie, verschluckte sich und hustete. „S..sorry", krächzte sie, nahm ihre blaue Campingflasche, schraubte sie auf und trank. „So, wieder gut", meinte sie und schraubte die Flasche zu.

Ihre Arme berührten sich auf der Lehne, und Maike rückte hastig von ihm ab. „Eng hier", bemerkte sie und biss wieder in ihr Brötchen.

Sein Magen knurrte, aber sie schien es nicht zu bemerken. Wollte sie ihn verhungern lassen? Er hatte noch nicht gefrühstückt.

„Wie lange fahren wir bis München?", wollte sie wissen.

Er schaute auf sein Smartphone und öffnete die Bahn-App. „Sechseinhalb Stunden."

„Was machen wir so lange?"

„Ich schlage vor, dass wir die Liste der Teilnehmer:innen durchgehen und uns überlegen, welches Rollenspiel diesmal drankommt."

„Prima, das haben Tina und ich auch immer so gemacht." Sie verzog reuig das Gesicht. „Mein Tablet ist im Daypack, und das ist im Rucksack."

Das hatte er sich fast gedacht.

Er faltete sich wieder aus dem Sitz, wühlte das Gewünschte aus ihrem Gepäck, und gab Maike das Tablet. Sie klappte den Tisch herunter und legte es darauf. Ehe er den

Rucksack wieder verstaute, fragte er: „Brauchst du vielleicht sonst noch was?"

Maike schüttelte stumm den Kopf und wirkte schuldbewusst. Als Petros wieder saß, hielt sie ihm die Tüte mit den Brötchen hin. „Wiedergutmachung", murmelte sie.

Er griff zu und biss hungrig in ein Käsebrötchen. „Danke." So war er wenigstens zu seinem Frühstück gekommen ...

„Hat dir Tina von der Neuanmeldung berichtet?", wollte Maike wissen. „Dieser von soundso?"

Petros nickte kauend und meinte dann mit vollem Mund: „Meinhard von Trems. Hört sich an wie aus einem anderen Jahrhundert."

„Häuptling Silberlocke", ergänzte Maike. „Die Damen werden sich gegenseitig die Augen auskratzen, um beim Dinner neben ihm sitzen zu dürfen."

Gerne hätte Petros etwas zu trinken gehabt, um den Rest Brötchen runterzuspülen, doch er wagte nicht, Maike um einen Schluck aus ihrer funkelnagelneuen blauen Blechflasche zu bitten. Er wischte sich mit dem Handrücken über den Mund. „Nimmst du die Herren und ich die Damen?"

„Klar. Wer fängt an?"

„Ich. Herrn von Trems hatten wir ja schon."

„Gut." Maike erlöste ihr Tablet aus dem Schlummer und suchte die Teilnehmerliste.

Petros holte einen Zettel und einen Bleistift aus der Innentasche seiner Lederjacke, entfaltete den Zettel und las vor. „Viola Frank, zweiundvierzig. Sie ist Finanzwirtin und kommt aus Oberfranken. Geschieden, keine Kinder."

„Finanzwirtin? Was macht so jemand?"

„Geldanlage, vermute ich. Für Leute, die nicht wissen, wohin mit ihrer Kohle. Dafür bekommt sie Provision."

„Und in dem Job lernt man niemanden kennen? Ich meine, um ihn zu daten?"

„Keine Ahnung. Was schreibt sie denn?"

Maike tippte auf das Foto von Viola Frank. „‚Ich habe schlechte Erfahrungen mit Online-Dating gemacht und hoffe, beim Slow Dating jemanden kennenzulernen, der es nicht eilig hat, mit mir ins Bett zu gehen. Außerdem gefällt mir das Konzept mit dem Rollenspiel. Auf den Fragebogen des Dr. Arthur Aron bin ich gespannt. Ich habe darüber gelesen und würde mich freuen, wenn ich beim Slow Dating jemanden treffe, mit dem ich ihn beantworten möchte.‘"

„Hört sich sympathisch an", sagte Petros. „Apropos Rollenspiel. Was sollen wir machen? Bioladen oder Aldi?"

„Hm, ist das nicht mittlerweile ein bisschen out of date? Schließlich gibt es bei Aldi mittlerweile fast alles auch bio", wandte Maike ein.

„Vegan gegen Fleisch?"

„Finde ich interessanter. Und sehr aktuell."

„Perfekt. Du bist dran."

Maike tippte auf ein anderes Foto. „Professor Dr. Holger Hinterseer, Altphilologe. Lehrt an der Uni Erlangen. Er ist sechsundfünfzig und schreibt, er möchte sich nach dem Tod seiner langjährigen Lebensgefährtin neu binden."

„Zeig mal."

Maike reichte ihm das Tablet.

„Keine Konkurrenz für Herrn von und zu, aber er sieht ganz interessant aus mit den vielen Lachfältchen. Die meisten männlichen Kandidaten lächeln auf ihren Fotos nicht, jedenfalls nicht die älteren. Der hier schon." Petros gab ihr das Tablet zurück und schaute auf seine Liste. „Agnes Wirth, sechsundfünfzig, Vertreterin für Tierbedarf."

„Tierbedarf? Heißt das, Kauknochen für Hunde und Katzenstreu?"

„Keine Ahnung. Wie sieht sie aus?"

„Wo ist denn dein Tablet?", fragte Maike.

„Ich habe nur meinen Laptop dabei, und der ist noch im Koffer. Komm schon, schieb rüber."

Maike seufzte und baute ihr Tablet so auf, dass er den Bildschirm von seinem Platz aus gut sehen konnte. Dann tippte sie auf das Foto von Agnes Wirth, einer äußerst gepflegten Frau mit kurzem, leicht gelocktem braunen Haar, Bluse und Blazer, wertvoll aussehenden Ohrringen und einer Perlenkette. Agnes Wirth war dezent geschminkt und lächelte.

Petros streckte die Hand aus und scrollte nach unten. „,Ich bin vor allen Dingen in Osteuropa unterwegs, um hochwertige Accessoires für Haustiere zu vertreiben'", las er vor. „,Dabei bleibt mir wenig Zeit für die Partnersuche. Ich möchte jemanden kennenlernen, der unabhängig ist und kein Problem damit hat, dass wir uns nicht regelmäßig sehen können. Trotzdem soll es eine feste, dauerhafte Beziehung sein'."

„Könnte schwierig werden", bemerkte Maike. „Aber schau mal, hier, dieser Hugo Froh. Er ist fünfundfünfzig und Pilot für privat gebuchte Maschinen. Der ist doch auch ständig unterwegs."

„Was bedeutet, dass sie sich niemals sehen werden, weil sie keine gemeinsamen Termine finden. Für eine Beziehung finde ich das eher unattraktiv."

„Was fändest du denn persönlich attraktiv?", fragte Maike, ohne ihn anzusehen.

Petros dachte an Eva, mit der er in den vergangenen zwei Wochen wilde Nächte verbracht hatte. Konnte er sich eine Beziehung mit ihr vorstellen? Nein, eigentlich nicht. Dazu war sie ihm zu oberflächlich. Er zuckte die Achseln. „Weiß ich nicht so genau. Ständig aufeinander zu hängen ist definitiv nicht mein Ding. Aber eine Fernbeziehung möchte ich auch nicht. Ich glaube, wenn ich die Frau gefunden habe, mit der ich zusammen sein will, dann ergibt sich das ganz von allein."

Maike erwiderte nichts und schaute kurz aus dem Zugfenster. Er folgte ihrem Blick. Sie fuhren durch die weite, langweilige niedersächsische Ebene. Ab und zu lagen Nebelfelder über den Septemberwiesen.

„Kaffee, Tee, kalte Getränke", ertönte eine freundliche Stimme, und das Klappern des Servicewagens wurde hörbar.

„Möchtest du Kaffee oder Tee?", fragte Petros. „Ich möchte mich für das Brötchen revanchieren."

„Gerne einen Kaffee."

Als der Servicemitarbeiter an ihrem Platz ankam, kaufte Petros zwei Becher Kaffee und gab einen Euro Trinkgeld.

Der junge Mann mit der roten Schürze lächelte. „Danke. Gute Fahrt noch." Dann schob er seinen Wagen weiter.

Petros reichte Maike den Becher. „Auf Slow Dating Alpenglühen", sagte er und stieß mit ihr an.

„Hast du das gerade erfunden?", fragte sie, nachdem sie an ihrem Kaffee genippt hatte.

„Nö, die Idee hatte ich schon letztes Jahr, als wir beschlossen haben, all unseren Seminaren romantische Titel zu verpassen. Bisher hatten wir halt bloß noch keinen Workshop in den Alpen."

„Ich war noch nie in den Bergen", bekannte Maike. „Immer nur in Norddeutschland. Meistens auf Föhr. Wenn überhaupt ..."

Das erklärte ihr neues, völlig übertriebenes Wanderoutfit ... „Was heißt, wenn überhaupt?", hakte er nach.

„Meine Eltern haben immer nur auf den Nordseeinseln Ferien gemacht, weil mein Vater Allergiker ist. Und ich bin sowieso nicht mehr mitgefahren, seit ich fünfzehn war. Zu langweilig."

„Was hast du in den Ferien gemacht?"

„Mit Punks abgehangen. Ich hatte jahrelang null Bock auf gar nichts. Wie ich mein Abi geschafft habe, kann ich dir nicht sagen."

„Verstehe."

„Glaube ich nicht. Und du?", wollte sie wissen. „Wie hast du deine Ferien verbracht?"

„Ich war meist auf Karpathos, der griechischen Insel, von der meine Familie väterlicherseits stammt. In den Schulferien war ich oft ohne meine Eltern dort und habe meine Großeltern besucht. Sie wohnen in einem kleinen Dorf unterhalb des Kalí Limní. Das ist mit zwölfhundert Metern der höchste Berg der Insel. Den habe ich oft bestiegen. Und mit meinen Freunden bin ich auf Ziegenpfaden über die ganze Insel gewandert."

„Das hört sich herrlich an."

„Ist es auch."

„Griechenland", sagte sie verträumt und trank einen Schluck Kaffee. „Im Ausland war ich noch nie."

„Warum?"

„Kein Geld. Ich bin mit Anfang zwanzig schwanger geworden und musste zusehen, dass ich über die Runden komme. Timo sollte ein echtes Zuhause haben und nichts entbehren müssen. Ganz gelungen ist mir das nie. Erst seit ich für Tina arbeite ...."

„Was ist mit Timos Vater?" Petros hatte seinen Becher bereits geleert, knüllte ihn zusammen und steckte ihn in das Netz unten am Sitz.

„Wir waren nur ganz kurz zusammen, aber zum Glück verstehen wir uns gut. Er ist Libanese und liebt seinen Sohn. Mittlerweile ist er verheiratet und hat zwei weitere Kinder. Timo ist gern dort. Er gehört zur Familie."

„Das ist bestimmt eine große Erleichterung."

Maike nickte. „Machen wir weiter?" Sie stellte ihren Kaffee ab und tippte auf ein Foto. „Hannelore Ostermann."

„Neunundvierzig Jahre alt, Vorstandssekretärin", ergänzte Petros. „Lebt in München."

„Sie ist superattraktiv", sagte Maike. „Wieso braucht die einen Dating-Workshop?"

Petros scrollte und las. „Sie hat vor einigen Jahren einen Schicksalsschlag erlitten und möchte sich dem Thema Dating nun ganz vorsichtig wieder annähern."

„Aber sie schreibt nicht, was für ein Schicksalsschlag das war", murmelte Maike, nahm ihren Becher wieder und trank. „Leider nicht. Du bist dran."

„Arthur Wellendorf, einundsechzig Jahre alt, Immobilienbesitzer und Privatier. Bildender Künstler. Das heißt, er hat es einfach nicht nötig zu arbeiten und macht Kunst." Den Becher in der linken Hand, suchte Maike mit rechts im Internet nach seiner Homepage. „Schau mal. Der ist durchaus international unterwegs."

Petros betrachtete die großen, in allen Farben schillernden blasenähnlichen Gebilde, die in großen, weißgestrichenen Galerieräumen an den Wänden hingen oder auf dem Boden lagen. „Interessant", meinte er grinsend.

„Voll interessant", stimmte Maike mit ironischem Unterton zu, ehe sie wieder zur Liste zurückkehrte. „Er lebt übrigens in Garmisch. Also hat er es nicht weit." Sie stellte ihren Becher ab.

„Weswegen Slow Dating?"

„Er schreibt nur, dass er sich neu verlieben möchte und das Konzept interessant findet."

„Okay. Dann weiter. Franziska Hammer, dreiundfünfzig Jahre alt, Unternehmerin. Inhaberin von Hammerbau, einer Kette, die Baustoffe verkauft. Nie verheiratet, ein erwachsener Sohn."

„Guter Name für so ein Geschäft", bemerkte Maike. „Hammerbau. Klingt wie von einer Werbefirma erfunden."

Der Zug bremste, und Maike rettete ihren Kaffeebecher im letzten Moment vor dem Umkippen. Hastig trank sie aus und stopfte das Pappding in den kleinen Müllbehälter zwischen den Vordersitzen.

„Hannover", sagte Petros.

„Schon?"

Er lachte. „Schon? Wir haben noch fünf Stunden vor uns bis München. Und dann noch weiter mit der Regionalbahn."

Einige Reisende stiegen aus, neue stiegen zu. Gleich darauf fuhren sie weiter. Petros schielte auf Maikes Brötchentüte, doch wenn sie seinen hungrigen Blick gesehen hatte, so ignorierte sie ihn.

„Wen haben wir noch?", fragte sie.

„Beata Kozlowsky, fünfundvierzig Jahre alt, Optikermeisterin mit mehreren Filialen. Sie wohnt in Augsburg, hat eine achtzehnjährige Tochter und ist verwitwet."

„Polin, nehme ich an, dem Namen nach zu urteilen."

Petros schaute sich das Profil an. „Geboren in Bayreuth. Also höchstens polnische Wurzeln. Was hast du noch zu bieten?"

„Sebastian Lösch, siebenundvierzig, hat eine Mietwäschefirma."

Er runzelte die Stirn. „Mietwäsche? Kann man mit so was Geld verdienen?"

„Ich glaube schon. Krankenhäuser, Hotels, Pflegeheime. Das sind wohl seine Kunden. Und davon gibt es viele."

„Hört sich trotzdem langweilig an. Ich dagegen habe noch eine interessante Teilnehmerin. Gandari Roy, zweiundvierzig, Besitzerin der Firma Roy Robotics. Sie schreibt ganz offen, dass sie als junges Mädchen zwangsverheiratet wurde. Sie ist geschieden, besitzt die deutsche Staatsbürgerschaft und möchte einen Mann auf Augenhöhe. Haben wir jetzt alle?"

Maike warf einen prüfenden Blick auf die Liste. „Hier fehlt noch jemand. Yvain St. Clair, fünfzig Jahre alt, Baumchirurg. Es gibt schon verrückte Berufe!"

„Nicht verrückter als Seminarleiter für Slow Dating", wandte Petros ein.

„Auch wieder wahr. Was machen wir für den Rest der Fahrt?"

„Pennen?"

„Gute Idee." Ohne einen weiteren Kommentar versetzte Maike ihr Tablet in den Standby-Modus, drehte sich auf die Seite und wandte Petros den Rücken zu.

Ob sie wirklich schlief, hätte er nicht sagen können. Er brachte seinen Sitz in eine bequemere Position, mit dem Erfolg, dass er nun noch weniger Platz für seine Beine hatte. Also raffte er sich auf und ging in den Speisewagen. Er war ganz froh, mal eine Weile für sich zu sein. Zum Glück gab es noch einen freien Zweiertisch, an dem er sich niederließ und ein großes Frühstück mit Rührei bestellte.

Während er es verspeiste, dachte er über das nach, was Maike ihm über sich erzählt hatte. Sie arbeiteten jetzt seit mehr als einem Jahr zusammen oder zumindest im selben Büro. Er kannte ihren Sohn Timo, ab und zu spielte er im Hof mit ihm Fußball. Und er wohnte mit Maike Tür an Tür. Von Anfang an war ihm klar gewesen, dass sie verknallt in ihn war, aber er hatte dem keine große Bedeutung beigemessen. Zu sehr war er mit seinen wechselnden Flirts beschäftigt gewesen, und sehr oft war er ja auch mit Tina auf Slow Dating-Workshops in ganz Deutschland gewesen. Wie Maikes Privatleben aussah, hatte ihn bisher nicht interessiert. Noch nie im Ausland gewesen. Mit Anfang zwanzig Mutter geworden. Alleinerziehend. Mit dem Anspruch, dass es ihrem Sohn an nichts fehlen sollte. Trotz wenig Geld. Etwas fiel ihm ein. Maike trug, abgesehen von jenem schrecklichen Trekkingoutfit heute, normalerweise höchst extravagante Kleidung. Modisch, ein wenig flippig, manchmal sah es nach Vintage aus. Wie konnte sie sich diese Klamotten leisten? Second Hand? So wirkten ihre Outfits irgendwie nicht. Dafür waren sie zu ausgefallen. Und wirkliche Designermode hatte auch Second Hand ihren Preis. Die neue Wanderausstattung musste für Maikes Verhältnisse ein Vermögen gekostet haben. Sicher, Tina zahlte gut. Trotzdem begann er nun, Maikes Investition mit anderen Augen zu sehen. Wie kam er dazu, sich darüber lustig zu machen? Sie war schließlich noch nie in den Bergen gewesen und hatte wohl gedacht, dieses ganze Zeug brauche man.

„Darf es noch etwas sein?", fragte die Kellnerin und befreite ihn von dem leeren Teller.

„Ich hätte gern noch ein Croissant", sagte er.

„Kommt sofort."

Er schaute aus dem Fenster auf die grüne, von Flüssen durchzogene Landschaft der Kasseler Berge. Gleich darauf fuhr der Zug in einen der vielen Tunnel. Demnächst Kassel, dann Fulda, dann ging es über Würzburg weiter nach Süden.

Sein Croissant kam, er aß es auf, zahlte und ging zurück zu seinem Platz. Maike hatte sich nicht gerührt, nur ihr Kopf war tiefer gesunken. Offenbar schlief sie fest.

Leise holte er seinen Laptop aus dem Rucksack, setzte sich, klappte den Computer auf und öffnete eine Datei. Gleich darauf war er so versunken in seine Arbeit, dass er zwei Stunden lang nichts mehr um sich herum wahrnahm.

Im Halbschlaf hörte Maike das Klappern einer Tastatur. Sie öffnete die Augen und wusste im ersten Moment nicht, wo sie war. Dann nahm sie das Zuggeräusch wahr und sah hinter dem Fenster die Landschaft vorbeifliegen. Eine hügelige Landschaft mit Wiesen und Wäldern und ihr völlig unbekannt. Wie lange mochte sie wohl geschlafen haben? Langsam wandte sie den Kopf. Petros neben ihr schien nicht zu bemerken, dass sie erwacht war, sondern hackte rhythmisch in die Tastatur seines Laptops, den Blick auf das Display geheftet. Neugierig spähte Maike hinüber und las den Text auf dem Bildschirm.

> „Bitte lass uns reden, Valerie. Es tut mir leid."
>
> „Was tut dir leid?", fuhr sie ihn an. „Dass du mich ein Jahr lang belogen und betrogen hast? Dass du mir schon lange das Gefühl

gibst, nicht attraktiv und begehrenswert zu sein? Dass ich mich schon kaum noch erinnern kann, wann wir das letzte Mal miteinander geschlafen haben?"

„Valerie!", rief seine Mutter empört. „Das ist geschmacklos."

„Geschmacklos war es, bis zur Trauung zu warten, um mir die Wahrheit zu sagen", konterte Valerie und wandte sich an Kurt, der kleinlaut danebenstand, was bei seiner Größe und Statur recht lächerlich wirkte. „Du warst mein bester Freund, Kurt. Bei dir habe ich mich ausgeheult, wenn Timothy mal wieder keine Lust hatte, mit mir auszugehen, etwas zu unternehmen, langweilig vor dem Fernseher saß und es nicht einmal bemerkte, wenn ich ein neues Kleid anhatte. Du kennst Timothy fast so lange wie ich. Bist du schon genau so lange in ihn verliebt?"

Der große, bärtige Mann, der einen Anzug trug, dessen Ärmel und Hosenbeine etwas zu kurz waren wie bei einem Konfirmanden, nickte stumm.

„Timothy, was hättest du getan, wenn Kurt nicht gesprochen hätte? Hättest du mich geheiratet und damit uns alle drei unglücklich gemacht?"

„Es tut mir leid", wiederholte Timothy leise. „Ich ... ich ... die Situation ist mir einfach über den Kopf gewachsen. Ich wollte dich nicht verletzen."

„Das ist der dümmste Spruch, den ich kenne. Den sagen nur Leute, die genau das tun. Andere verletzen."

Verrückt. Petros Meyer-Roussi schrieb offenbar an einer Geschichte. Oder sogar an einem Roman? Abrupt setzte Maike sich auf. Von der unbequemen Haltung auf ihrem Zugsessel taten ihr alle Knochen weh.

„Was schreibst du da?", fragte sie und streckte sich.

Sofort klappte Petros den Laptop zu. „Nichts."

„Wie, nichts? Das sah aber nicht nach nichts aus", widersprach sie.

„Vergiss es einfach."

„Wieso?"

„Vergiss es, Maike", wiederholte er. „Bitte."

„Was ist denn dabei, wenn du eine Story schreibst. Darf ich sie lesen, wenn sie fertig ist?"

„Nein."

„Ich wusste gar nicht, dass du selbst schreibst. Ich dachte immer, du hättest früher bloß Liebesromane übersetzt."

„Du nervst, Maike."

Er wirkte so verlegen wie ein kleiner Junge, der dabei erwischt worden ist, dass er nachts Nutella nascht. Peinlich. Nutella war für Mädchen. Und Liebesromane schrieben nur Frauen? Maike musste grinsen und vergaß für einen Moment ihr Mantra, dass sie nicht mehr in Petros verliebt war. Sein Gesichtsausdruck war zu niedlich.

„Na gut. Wo sind wir?"

„Hinter Nürnberg. Gleich kommt Ingolstadt."

„Dann habe ich ziemlich lange geschlafen."

„Kann man wohl sagen."

Sie nahm die blaue Flasche, schraubte sie auf und trank gierig. „Ah, das tut gut." Sie verschloss die Flasche wieder und verstaute sie zu ihren Füßen. „Warum soll ich nicht wissen, dass du schreibst?", fing sie von neuem an.

Petros seufzte. „Ich wollte das eigentlich gern noch eine Weile für mich behalten."

„Wegen Tina?"

Er nickte. „Auch wegen Tina."

„Ich tratsche nicht", sagte Maike.

„Das weiß ich."

„Dann kannst du mir ja auch davon erzählen, oder?"

„Nein."

„Weil?"

„Weil ich verdammt noch mal Angst habe, dass ich es dann nicht fertigkriege. Ich hatte mir vorgenommen, euch irgendwann alle damit zu beeindrucken, dass ich meinen ersten Roman veröffentlicht habe."

„Wieso denkst du, du kriegst das Buch nicht fertig, wenn jemand davon weiß?", fragte Maike verwundert.

„Aberglaube. Pulver verschossen. Luft raus. Oder so ähnlich", antwortete er.

„Es könnte doch genau umgekehrt sein", meinte sie. „Wenn ich davon weiß und begierig bin, den Roman zu lesen, spornt es dich vielleicht an und du schreibst noch viel schneller?"

„Siehst du eigentlich immer in allem das Positive?", fragte Petros.

„Mache ich diesen Eindruck?"

„Ja, seit ich dich kenne."

„Und findest du das blöd?" Dumme Frage, dachte sie. Es wurde Zeit, ihr Mantra wieder hervorzuholen. Mit Petros Zug zu fahren und ihm körperlich so nah zu sein, weichte ihren Entschluss auf, ihre aussichtslose Verliebtheit ein für allemal zu beenden.

„Keineswegs. Im Gegenteil." Er sah sie an, und sie verlor sich sekundenlang in seinen braunen Augen.

Diese Verliebtheit ist für mich beendet. Diese Verliebtheit ist für mich beendet.

Sie räusperte sich. „Wie weit bist du denn mit dem Roman", fragte sie betont sachlich.

„Drittes Kapitel. Es ist schwieriger, als ich mir vorgestellt habe."

„Dann frage ich nicht weiter", erklärte Maike und gleich darauf: „Gibt es ein Happy End?"

Petros lachte laut. Ein Mitreisender auf dem Nachbarsitz schaute vorwurfsvoll herüber. „Wird nicht verraten", sagte Petros.

„Ich werde es auch ohne Happy End lesen", bemerkte Maike. „Hauptsache, es kommen keine Aliens oder Vampire drin vor."

„Das kann ich dir versprechen."

Sie schwiegen, und Maike schaute aus dem Zugfenster. Die Landschaft ging in bewohntes Gebiet über. Ein Dorf, noch ein Dorf, dann ein Industriegebiet. Gleich darauf hielten sie in Ingolstadt. Noch eine Dreiviertelstunde, dann waren sie in München. Petros öffnete seinen Laptop wieder und schrieb weiter. Maike bemühte sich, nicht hinzuschauen. Irgendwann sagte sie: „Darf ich mal raus? Vor München will ich nochmal aufs Klo."

Petros nahm seinen Laptop, stand auf und machte ihr bereitwillig Platz. Als sie zurückkam, hatte er seinen Computer weggepackt und tippte etwas in sein Smartphone. Wahrscheinlich eine Nachricht an seine neue Flamme. Die, für die er Maikes gesamte Packung Kondome bekommen hatte. Unwillkürlich musste sie an das rote Handtuch denken, das er um die Hüften geschlungen hatte, und ihre Laune sank ins Bodenlose.

Diese Verliebtheit ist für mich beendet. Diese Verliebtheit ist für mich beendet.

Klappte das auch ohne Spiegel? Sie hoffte es sehr.

„Wir müssen rennen."

„Warum?", wollte Maike wissen. Der ICE war gerade am Münchener Hauptbahnhof angekommen, und sie standen in der Schlange vor dem Ausgang.

„Weil das Gleis, von dem wir abfahren, außerhalb des Bahnhofs liegt", erwiderte Petros kurzangebunden. „Sagt jedenfalls meine App. Soll ich dir mit dem Rucksack helfen?"

„Nein", erwiderte sie knapp.

Doch als er sah, dass es ihr nicht gelingen wollte, das schwere Ding aufzusetzen, griff er beherzt zu und fädelte ihren linken Arm durch den Tragriemen. Es klappte nicht richtig. Irgend etwas hing fest.

Maike verrenkte sich fast den Kopf, um über die Schulter zu schauen. „Was ist los?"

Petros bückte sich und suchte nach der Quelle des Unheils. Er entdeckte, dass sich die Öse eines Reißverschlusses, der zu einem Fach am Boden des Rucksacks gehörte, mit Maikes Gürtelschlaufe verhakt hatte.

„Warte, ich hab's gleich." Er ging in die Hocke und versuchte, die Schlaufe zu befreien. Sie saß bombenfest. „Mist."

„Wieso fummelst du an meinem Hintern rum?", fuhr sie ihn an und zerrte an ihrem Rucksack.

„Halt still, sonst verhakt es sich noch mehr."

„Geht das mal weiter hier?", maulte ein Reisender hinter ihnen.

„Gleich", keuchte Petros und zerrte an der Öse, während er mit dem Ellbogen versuchte, den Rucksack anzuheben, der durch sein Gewicht Zug auf Schlaufe und Öse ausübte.

„Lassen Sie mich vorbei!", forderte der Mann jetzt nachdrücklich.

Petros richtete sich auf, und der Mann drängte sich an ihm vorbei. Gleich darauf bückte er sich wieder und versuchte erneut, das Dilemma zu lösen. Keine Chance.

„Wir müssen raus hier", verkündete er, packte Maikes Stöcke und seinen Trolley und schob Maike Richtung Ausgang. Ihr Rucksack hing schief auf ihrem Rücken.

Auf dem Bahnsteig ließ er die Stöcke fallen, kniete sich hin und zog mit aller Kraft an der Öse.

Es gab einen Riss, und die anthrazitgraue Gürtelschlaufe hing nur noch zur Hälfte an der neuen Funktionshose. Dafür war jetzt der Rucksack wieder frei. „Hm, sorry", sagte er.

„Was ist passiert?", fragte Maike und verdrehte erneut den Hals. „Ich kann nichts sehen."

„Die Gürtelschlaufe musste dran glauben."

„Das ist nicht dein Ernst! Die Hose ist neu!"

„Tut mir ja leid. Aber wenn wir jetzt nicht losrennen, verpassen wir unseren Zug." Hastig sorgte Petros dafür, dass Maike ihren Rucksack endlich aufsetzen konnte. Dann hielt er ihr die bescheuerten Wanderstöcke hin, die sie ihm fast entriss. Ihr grimmiger Gesichtsausdruck irritierte ihn. Ein Dankeschön hätte er schon erwartet. Schließlich hatte er sie aus einer äußerst misslichen Lage befreit, wenn auch eine Gürtelschlaufe dabei kaputt gegangen war. Er nahm seinen Rollkoffer. „Los jetzt, oder unsere Teilnehmer fangen nachher ohne uns an."

Keuchend erreichten sie den Zug nach Freilassing in letzter Sekunde. Er war ziemlich voll, und die einzigen freien Plätze waren Klappsitze vor der Toilette. Maike schüttelte den Kopf, als Petros fragte, ob sie sich setzen wolle. Er ließ sich auf dem Klappsitz nieder. „Soll ich mir die Öse mal anschauen und sie zusammenpressen, damit sie sich nicht nochmal verhakt? Ich habe ein Schweizer Messer dabei, da ist auch eine Zange dran."

Verbissen schüttelte sie noch einmal den Kopf.

Dann halt nicht, dachte Petros, nahm sein Smartphone und öffnete die Bahn-App. Bis Freilassing waren es nur knapp fünfzig Minuten.

Maike sagte nichts mehr und schaute ihn auch nicht an. Stattdessen starrte sie aus dem Fenster, zwei wütende rote Flecken auf den Wangen. Ohne es genau wissen zu können, nahm Petros an, dass ihr die Sache mit der Öse einfach mega peinlich war und sie sauer war auf sich selbst. Er ließ sie in Ruhe und schwieg ebenfalls. Immerhin klappten die weiteren Umstiege, und als sie endlich im Bus nach Schönau saßen, waren auch die roten Flecken auf Maikes Wangen verschwunden.

„Wow", entfuhr es ihr, als sie durch ein enges Bergtal fuhren. Die Häuser mit den tiefgezogenen Dächern rechts und links trugen an der Fassade bunte Malereien, hatten breite Balkone, und die Geranien in den Blumenkästen blühten auch jetzt im September noch üppig. Dann, als bereue sie es, etwas gesagt zu haben, schwieg sie wieder, aber Petros konnte an ihrer Miene sehen, wie begierig sie all das Neue in sich aufsog.

Er kannte die Alpen, allerdings andere Gegenden, aber auch er musste zugeben, dass dies hier etwas Besonderes war. Bayern vom Feinsten. Durch das geöffnete schmale Busfenster traf ihn ein Luftzug, und er roch den würzigen Duft der dichten Nadelwälder. Ein Blick auf die Uhr sagte ihm, dass es halb drei war. Die Fahrt von Berchtesgaden nach Schönau dauerte nur eine Viertelstunde. Also waren sie pünktlich. Gerade Zeit genug, um einzuchecken und sich zu orientieren. Um siebzehn Uhr begann der Slow Dating-Workshop mit der Vorstellungsrunde.

3. KAPITEL

„Vielen Dank für diese informativen zwei Stunden", sagte Petros lächelnd. „Ich denke, Sie konnten sich nun alle schon ein wenig kennenlernen."

Die Teilnehmerinnen und Teilnehmer saßen im Kreis auf massiven Holzstühlen mit Edelweißschnitzerei in der Lehne, die zum rustikalen Ambiente des Raumes mit Dielenboden, holzvertäfelten Wänden, massiven Deckenbalken und rot-weißkarierten Vorhängen an den Sprossenfenstern passten. Das kleine, luxuriöse Hotel Alpenglück verfügte nur über vierzehn Zimmer und war von *Slow Happy* komplett gebucht worden. An den Wänden des zum Seminarraum umfunktionierten Frühstückszimmers hingen gerahmte Fotografien der herrlichen Berglandschaft rund um den Königssee. Die Tische waren zur Seite gerückt worden, um Platz für die Vorstellungsrunde zu schaffen.

„Wir sehen uns gleich beim Abendessen", fuhr Petros fort. „Für unser erstes gemeinsames Dinner gibt es eine kleine Besonderheit, nämlich Platzkarten, und wir bitten Sie, sich an diese zu halten. An den folgenden Tagen ist dann bei allen Mahlzeiten freie Platzwahl." Er stand auf, und die anderen folgten seinem Beispiel. „Für morgen noch eine Information", hielt er die Gruppe auf, da einzelne Teilnehmer schon zur Tür gingen. „Wir treffen uns nach dem Frühstück um halb zehn Uhr vor dem Hotel, um dann zu Fuß hinunter zur Anlegestelle der Ausflugsboote zu gehen. Bitte seien Sie pünktlich, tragen Sie festes Schuhwerk, und nehmen Sie sich etwas zu trinken mit. Es wird natürlich unterwegs die Möglichkeit geben, einzukehren, aber es ist immer gut, einen Schluck Wasser dabei zu haben."

Alle bis auf Maike und Petros verließen den Raum. Schweigend machten sich die beiden daran, Tische und Stühle wieder ordentlich hinzustellen. Schließlich schoben sie die letzten beiden Stühle gleichzeitig unter den Tisch, drehten sich um und standen dann plötzlich voreinander.

„Geschafft", sagte Petros und betrachtete zum ersten Mal Maikes Outfit näher. Für die Vorstellungsrunde hatte sie ihre Wanderkluft abgelegt und trug nun ein äußerst ausgefallenes Dirndlmodell. Das enganliegende dunkelgraue Mieder hatte Nadelstreifen, ein angedeutetes Revers und statt Knöpfen einen Reißverschluss. Darunter entdeckte er so etwas wie ein als Dirndlbluse abgewandeltes weißes Anzughemd, jedoch mit schmalem halbem Arm, kleiner Manschette und Manschettenknöpfen aus Kristall. Der Rock des Dirndls war einfarbig dunkelgrau, die Schürze glänzte seidig hellgrau. Die weiße Schleife war links und äußerst akkurat gebunden. Maikes Füße steckten in weißen gerippten Socken und sportlichen weißen Lederschuhen. „Interessant", bemerkte er.

Maike strich verlegen ihre Schürze glatt. „Meine Version eines Businesskostüms." Dann hob sie kampflustig das Kinn. „Was dagegen?"

Er hob beide Hände und grinste. „Gott bewahre!"

„Aber es gefällt dir nicht, oder?"

„Doch. Ich frage mich nur, wo man so etwas bekommt."

„Selbstgemacht", erwiderte sie schlicht.

„Wie, selbstgemacht?", fragte er verblüfft. „Du kannst schneidern?"

Sie nickte. „Liegt in der Familie. Meine Mutter ist Gewandmeisterin an der Hamburger Oper, und mein Vater arbeitet für einen Maßschneider am Neuen Wall. Ich habe schon als Kind angefangen, meine Klamotten selbst zu nähen. Erst niedlich, später Punk."

„Ich bin beeindruckt." Jetzt begriff er auch, woher ihre ganzen ausgefallenen Kleider stammten.

„Auch Timos Sachen sind alle handgemacht. Er hat wie alle Kinder ziemlich genaue Vorstellungen, wie er aussehen will. Wenn ich das alles kaufen müsste, so schnell, wie er wächst, müsste ich eine Bank überfallen."

Petros lachte. „Wie gut für die Bank, dass du nähen kannst."

„Wieso? Glaubst du, ich würde es schaffen, eine Bank auszurauben?"

„Klar. Wenn ich mitmache."

„Bonnie Schirmer and Clyde Meyer-Roussi rauben die Sparkasse Barmbek aus?"

„Gute Idee. Wir sollten auf der Rückfahrt nach Hamburg schon mal Pläne schmieden."

„Und was würdest du mit dem ganzen Geld machen?", fragte sie.

„Ich würde mir ein Haus auf einer griechischen Insel kaufen und ein kleines Segelboot", kam seine spontane Antwort. „Und du?"

„Ich weiß nicht. Vielleicht eine neue Nähmaschine kaufen?", meinte sie und schaute betont ernsthaft, aber ihre Mundwinkel zuckten.

Er musste erneut lachen. Maike war manchmal einfach süß.

Ihr Magen knurrte vernehmlich. „Wie spät ist es?", wollte sie wissen.

Er schaute auf seine Armbanduhr. „Viertel nach sieben."

„Ich habe Hunger."

„Dann auf zum Dinner." Er ließ ihr den Vortritt und konnte nicht verhindern, dass er ihre schlanken Waden betrachtete, während sie vor ihm herging. Die meisten Frauen hätten in einem Business-Dirndl, weißen Rippsocken und flachen Tretern lächerlich ausgesehen. Maike jedoch trug dieses Outfit entspannt und mit natürlicher Grazie.

Als sie den Speisesaal betraten, der auf eine moderne Weise urbayerische Elemente aufnahm, war eine hektisch-aufgebrachte Frauenstimme nicht zu überhören. Ein Blick zeigte ihm, dass es sich um Viola Frank handelte, die Finanzwirtin. Sie umklammerte die Lehne eines Stuhles neben dem Platz, auf dem Meinhard von Trems saß.

„Das kann Ihnen doch nichts ausmachen", rief sie schrill, offenbar an Franziska Hammer von Hammerbau gewandt, die nun ihre Platzkarte hochhielt.

„Das ist mein Platz", sagte Frau Hammer ruhig. „Wir wurden gebeten, uns an die Tischordnung zu halten. Ihr Platz ist dort drüben."

„Sind wir denn hier im Kindergarten?", empörte sich Frau Frank. „Namenskärtchen, feste Plätze. So ein Unsinn. Ich möchte neben Herrn von Trems sitzen, denn er hat mich darum gebeten."

„Das bezweifle ich. Herr von Trems ist ein Gentleman", entgegnete Frau Hammer.

Der Gentleman saß da, sagte nichts und schaute neutral geradeaus.

Petros blieb neben Maike stehen, die den Aufruhr stirnrunzelnd beobachtete. Jetzt schaute sie zu ihm hoch, und er sah, dass sie sowohl amüsiert als auch etwas besorgt wirkte. Er ging zu dem Sechsertisch hinüber. „Gibt es ein Problem?", fragte er freundlich.

„Nein, ich glaube, es gibt kein Problem", erwiderte Frau Hammer und begab sich auf die andere Seite des Tisches. Dort tauschte sie die Tischkarte von Frau Frank gegen ihre eigene aus. „Mir ist es ganz gleichgültig, wo ich sitze. Ich wollte nur der Bitte entsprechen, die Sie vorhin ausgesprochen haben", sagte sie zu Petros.

Triumphierend ließ sich Frau Frank neben Meinhard von Trems nieder und legte ihm eine Hand auf den Arm. „Geht doch", sagte sie laut und beugte sich zu von Trems. „Jetzt können wir uns in Ruhe unterhalten", flüsterte sie deutlich genug, dass es alle am Tisch hören konnten.

Meinhard von Trems schien von dem Aufhebens, das um seine Person gemacht wurde, völlig unberührt. Sanft nahm er die Hand von Frau Frank und legte sie auf den Tisch. „Darf ich Ihnen ein Glas Wasser einschenken?", fragte er.

„Aber gern", hauchte Viola Frank und lächelte ihn gewinnend an.

Petros kam zurück zu Maike. „Suchen wir uns einen Tisch?"

Sie nickte und folgte ihm zu einem Zweiertisch am Fenster. „Das kann ja heiter werden", meinte sie, als sie saßen. „Häuptling Silberlocke macht sie alle verrückt."

„Das ist nur der erste Abend. Morgen gehen wir wandern, da entspannen sich die Leute hoffentlich. Schau mal, was Frau Frank nicht bedacht hat, ist, dass Frau Hammer dem hochwohlgeborenen Herrn jetzt gegenübersitzt und prima Augenkontakt hat. Sie flirten bereits."

Maike drehte den Kopf. „Tatsächlich. Wie schlau von ihr."

Eine Kellnerin im grünen Dirndl erschien an ihrem Tisch. „Haben Sie schon gewählt?", fragte sie mit deutlich bairischer Aussprache.

„Noch nicht. Aber ich hätte gern ein großes Helles", sagte Petros. „Was möchtest du trinken, Maike?"

„Ein Helles ist ein bayerisches Bier, richtig?", fragte sie.

„Ganz genau", antwortete die Kellnerin.

„Gibt es das auch in klein?"

„Ja, sicher." Die junge Frau lächelte. „Also ein großes und ein kleines Helles." Sie beugte sich zu Maike hinunter. „Ihr Dirndl ist große Klasse. Ich habe Sie gesehen, als Sie reinkamen. Ein Designerstück?"

Maike strahlte. „Sozusagen. Ein eigener Entwurf."

„Gratuliere!" Damit ging sie zum Nachbartisch, um dort Bestellungen aufzunehmen.

Wenig später brachte sie die Getränke. Petros nahm einen großen Schluck. „Herrlich", lobte er. „Es geht nichts über bayerisches Bier."

Maike trank ebenfalls. „Es ist viel milder als das Bier bei uns. Lecker."

Sie blätterten in ihren Speisekarten und bestellten dann das Gleiche. Hirschgulasch mit Klößen und Rotkohl.

Petros ließ seinen Blick schweifen. Die Slow Dater saßen jeweils zu sechst an zwei Tischen. Dem Geräuschpegel nach zu urteilen, unterhielten sie sich bestens. Auch er hatte sich umgezogen und trug nun graue Jeans und ein weißes Hemd. Seinen hellgrauen Kaschmirpullover hatte er über die Schultern gelegt und vorn geknotet. Als das vorzügliche Essen kam, machte es ihm Spaß zu sehen, wie herzhaft Maike zulangte.

„Das war köstlich", sagte sie eine Stunde später, legte ihr Besteck auf den Teller und wischte sich den Mund mit der weißen Stoffserviette, ehe sie den Rest Bier austrank.

„Einen Schnaps?", fragte die junge Kellnerin und begann, die Teller abzuräumen.

Maike schüttelte den Kopf. „Nein, danke."

„Und Sie?", wandte sich die Bedienung an Petros.

„Nein, für mich auch nicht."

Er sah, dass die ersten Teilnehmerinnen und Teilnehmer aufstanden und das Restaurant verließen.

„Was hältst du von einem kleinen Spaziergang runter zum See?", fragte er Maike.

„Gute Idee."

Sie standen auf und gingen in die Lobby. Dort wurden sie jedoch aufgehalten, denn im gleichen Moment kam Meinhard von Trems die Treppe herunter und hieb auf die Klingel am Empfangstresen.

Sofort erschien der Empfangschef. „Was kann ich für Sie tun?"

„Meine Zimmerkarte ist verschwunden", sagte Herr von Trems aufgebracht. „Ich kann nicht in mein Apartment."

Der Mitarbeiter schaute sich auf der Ablage unter dem Tresen um. „Hier ist eine Zimmerkarte. Ich schaue mal nach, zu welcher Nummer sie gehört." Er schob die

Chipkarte in einen Kartenleser und schaute auf den Computerbildschirm. „Nummer sechs. Das ist Ihre, Herr von Trems."

„Wer hat die hier abgegeben?"

„Das weiß ich leider nicht", antwortete der Portier.

„Wie, das wissen Sie nicht? Gibt es hier keine Videoüberwachung?"

„Selbstverständlich nicht. Wir respektieren die Privatsphäre unserer Gäste."

„Jemand hat mir die Karte gestohlen!"

„Herr von Trems", sagte der Mann, auf dessen Namensschild M. Gruber stand, beruhigend, „hier in diesem Hotel ist noch nie etwas gestohlen worden. Bestimmt haben Sie die Karte irgendwo liegengelassen. Das passiert häufiger, als man denkt."

„Mir nicht."

Der Portier erwiderte darauf nichts und lächelte nur höflich.

„Geben Sie her", herrschte von Trems ihn an.

Gruber reichte ihm die Zimmerkarte. „Einen schönen Abend, Herr von Trems."

Wortlos drehte von Trems sich um und ging die Treppe nach oben.

Petros trat an den Tresen. „Wahrscheinlich hat er sie wirklich irgendwo liegengelassen."

„Davon ist auszugehen." Herr Gruber flüsterte verschwörerisch: „Wenn Sie wüssten, wo wir diese Zimmerkarten überall schon gefunden haben. Sogar im ... Sie wissen schon."

„Ich kann es mir denken." Petros wandte sich an Maike. „Wir sollten unsere Jacken holen. Hier ist es bestimmt abends schon ziemlich kühl."

„Oh, ja, ziehen Sie sich was Warmes über. Frost gibt es nachts nur oben auf dem Berg, aber auch hier unten ist es abends im September nicht mehr gemütlich draußen", sagte Herr Gruber.

Gerade wollten Petros und Maike nach oben gehen, da hörten sie hastige Schritte auf der Treppe, und gleich darauf stürmte Meinhard von Trems an ihnen vorbei zum Empfangstresen.

„Wie erklären Sie sich das?", rief er erbost und hielt eine kleine Vase mit einer abgeknickten Rose hoch. „Jemand muss sich mit meiner Karte Zugang zu meinem Zimmer verschafft haben! Als ich eingecheckt habe, war diese Rose noch völlig intakt."

Langsam gingen Petros und Maike die Stufen wieder hinunter in die Lobby und beobachteten, wie Herr Gruber scheinbar unbeeindruckt die Vase mit der traurig aussehenden Rose entgegennahm.

„Erst die gestohlene Zimmerkarte, und jetzt das!", herrschte von Trems ihn an.

Gruber betrachtete die Rose eingehend, nahm den Stiel zwischen zwei Finger und wackelte daran. „Es kommt durchaus vor, dass diese Blumen mal das Köpfchen hängen lassen. Ich werde unserem Zimmerservice sagen, dass man Ihnen sofort Ersatz bringt."

„Ersatz, Ersatz! Ich will sofort den Hoteldirektor sprechen!"

„Wie Sie wünschen, Herr von Trems." Gruber nahm das Telefon und wählte eine Nummer. „Frau Gasteiger, hier ist ein Gast, der Sie gern persönlich sprechen würde. ... Ja, in der Lobby. ... Danke, Frau Gasteiger."

„Die Chefin wird sofort hier sein, Herr von Trems."

„Das will ich auch hoffen. Und Sie", fuhr er fort und schaute zu Petros und Maike, „sind meine Zeugen. Sie haben gesehen, dass meine Zimmerkarte hier lag. Jeder hätte sie nehmen können."

Frau Gasteiger, eine Frau um die sechzig, mit dichtem braunem Haar, Brille, und angetan mit dem obligatorischen

Dirndl, kam aus einem Büro, das hinter dem Empfangsbereich lag. Sie ließ sich kurz erklären, um was es ging, dann sagte sie ruhig: „Herr von Trems, ich glaube nicht, dass jemand Interesse daran haben könnte, in Ihr Zimmer zu gehen und eine Blume abzuknicken. Haben Sie geschaut, ob etwas fehlt? Oder ist sonst etwas in Unordnung gewesen?"

„Nein, das nicht, aber ..." Anscheinend merkte er gerade, wie absurd es war, sich über eine schlappe Rose aufzuregen. Und anscheinend wirkte die Autorität der Hoteldirektorin überzeugend.

„Es kommt sehr häufig vor, dass unsere Gäste ihre Zimmerkarte verlegen", fuhr Frau Gasteiger fort und fügte in beruhigendem Ton hinzu: „Das ist gar nicht schlimm, da brauchen Sie sich keine Sorgen zu machen."

Petros musste innerlich grinsen. Die Hotelchefin nahm dem Typ den Wind aus den Segeln.

In diesem Moment öffnete sich links eine Tür, auf der „privat" stand, und eine Frau mittleren Alters betrat die Lobby. Sie war groß, mit tiefschwarzem Kurzhaarschnitt und randloser Brille, und trug kein Dirndl, sondern eine dunkelblaue funktionale Tunika über einer schwarzen Hose.

„Ah, Frau Lambert, gut dass Sie kommen", rief die Hoteldirektorin und wandte sich an von Trems. „Darf ich Ihnen unsere Hausdame, Frau Lambert, vorstellen? Oder besser Chief Housekeeping, wie das neumodisch heißt. „Dora, würden Sie Herrn von Trems netterweise ein schönes neues Blumengesteck aufs Zimmer bringen?" Sie hielt der Hausdame die kleine Vase mit der welken Rose hin.

Frau Lambert nahm sie mit unbewegtem Gesicht in Empfang und nickte. „Selbstverständlich." Sie drehte sich um und benutzte die Treppe ins Untergeschoss, wo sich vermutlich die Wirtschaftsräume befanden.

„Darf ich Ihnen aufs Haus eine halbe Flasche Champagner anbieten?", erkundigte sich Frau Gasteiger nun bei von Trems.

Es war von Trems anzumerken, dass er die Sache gerne noch weiter diskutiert hätte, doch nach einem Moment nickte er gnädig. Als er an Petros und Maike vorbeikam, sagte er: „Wenn noch mehr solche Dinge passieren, reise ich ab und stelle Ihnen eine gesalzene Rechnung." Damit stürmte er nach oben.

„Vielen Dank, Frau Gasteiger." Petros ging auf sie zu und gab ihr die Hand. „Petros Meyer-Roussi, Agentur *Slow Happy*." Er wies auf Maike. „Dies ist meine Kollegin Maike Schirmer. „Es tut mir leid, dass Herr von Trems so einen Aufstand gemacht hat."

Frau Gasteiger winkte lächelnd ab. „Kein Problem. Da gibt es ganz andere. Einen schönen Abend Ihnen beiden." Sie ging wieder in ihr Büro.

„Dann nichts wie Jacken holen und raus hier", bemerkte Maike. „Wer weiß, was sonst noch gleich passiert."

Lachend rannten sie die Treppe hinauf. Wenige Minuten später verließen sie das Hotel, überquerten den Vorplatz und gingen die schmale Straße hinunter. Es war bis auf zwei funzelige Laternen dunkel und neblig.

„Huh", sagte Maike. „Ein bisschen gruselig."

„Aber wunderbare Luft." Petros sog begierig den Atem ein. „Los, komm."

Die Stille hier draußen kam Maike nach acht Stunden Anreise und drei Stunden Kundenbetreuung fast gespenstisch vor, und sie war froh, dass Petros neben ihr ging, groß, vertraut, warm. Warm? Doch, ja, tatsächlich hatte sie das Gefühl, seine Körperwärme spüren zu können. Wenn sie ein Paar gewesen wären, würde er jetzt seinen Arm um ihre Taille legen, und sie ihren um seine Hüften. Wenn, wenn, wenn ...

Diese Verliebtheit ist für mich beendet. Diese Verliebtheit ist für mich beendet.

Keiner von ihnen sprach. Ab und zu bewegte ein Luftzug die hohen Fichten, die Maike im schwachen Laternenlicht nur schemenhaft ausmachen konnte. Dann rauschte es sanft. Petros hatte recht. Die Luft roch himmlisch.

Bald waren sie unten im Dorf angekommen. In einigen Restaurants brannte Licht. Auf den Terrassen saß niemand mehr. Ein einsames Auto kam ihnen entgegen, und Maike nahm die Auspuffgase so deutlich wahr wie noch nie. In Hamburg war man offenbar so eingehüllt von Abgasen, dass einem höchstens noch ein stinkender Diesel unangenehm auffiel.

Gleich darauf erreichten sie den Anleger. Ein langer Holzsteg führte hinaus auf den See und verschwand im Nebel. Rechts die Kassenhäuschen waren verrammelt. Am Ufer blieben sie stehen. Leise plätscherte das Wasser.

„Schön hier", sagte sie und ertappte sich dabei, dass sie flüsterte.

Doch dann hörte sie leise Stimmen und unterdrücktes Gelächter und drehte sich um. Auf einer Bank weiter links saßen Agnes Wirth, die Vertreterin für Tierbedarf, und Arthur Wellendorf, der Privatier und Künstler. Sie schienen sich bestens zu unterhalten. Hatte sich etwa das erste Paar schon gefunden? Das wäre dann ja eher Speeddating statt Slow Dating gewesen!

Neid stieg in ihr auf. Wieso ging das bei anderen so einfach, und bei ihr klappte es nicht? Sollte sie auch mal tindern oder sich gar bei einer der großen Partneragenturen anmelden? Einige ihrer Bekannten und Freundinnen hatten die große Liebe tatsächlich online gefunden. Ein paar waren aber auch gnadenlos aufgeknallt, weil die Typen, die sie kennenlernten, mittlere bis große Macken hatten.

Sie schaute zu Petros, und ihre Blicke trafen sich. Er lächelte sie doch tatsächlich an. „Was denkst du gerade?", wollte er wissen.

Uh, das konnte sie ihm nun überhaupt nicht sagen. „Nichts", erwiderte sie daher nur. „Oder besser: Ich frage mich ständig, ob uns dieser Herr von Trems noch mehr Schwierigkeiten machen wird."

„Ich hoffe nicht. Aber wissen werden wir es erst morgen."

„Oder spätestens Sonntagmittag", ergänzte sie. „Wenn der Workshop vorbei ist." Sie gähnte. „Ich glaube, ich möchte schlafen gehen. Es war ein langer Tag."

„Klar. Gehen wir zurück."

Petros wirkte tatsächlich ein wenig enttäuscht. Genoss er ihre Gesellschaft etwa so sehr, dass er gern noch länger mit ihr hier im Dunkeln gestanden hätte. Wohl eher nicht ...

Auf dem Rückweg schwiegen sie. Maike hielt Abstand, doch irgendwie geschah es immer wieder, dass sich ihre Arme berührten. Hastig zog sie sich dann jedes Mal zurück. Als sie das Hotel betraten, kam die Hausdame die Treppe herunter und nickte ihnen zu. Als sie an ihnen vorbei ging, fiel Maike etwas ein.

„Frau ... Lambert, nicht wahr?", sagte sie.

Die Hausdame blieb stehen. „Ja?"

„Dürfte ich Sie eventuell um etwas bitten?"

„Gerne. Jederzeit. Um was handelt es sich denn?"

„Ich habe mir die Gürtelschlaufe meiner neuen Hose abgerissen. Ob Sie wohl eine Nähmaschine hätten, die ich morgen benutzen könnte?"

Die Frau mit dem aparten schwarzen Kurzhaarschnitt und dem ernsten Gesicht schüttelte den Kopf. „Das ist nicht nötig. Geben Sie mir die Hose, ich erledige das für Sie."

„Das wäre fantastisch."

„Warten Sie einen Moment." Frau Lambert verschwand in einem Nebenraum und kehrte gleich darauf mit einer großen Papiertüte zurück, die das Hotellogo trug. „Tun Sie die die Hose hier hinein und stellen Sie die Tüte vor Ihre Zimmertür. Morgen früh ist die Hose repariert."

„Das ist ja wunderbar, Frau Lambert. Ich danke Ihnen sehr." Maike nahm die Tüte.

„Das gehört zum Service. Angenehme Ruhe", wünschte Frau Lambert.

„Gleichfalls", sagten Maike und Petros unisono und gingen nach oben.

Gleich darauf stellte Maike fest, dass Petros das Zimmer neben ihr bewohnte. Das beflügelte ihre Fantasie. Ob es wohl eine Verbindungstür gab? So wie in manchen romantischen Filmen, die im Hotel spielten? Die Versuchung wäre groß, sie zu benutzten.

Oh, Maike, schimpfte sie mit sich im Stillen. Lernst du es denn nie?

„Gute Nacht", sagte sie kühler als nötig. „Bis morgen."

Petros legte den Kopf schief und schaute sie prüfend an. „Bis morgen", erwiderte er dann sanft. „Schlaf gut."

„Du auch."

Einen Moment lang standen sie einfach da, als warteten sie auf etwas.

„Sind deine Handtücher auf dem Bett auch zu Schwänen gefaltet?", fragte Maike, nur um etwas zu sagen.

Petros lachte. „Ja. Man traut sich kaum, das Kunstwerk zu zerstören. Gute Nacht, Maike."

Gleichzeitig öffneten sie ihre Zimmertüren. Drinnen wartete Maike noch ein, zwei Sekunden, bis sie hörte, wie Petros' Tür geschlossen wurde. Dann drückte sie ihre Tür ebenfalls zu und machte Licht.

Das Zimmer wäre selbst ohne die Handtuchschwäne auf dem großen Doppelbett ein Traum gewesen. Groß, viel helles Holz, traditionelle Möbel, eine bequeme Sitzecke, geräumiges modernes Bad, und ein Balkon.

Maike nahm ihre neue Hose, faltete sie zusammen, legte sie in die Tüte, die Frau Lambert ihr gegeben hatte, und stellte sie vor ihre Zimmertür.

Dann öffnete sie die Balkontür und hörte, dass Petros gerade das Gleiche tat. Sie ging nach draußen und atmete tief durch. Petros war ans Holzgeländer getreten und machte zischend eine Dose Bier auf, wohl aus der Minibar.

„Prost", sagte Maike.

Er wandte den Kopf und entdeckte sie. „Das habe ich mir verdient, finde ich. Hol dir doch auch was."

„Nein, für heute habe ich genug gegessen und getrunken. Ich schaue mal, ob Timo noch wach ist. Morgen ist Samstag, da hat er ja keine Schule. Gute Nacht."

„Servus. Träum was Schönes." Petros grüßte mit der Bierdose und ließ sich auf einen der bequemen Balkonstühle fallen.

Maike ging wieder nach drinnen und schloss die Balkontür. So oft, wie sie und Petros sich jetzt gute Nacht gewünscht hatten, konnte ja mit dem erholsamen Schlaf ja nichts mehr schiefgehen. Der Gedanke entlockte ihr ein Lächeln.

4. KAPITEL

Vom majestätischen Königssee und den Bergen war am nächsten Morgen um halb elf nur wenig zu sehen, denn es herrschte immer noch Nebel, wenn dieser auch langsam aufstieg und dünner wurde. Petros kaufte gerade die Tickets für die Fahrt mit dem Elektroboot. Maike trug ihre reparierte Funktionshose und die dazugehörige Jacke, hatte ihr Daypack auf dem Rücken, und stand mit ihren Wanderstöcken in der Schlange, bereit, mit den Slow Datern an Bord zu gehen. Aus dem erholsamen Schlaf war leider nichts geworden, denn während der ganzen Nacht war sie immer wieder durch lautes, knatterndes Motorengeräusch aufgeschreckt worden.

„Sie sehen müde aus, Frau Schirmer", bemerkte Hugo Froh, der Privatpilot. In Krachledernen, Kniestrümpfen und ledernen Wanderschuhen, dazu einer Trachtenjacke und tatsächlich einem grauen Filzhut mit Gamsbart, sah er gleichzeitig zünftig und verkleidet aus.

„Es geht schon wieder einigermaßen", erwiderte sie. „Was hat denn letzte Nacht diesen infernalischen Lärm gemacht? Jedesmal, wenn ich dachte, jetzt ist endlich Ruhe, fing es wieder an. Waren das Hubschrauber?"

Froh nickte. „Bergwacht. Leute, die oben am Berg erschöpft sind oder verletzt oder sich verirrt haben, rufen da an, und dann kommen die Helikopter, die über Nachtsichtgeräte verfügen, und holen sie ab. Sie glauben gar nicht, wie oft sich Touristen überschätzen. Die gehen in Turnschuhen hoch und wundern sich, wenn sie keine Kraft mehr für den Abstieg haben. Aber auch erfahrene Bergsteiger geraten in Bergnot. Gerade hier am Watzmann. Der hat schon viele Tote gesehen. Erst vor drei Tagen ist ein dreiundzwanzigjähriger Mann abgestürzt. Er war mit einem Freund unterwegs, als das Wetter oben umschlug. Der Freund ist wieder runter, aber der andere ist weitergegangen, vom Hocheck aus in Richtung Mittelspitze. Als der Freund nichts mehr von ihm hörte, hat er die Bergwacht informiert. Die hat den jungen Mann dann mit schwersten Sturzverletzungen tot aufgefunden. Manche, die Glück haben und lebend vom Berg gepflückt werden, beschimpfen sogar die Retter. Neulich wegen eines Schlafsacks, der zurückbleiben musste. Da kann einem schon die Galle überlaufen ..."

„Waren Sie selbst denn mal da oben?", fragte Maike. „Sie scheinen Erfahrung auf dem Gebiet zu haben."

„Als ich jung war, ist mein Großvater mal mit mir los. Ich habe es geschafft, aber seitdem habe ich einen Riesenrespekt vor dem Watzmann."

„Dann wird unsere heutige Wanderung ja eher langweilig für Sie."

„Im Gegenteil. Je schlichter der Weg, desto mehr Zeit bleibt fürs Daten", antwortete Hugo Froh und grinste Beata Kozlowsky, die neben ihm stand, einladend an. Die hübsche Optikermeisterin lächelte zurück. Maike bemerkte erleichtert, dass sie selbst nicht die Einzige in neu erworbener Funktionskleidung war. Frau Kozlowsky in ihrem rosa Wanderoutfit aus Polyester und ihren neonfarbenen Goretexschuhen wirkte neben dem rustikalen Hugo Froh wie Almbarbie mit Messner-Ken. Und immerhin hatte Meinhard von Trems ebenfalls eine Gehhilfe dabei, allerdings keine Wanderstöcke aus Carbon mit Plastikgriff und Schlaufe wie sie selbst, sondern einen massiven Holzstock mit dickem Knauf. Das Holz war zweifarbig hell- und dunkelbraun gefleckt wie ein Leopard. Dass es sich um ein vielbenutztes Stück handelte, erkannte Maike an der Patina.

Sie ging hinüber zu von Trems, der ausnahmsweise nicht von Frau Frank belagert wurde. „Was für ein wunderbarer Wanderstock", sagte sie. „Kein Vergleich mit diesen Dingern hier." Sie hielt ihre Stöcke hoch.

Von Trems lächelte geschmeichelt. „Das ist ein sogenannter Morgenstock, aus einem einzigen Ast gefertigt.

Dieser hier ist von einem wilden Haselnussbaum, von Hand geschliffen und lackiert. Ein Erbstück. Sehen Sie hier?" Er drehte den Stock und wies auf die eingeritzten Initialen RvT. „Rudolf von Trems. Mein Großvater."

„Fantastisch", hauchte Viola Frank, die neben ihm aufgetaucht war. „Darf ich ihn mal anfassen?"

„Bitte sehr." Von Trems hielt ihr den Morgenstock hin, und sie fuhr mit der rechten Hand lasziv daran auf und ab.

„So glatt. Und so sinnlich", säuselte Frau Frank und sah herausfordernd zu von Trems auf.

Maike errötete, weil ihr die Szene peinlich war.

Zum Glück kam Petros jetzt mit den Tickets zurück, und alle stiegen ins Ausflugsboot. Drin war es eng. Aufgereiht auf gegenüberliegenden Bänken saßen die Slow Dater wie Hühner auf der Stange, da die Sitze in der Mitte bereits von anderen Tagesgästen belegt waren. Gleich darauf legte das Boot dank Elektromotor lautlos ab und tauchte ein in die Nebelschwaden.

Als hätte Petros es geplant, war der Platz neben Maike als einziger noch frei. Er setzte sich neben sie. Maike hatte ihr Daypack zwischen den Beinen verstaut. Nur wohin sie mit ihren Wanderstöcken sollte, wusste sie nicht. Aufrecht hinstellen und festhalten schien ihr das Beste zu sein.

„Wag es", zischte sie, als sie Petros' spöttischen Blick bemerkte.

Er lachte leise. „Käme nie auf die Idee."

Während der Kollege des Schiffsführers nun per Mikrofon mit seinem Vortrag begann, beobachtete Maike aufmerksam, was sich zwischen den Teilnehmerinnen und Teilnehmern des Workshops ereignete. Ihr fiel auf, dass Meinhard von Trems ungewöhnlich zurückhaltend war. Er saß zwischen Viola Frank und Hannelore Ostermann, der Vorstandssekretärin. Frau Frank, die sich anscheinend nicht für die Ausführungen des Reiseleiters interessierte, plapperte unentwegt, doch von Trems antwortete nur einsilbig. Maike fiel auf, dass er häufig hinüber zu Franziska Hammer schaute, die rechts von Maike saß. Arthur Wellendorf und Agnes Wirth, die sich offenbar schon gestern Abend auf der Bank am See nähergekommen waren, saßen nebeneinander und sprachen ab und zu leise miteinander. Manchmal lachten sie über etwas, das der andere gesagt hatte. Gandari Roy war die Einzige, die einen Platz in der Mitte des Bootes ergattert hatte. Sie schaute auf ihr Smartphone und tippte ab und zu darauf herum. Auf der anderen Seite von Hannelore Ostermann saß Professor Dr. Holger Hinterseer und versuchte einige Male, mit ihr ins Gespräch zu kommen. Doch sie wirkte angespannt und schien sich sehr auf das zu konzentrieren, was Viola Frank zu Meinhard von Trems sagte. Yvain St. Clair, der Baumchirurg, und Sebastian Lösch, der Wäscheverleiher, machten das Beste aus ihrer Situation und schauten aus dem Fenster auf die Landschaft, von der zuerst fast nichts, bald jedoch immer mehr zu sehen war, als der Nebel sich lichtete.

Beeindruckt blickte Maike auf den dichten Nadelwald, aus dessen Wipfeln weiße Schwaden stiegen. Mittlerweile konnte sie feststellen, dass die Sonne schien, denn langsam traten auch die steilen grauen Gipfel aus dem Dunst. Darüber blauer Himmel und gleißendes Licht. Doch erst nach und nach erkannte sie, wie massiv und hoch die Berge tatsächlich waren. War das etwa Schnee in einzelnen Spalten?

„Der Königssee ist eiskalt", verkündete der Sprecher nun. „Bei uns sagt man, wenn du als Prinz hineinsteigst, kommst du als Prinzessin wieder raus."

Sein Witz zündete allerdings nicht richtig, denn kaum jemand lachte.

Etwas fiel polternd zu Boden. Maike sah, dass sich der Morgenstock von Herrn von Trems offenbar selbstständig gemacht hatte. Frau Ostermann bückte sich und hob den Stock auf. Ehe sie ihn von Trems zurückgab, drehte sie ihn in beiden Händen so, dass sie die eingeritzten Initialen sehen konnte, und strich mit dem Finger darüber. „Ihr ‚Erbstück‘‘‘, sagte sie mit ironischer Betonung. „Sie sollten besser darauf aufpassen.‘‘

Von Trems entriss ihr den Stock und erwiderte nichts.

„Wir nähern uns jetzt der Echowand‘‘, verkündete der Reiseleiter. „Früher wurde ein Handböller mit Schwarzpulver gefüllt und abgefeuert. Das gab ein siebenfaches Echo. Doch das ist viel zu gefährlich, wie Sie sich denken können. Heutzutage spielt einer meiner Kollegen ein Trompetensolo, und je nach Witterung können Sie das Echo ein- bis zweimal hören. Da ich für einen erkrankten Trompeter eingesprungen bin und das Instrument selbst nicht beherrsche, hat sich unser Schiffsführer bereit erklärt, den Job zu übernehmen. Keine Sorge, ich habe einen Bootsführerschein und werde Sie sicher über den See fahren.‘‘

Der Kapitän tauschte mit ihm die Plätze und holte aus einem zerschlissenen Futteral, das er unter der Treppe des Kahns verstaut hatte, eine Trompete, die schon bessere Tage gesehen hatte.

„Ich habe lange nicht mehr gespielt, und mal schauen, ob mein Ansatz es noch bringt‘‘, verkündete er.

Die Echowand, oder was durch den Nebel davon zu sehen war, musste auf der rechten Seite liegen. Maike beobachtete den Schiffsführer, der das Instrument nun an die Lippen setzte. Das Boot bewegte sich nicht mehr, und an Bord herrschte gespannte Stille.

Die ersten Töne kamen etwas wacklig, doch dann erschallte die traditionelle Weise laut und klar über den See und kam tatsächlich als deutlich hörbares Echo zurück.

Es war ein bewegender Moment, und als der Trompeter geendet hatte, gab es Applaus.

„Danke, danke‘‘, sagte der Schiffsführer und verstaute seine Trompete wieder. Dann ging er nach vorn und nahm wieder hinter dem Steuer Platz. Gleich darauf setzte sich das Boot wieder in Bewegung.

„Rechts sehen Sie nun den Watzmann", fuhr der Kollege über Mikrofon mit seinen Erklärungen fort, und Maike reckte den Kopf. Über dem schwindenden Nebel und den dunklen Fichten, deren Wipfel daraus hervorragten, nahm sie ein mächtiges graues Gebirge wahr. „Der Watzmann ist mit zweitausendsiebenhundertdreizehn Metern Deutschlands zweithöchster Berg", fuhr der Reiseleiter nun fort. „Laut Legende stellt die höchste Erhebung König Watzmann dar, die zweithöchste die Königin, und die Spitzen dazwischen ihre sieben Kinder. Der König war ein grausamer Herrscher und wurde von Gott zur Strafe in Stein verwandelt. Dort drüben die Felswand mit den schrägend Felsbändern ist die berüchtigte Watzmann-Ostwand und mit zweitausend Metern die höchste Wand der Ostalpen. Die Besteigung ist äußerst gefährlich und dauert etwa acht bis zehn Stunden. Bis heute hat die Ostwand schon über hundert Todesopfer gefordert."

„Nichts für mich", flüsterte Maike Petros zu. „Ich weiß nicht, irgendwie finde ich diese Berge bedrückend. Wahrscheinlich, weil ich mein ganzes Leben lang nur plattes Land gewöhnt war."

„Gefällt es dir denn gar nicht hier?", fragte Petros.

„Doch, schon. Es ist so postkartenschön, dass es mir fast unwirklich vorkommt. Aber leben möchte ich hier nicht. Ich hätte immer Angst, dass mir der Watzmann auf den Kopf fällt."

Petros lachte laut, und alle drehten sich zu ihnen um.

„Pst." Maike grinste.

Fünfzehn Minuten später hatte sich der Nebel fast völlig verzogen. Ab und zu kam ihnen eines der Ausflugsboote entgegen. Bald hatten sie die kleine Halbinsel erreicht, wo die hübsche Kirche St. Bartholomä mit ihren roten Kugeldächern ein weiteres Postkartenmotiv bot.

„Auf der Hin- und Rückfahrt halten unsere Schiffe bei Sankt Bartholomä", erklärte der Sprecher. „Dort gibt es einen wunderschönen Sommergarten mit hausgebackenem Kuchen. Wir empfehlen jedoch, zuerst zur Salet-Alm zu fahren. Wer möchte, kann von Sankt Bartholomä zur Eiskapelle wandern. Aber bitte denken Sie immer dran: Um achtzehn Uhr legt das letzte Boot ab. Und ein Taxi kriegen Sie hier nicht, denn Sankt Bartholomä ist nur per Schiff erreichbar."

Das Ausflugsboot legte an, und einige Tagesgäste stiegen aus. Niemand stieg zu, so dass nun auch in der Mitte wieder Platz war. Maike, die die Nähe zu Petros kaum noch aushielt, stand auf, nahm ihr Daypack und ihre Stöcke, und pflanzte sich in die Mitte der roten Sitzbank. Sie war kribbelig wie ein Kind, das endlich ankommen und laufen will. Ein Blick auf die Slow Dater bewies ihr, dass es wohl den meisten ähnlich ging. Kaum jemand redete noch, einige schauten auf den See und die Berge oder suchten, wie von Trems und Frau Hammer, intensiven Blickkontakt. Viola Frank schmollte und bemühte sich nicht im Geringsten, ihre Verstimmung zu verbergen. Gandari Roy daddelte immer noch auf ihrem Telefon. Überrascht sah Maike, dass Petros sich zu ihr setzte. Gleich darauf waren die beiden in ein Gespräch vertieft, und kurz darauf hörte Maike beide lachen. Es versetzte ihr einen Stich. Dumme Eifersucht. Sie sollte dankbar sein, dass Petros sich um die Teilnehmerin kümmerte. Weshalb war sie nicht selbst auf die Idee gekommen? Schließlich war sie hier nicht zum Vergnügen.

Zwanzig Minuten später hatten sie die Endstation Salet endlich erreicht, und alle stiegen aus. Das ist also eine Alm, dachte Maike. Eine grüne, weitläufige Wiese, ein gluckernder Gebirgsbach, hellbraune Kühe. Eingebettet in dunkle Nadelwälder, darüber nackter grauer Fels, so hoch, dass sie den Kopf in den Nacken legen musste, um den Himmel darüber zu sehen. Nein, definitiv nicht ihr Ding.

Der Weg zum Obersee erwies sich als flach und kinderleicht, und sie schämte sich für ihre Wanderstöcke. Trotzig stakte sie damit voran und fing ein amüsiertes Grinsen von

Petros auf, der sich an Gandari Roys Seite hielt. Über was die beiden wohl so angeregt plauderten? Wieder fühlte Maike, wie die Eifersucht piekte.

Diese Verliebtheit ist für mich beendet. Diese Verliebtheit ist für mich beendet.

Immerhin hatte sie die Genugtuung, dass der Weg, sobald sie den Obersee erreicht hatten, dann doch einigermaßen alpin wurde. Ungleich hohe, in den schroffen Stein gehauene Stufen, führten am steilen Berghang entlang, gesichert durch Stahlseile rechts und links des Wegs. Unter ihnen lag blau und kalt der Königssee. Auf diesem Wanderpfad bewährten sich Maikes Stöcke, und sie warf Petros einen triumphierenden Blick zu, als er sich einmal nach ihr umschaute. Er bewältigte die unebenen, teils scharfkantigen Stufen mühelos. Alle Teilnehmerinnen und Teilnehmer gingen hintereinander, denn der Weg war viel zu schmal. Ab und zu kamen ihnen Leute entgegen, und Maike musste sich einige Male eng an die Felswand drücken, um sie vorbeizulassen.

Den Aufstieg bewältigte sie ganz gut. Zwar schmerzten ihre Beinmuskeln, doch sie ließ sich nichts anmerken. Es war ja auch niemand da, den es gekümmert hätte. Doch der Abstieg hinunter zur Fischunkelalm gestaltete sich schwieriger. Mehrmals nahm sie ihre Stöcke in eine Hand und klammerte sich mit der anderen am Stahlseil fest. Nicht umknicken, dachte sie. Bloß nicht umknicken. Wie es den anderen erging, war ihr gerade so was von egal. Sie hatte genug mit sich selbst zu tun.

Und das Ganze später wieder zurück!

Schwer atmend blieb sie stehen. „Ich hasse Berge", flüsterte sie. „Ich hasse, hasse, hasse Berge."

Fluchen gab ihr neue Energie, sie beschleunigte ihre Schritte und holte die Gruppe langsam wieder ein.

Und endlich hatte sie es geschafft. Jetzt noch ein paar Schritte auf flachen Steinen über eine nasse Wiese, dann lag die Berghütte der Fischunkelalm wie eine Verheißung vor ihr. Die Sonne schien, es war warm, die Wiese duftete herrlich, und die Glocken der grasenden Kühe machten das Idyll vollkommen.

Vielleicht hasste sie Berge ja doch nicht so sehr ...

In der Hütte gab es Schmalzbrot und selbstgemachte Buttermilch, und Maike sah, dass Yvain St. Clair zwei Brote und zwei große Gläser Buttermilch erwarb. Danach suchten er und Gandari Roy sich eine Bank, aßen, tranken und unterhielten sich.

Ein Problem gelöst, ganz gleich, ob sich zwischen den beiden etwas entwickeln würde oder nicht. Es war immer schwierig, wenn sich jemand in der Gruppe nicht wohlzufühlen schien.

Da ihre Beine nach der Anstrengung zitterten, setzte sich Maike auf eine Bank im Schatten seitlich der Hütte, legte ihre Stöcke weg und setzte den kleinen Rucksack ab. Zu ihrer Überraschung kam wenig später Petros zu ihr und brachte ihr Schmalzbrot und Buttermilch.

„Ich dachte, du bräuchtest vielleicht eine kleine Stärkung", sagte er.

„Danke, das ist supernett von dir." Gierig trank sie einen Schluck. „Oh, das ist ja unglaublich lecker!"

Er setzte sich neben sie und stellte seinen Teller und sein Glas auf den rohen Holztisch. Genüsslich biss er in das Schmalzbrot.

„Sind alle heil angekommen?", wollte Maike wissen.

„Klar. Die meisten haben Wandererfahrung." Er streckte eine Hand aus und strich mit dem Zeigefinger über ihre Oberlippe. „Milchbart."

Hastig wischte sich Maike mit dem Handrücken über den Mund. Die Berührung hatte sie verwirrt. Und das war ihr genau so peinlich wie die weiße Spur, die die Buttermilch auf ihrer Oberlippe hinterlassen hatte.

Arthur Wellendorf und Agnes Wirth traten an ihren Tisch. „Wir würden gern bis hinauf zum Röthbachfall wandern", sagte Herr Wellendorf. „Dann würden wir allerdings das Rollenspiel verpassen."

Petros tauschte einen Blick mit Maike, ehe er erwiderte: „Das dürfte kein Problem sein. Oder, Maike?"

„Sie beide sind erfahrene Wanderer?", fragte sie.

„Allerdings", bestätigte Frau Wirth. „Ich mache regelmäßig Bergtouren."

„Ich ebenfalls", ergänzte Wellendorf.

„Haben Sie die Broschüre mit dem Fahrplan dabei?", erkundigte sich Maike.

„Alle Zeiten sind auf meinem Mobiltelefon", erklärte Wellendorf. „Wir werden spätestens mit dem letzten Boot zurückfahren."

„Gut", sagte Petros. „Dann viel Spaß. Ich beneide Sie um den Ausflug."

Wellendorf lachte. „Kommen Sie doch mit. Ihre Schäfchen finden auch allein den Weg nach Hause. Geht ja immer geradeaus."

Geradeaus vielleicht, dachte Maike. Aber hoch und runter. Auf der einen Seite der Fels, auf der anderen Seite das Steilufer zum See hinunter ... Ihr graute vor dem Rückweg. Sacht bewegte sie ihre Beine. Muskelkater. Schon jetzt.

„Das darf ich leider nicht", antwortete Petros. „Aber ich war bestimmt nicht das letzte Mal hier."

Die beiden winkten und setzten sich in Bewegung.

„Beneidenswert, wenn man mit Mitte fünfzig noch so fit ist", bemerkte Maike und schaute ihnen nach, wie sie mit strammem Schritt den schmalen Wiesenweg bergauf gingen.

„Machst du keinen Sport?", fragte Petros.

Sie schüttelte den Kopf. „Keine Zeit. Entweder arbeite ich oder kümmere mich um Timo. Immerhin fahre ich Fahrrad. Und du?"

„Joggen, alle zwei Tage. Und Hanteltraining zu Hause."

Abgesehen vom Matratzentraining ... Uh, wo kam dieser Gedanke jetzt schon wieder her? Maike errötete, trank schnell ihre Buttermilch aus und wischte sich den Mund, um Petros nicht noch einmal Gelegenheit zu geben, sich über sie lustig zu machen.

5. KAPITEL

„Ahhh!", schrie eine Frauenstimme, und gleich darauf: „Verdammt und zugenäht!"

Petros, der in der Mitte der Gruppe ging, die auf dem Rückweg von der Fischunkelalm war, drehte sich um und sah Herrn von Trems, der sich über jemanden beugte, Frau Frank, die danebenstand und genervt die Augen verdrehte, sowie Maike, die ihre Stöcke fallen ließ, ihr Daypack abnahm und sich neben jene Person hockte, die offenbar gestürzt war. Hastig stieg er die unebenen Stufen hinunter, um zu sehen, was passiert war.

Frau Hammer saß mit schmerzverzerrtem Gesicht auf dem Boden und besah sich ihre aufgeschrammten Hände. Maike kniete neben ihr und inspizierte den Riss in Frau Hammers gelber Slim Jeans. Der Stoff klaffte und gab den Blick auf eine blutende Wunde am Knie frei.

Maike wühlte in ihrem Daypack und förderte ein Erste-Hilfe-Kit zutage. Petros war beeindruckt. Offenbar hatte sie im Zug die Wahrheit gesagt, als er sie fragte, was in ihrem schweren Treckingrucksack sei, und sie geantwortet hatte: „Alles!" Jetzt zog sie den Stoff der engen gelben Hose dort, wo er gerissen war, vorsichtig auseinander.

„Au!", rief Frau Hammer und sog zischend die Luft ein.

„Passen Sie doch auf", beschwerte sich von Trems.

Ungerührt sagte Maike: „Tut mir leid, Frau Hammer, aber ich glaube, Ihr Hosenbein wird den Tag nicht überleben." Gesagt, getan. Sie förderte aus dem Notfall-Set eine Schere zutage und wollte anfangen, die Röhrenjeans von unten aufzuschneiden, als Frau Hammer rief: „Das können Sie doch nicht tun! Die Hose ist neu!"

„Wollen Sie, dass ich die Wunde reinige und verbinde, oder wollen Sie eine Blutvergiftung kriegen", entgegnete Maike. „Diese Hose sitzt wie eine zweite Haut. Sie könnten sich natürlich auch ganz rauspellen."

Cool, dachte Petros und hätte fast gegrinst.

Frau Hammer ließ, offenbar Plan A die Zustimmung gebend, den Kopf hängen. Anscheinend hatte sie nicht vor, den Rest des Weges im Slip zu absolvieren. Falls sie überhaupt einen trug ...

„Geht das nicht auch anders?", fragte von Trems ungehalten und lehnte seinen Wanderstock an die Felswand, ehe er sich neben Frau Hammer hockte und beruhigend ihren Arm streichelte.

„Die Hose ist doch eh hin", mischte sich Petros ein. „Und wir können den schmalen Weg hier nicht ewig blockieren."

„*Slow Happy* wird Ihnen die Hose ersetzen", beschwichtigte Maike.

Eine Gruppe asiatischer Wanderer schob sich an ihnen vorbei. Petros sah, dass die anderen Slow Dater stehengeblieben waren und sich an die steile Felswand drückten. Es war kurz nach halb zwei, und der Wanderweg war in beide Richtungen so belebt wie ein Ameisenpfad.

Maike nahm die Schere und schnitt die Hose von unten auf. Dann schlug sie die Stoffteile auseinander. Eine hässliche Wunde wurde sichtbar.

Maike tupfte das Blut ab und verwandte Wasser aus einer Plastikflasche, um die Stelle zu reinigen. Frau Hammer biss die Zähne zusammen, doch ab und zu seufzte sie laut. „Jetzt brennt es gleich ein bisschen", verkündete Maike gut gelaunt und sprühte Desinfektion auf die Verletzung.

„Ohhh, tut das weh", jammerte Frau Hammer.

„Aber die Blutung hat aufgehört."

Petros grinste. Maike sah wirklich immer das Positive.

Rasch legte sie einen Verband an und kümmerte sich dann darum, die Hände von Frau Hammer zu reinigen und zu desinfizieren.

„So, alles halb so schlimm", sagte Maike, packte das Notfall-Kit weg, verstaute die Wasserflasche und stand auf. „Diese scharfkantigen Stufen haben es aber auch in sich.

Und alle sind unterschiedlich hoch. Da kann man schon mal stolpern."

Petros streckte Frau Hammer die Hände hin und half ihr beim Aufstehen. „Können Sie laufen?"

Noch ehe Frau Hammer antworten konnte, meldete sich von Trems zu Wort. „Ich werde dich tragen, Franziska. Bis zur Anlegestelle ist es nicht mehr weit." Er richtete sich auf.

Dankbar schaute Frau Hammer hoch zu ihm. „Das kann ich nicht von dir verlangen, Meinhard."

In diesem Moment ließ Viola Frank einen erstickten Laut hören, setzte sich in Bewegung und drängte sich hastig an allen vorbei. Fast wäre sie ebenfalls gestolpert, so schnell nahm sie die nächsten Stufen. Gleich darauf hatte sie den höchsten Punkt des Aufstiegs erreicht. Petros sah, wie sie ein Pärchen zur Seite rempelte, das ihr verstört hinterher schaute und dann kopfschüttelnd weiterging.

„Meine Liebe, ich lasse nicht zu, dass du dich noch einmal in Gefahr bringst." Von Trems ließ seinen Worten Taten folgen und hob die überschlanke Frau Hammer mühelos hoch. Mit kräftigen Schritten setzte er sich in Bewegung, und Franziska Hammer legte dankbar den Kopf an seine Schulter.

Petros tauschte einen Blick mit Maike. Beide verkniffen sich das Lachen. Dann sagte er: „Ich bin beeindruckt, wie du die Situation im Griff hattest. Aber ich hätte mir denken können, dass du für alle Fälle ausgerüstet bist. Danke, Maike."

„Vielleicht war ich etwas vorschnell damit, dass wir die Hose ersetzen müssen? Soll ich Tina nachher eine Mail schicken?"

„Kann nicht schaden."

Die übrigen Slow Dater waren schon vorausgegangen. Petros sah, dass Frau Ostermann den Morgenstock ergriff, den von Trems achtlos hatte stehen lassen. Dann folgte er Maike, die ihren Rucksack wieder aufgesetzt und ihre

Carbonstöcke bereits recht gekonnt im Einsatz hatte. Von Trems behielt recht. Bis zum Anleger war es nicht mehr weit, und als sie die Salet-Alm erreicht hatten, beobachtete Petros, wie Meinhard von Trems seine Franziska wie eine Trophäe zum Boot trug. Viola Frank war nirgendwo zu entdecken. Anscheinend hatte sie bereits ein früheres Schiff genommen. Zu dieser Tageszeit kamen die Boote fast im Viertelstundentakt.

Auf der Rückfahrt war das Ausflugsboot trotzdem sehr voll. Frau Ostermann hatte Pech und wurde zurückgewiesen. Sie musste also auf das nächste Schiff warten und winkte Petros und Maike lächelnd zu, als deren Boot ablegte.

Kurz bevor sie Sankt Bartholomä erreichten, kam Sebastian Lösch zu Petros. „Wir werden hier nicht aussteigen, sondern den Rest des Nachmittags nutzen, um mit der Sesselbahn rauf auf die Jenneralm zu fahren. Wer weiß, wann wir wieder einmal herkommen. Da sollte man die Gelegenheit nutzen."

„Wer ist wir?", erkundigte sich Petros.

„Frau Roy, Herr St. Clair, Professor Hinterseer und meine Wenigkeit", antwortete Lösch.

„Das heißt allerdings, dass Sie zum Rollenspiel nicht da sein werden", bemerkte Maike.

„Wäre das so schlimm? Wir haben ja bereits Herrn Wellendorf und Frau Wirth an den Wasserfall verloren, und ich glaube nicht, dass Frau Hammer und Herr von Trems am Rollenspiel teilnehmen werden." Lösch wandte sich um und schaute zu von Trems. „Oder irre ich mich da?"

„Wir werden heute keinesfalls mehr an irgendwelchen Spielchen teilnehmen", antwortete von Trems, und Frau Hammer, die neben ihm saß und seine Hand hielt, nickte.

„Dann können wir diesen Punkt unseres Workshops knicken", sagte Maike zu Petros.

„Sieht so aus. Also, Herr Lösch, viel Spaß auf der Jenneralm."

In Sankt Bartholomä stiegen Hugo Froh und Beata Kozlowsky aus. „Uns lockt der Zwetschgenkuchen", sagte Froh zu Petros und Maike.

„Und ich brauche dringend einen Cappuccino", ergänzte Frau Kozlowsky.

„Dann sehen wir die Gruppe wohl erst beim Abendessen wieder", flüsterte Petros zu Maike, als das Boot abgelegt hatte und Kurs auf Schönau nahm.

„Irgendwie ist das hier eher Betreutes Daten als ein Workshop", meinte Maike kichernd. „Wir klären dann heute Abend, wer morgen den Fragebogen zusammen ausfüllen will."

Petros nickte. „Ich hätte da schon ein paar Wetten laufen."

„Zu wetten gibt es da nicht viel", erwiderte Maike. „Ist doch alles sonnenklar. Wellendorf und Wirth, Froh und Kozlowsky, von Trems und Hammer. Und Frau Roy wird nachher mit drei männlichen Kandidaten auf die Jenneralm fahren ..."

„Ich bin nicht sicher, ob von Trems und Frau Hammer den Fragebogen ausfüllen werden", wandte Petros ein. „Die glauben jetzt schon, füreinander bestimmt zu sein."

„Dabei wäre es dann gerade für sie sinnvoll, den Fragebogen zu beantworten", sagte Maike leise. „Dann gibt es später weniger Überraschungen."

„Allerdings."

„Viola Frank ist ein Problem", fuhr Maike fort.

„Auch da stimme ich dir zu."

Für den Rest der Fahrt schwiegen sie und ließen das überwältigend schöne Bergpanorama an sich vorbeiziehen. Dicht an dicht fuhren Ausflugsboote über den Königssee, immer wieder erscholl der Klang der Trompete, kam das Echo zurück.

„Was tun wir mit unserer Freizeit, wenn wir zurück in Schönau sind?", fragte Maike irgendwann.

„Kaffee trinken auf der Terrasse?"

„Fein, da bin ich dabei. Ich möchte nur mein Gepäck loswerden, mich frisch machen und umziehen."

„Dein Business-Dirndl?"

„Lass dich überraschen."

„Gut, dann gehe ich auch kurz duschen und ziehe ein frisches Hemd an, damit ich modisch mit dir mithalten kann."

Wenig später machte das Boot am Anleger Schönau fest. Sie stiegen aus und gingen zurück ins Hotel. Hinter dem Empfangstresen stand nicht Herr Gruber, sondern ein attraktiver junger Mann mit blonden Locken und Brille. Er bemerkte ihre Blicke und sagte: „Grüß Gott. Ich bin der Brandtner Gregor. Aushilfsportier in der Sommersaison. Ansonsten Doktorand der Philosophie."

„Hallo", sagte Maike. „Maike Schirmer."

„Petros Meyer-Roussi."

Herr Brandtner nickte. „Schon verinnerlicht."

Petros entging nicht, wie bewundernd Gregor Brandtner Maike hinterher schaute, als sie die Treppe hochstieg. Er folgte ihr und musste zugeben, dass sie selbst in diesen aschgrauen Funktionsklamotten eine gute Figur machte.

Oben seufzte Maike: „Puh, mir tut alles weh."

„Heiß duschen, dann löst sich die Muskelverspannung", riet Petros.

„Mache ich."

Sie blieben vor ihren nebeneinander liegenden Zimmertüren stehen.

„Bis gleich", sagte Maike.

„Ja, bis gleich. Und danke nochmal für deinen Einsatz. Das war wirklich toll." Er sah, dass sie errötet war. Ohne etwas zu erwidern, verschwand sie in ihrem Zimmer.

Eine halbe Stunde später trafen sie sich in der Lobby, gerade, als Frau Ostermann zurückkam.

„Gut, dass ich Sie treffe", sagte die Vorstandssekretärin. „Kann ich Sie beide einen Moment sprechen?"

„Natürlich, jederzeit", antwortete Petros.

„Ich ... ich werde morgen früh abreisen", verkündete sie. „Es sind Dinge geschehen, die Sie nicht betreffen, die es mir aber unmöglich machen, weiter hierzubleiben. Ich würde heute schon fahren, doch ich bin mit dem Zug angereist, und es gibt heute keine Verbindung mehr nach Würzburg, die mich zu einer halbwegs zivilisierten Zeit nach Hause bringen würde."

Eine Tür öffnete sich, und die Hausdame erschien. Sie nickte den dreien höflich zu und durchquerte die Lobby in Richtung Direktionsbüro.

Petros wartete, bis sich die Tür hinter ihr geschlossen hatte, ehe er sagte: „Das tut uns sehr leid, Frau Ostermann. Sie sagen, es sind Dinge geschehen, die uns nicht betreffen. Können Sie das genauer erklären?"

Sie schüttelte den Kopf. „Nein, das kann ich leider nicht. Das ist sehr privat."

„Können wir, solange Sie noch hier sind, irgend etwas für Sie tun, Frau Ostermann?", erkundigte sich Maike.

Wieder schüttelte die Frau den Kopf. „Ich glaube nicht. Am Abendessen werde ich ebenfalls nicht teilnehmen. Ich gehe ins Dorf und suche mir ein Restaurant."

„Selbstverständlich werden wir Ihnen die Kosten für das Slow Dating erstatten", sagte Petros. „Sobald wir wieder in Hamburg sind, werden wir uns mit Ihnen wegen der Details in Verbindung setzen."

„Das ist sehr freundlich von Ihnen, aber das ist nicht nötig. Es liegt ja nicht an Ihnen oder Ihrem Konzept, dass ich aussteigen möchte, sondern ganz allein an mir. Ich wünsche Ihnen noch einen schönen Aufenthalt und vor allem den anderen möglichen Paaren alles Gute." Sie ging zur Treppe. Dort wandte sie den Kopf und sagte über die Schulter: „Jetzt werde ich Herrn von Trems erst einmal sein ‚Erbstück' zurückgeben."

„Wie schade", bemerkte Maike, als Frau Ostermann außer Hörweite war. „Ich mochte sie und dachte, sie würde gut zu dem Professor passen."

„Sie schien mir die ganze Zeit irgendwie bedrückt zu sein", meinte Petros. „Ob sie wohl gemerkt hat, dass der Schicksalsschlag, von dem sie uns geschrieben hat, noch nicht verarbeitet ist und sie noch lange nicht bereit für eine Beziehung ist?"

„Ich weiß nicht. Mir ist aufgefallen, wie sie dieses Wort ‚Erbstück' so komisch betont hat. Als würde sie sich darüber lustig machen."

„Was du alles merkst ..."

„Vielleicht hatte es ja auch gar keine Bedeutung."

Bald darauf saßen sie auf der Terrasse des Hotels unter einem Sonnenschirm, umgeben vom herrlichsten Bergpanorama. Maike trug ein rosa Dirndl mit grüner Schürze und sah sehr hübsch aus. Zum ersten Mal, seit er Maike kannte, fiel Petros auf, wie feingeschnitten ihr Gesicht war, und wie leuchtend ihre grünen Augen unter dichten schwarzen Wimpern. Warum hatte er das bis jetzt nie bemerkt? Sie änderte oft ihre Frisur und ihre Haarfarbe, aber selbst dieser hellblonde Bob stand ihr perfekt. Und sie nähte sich all diese komplizierten Sachen selbst! Was es wohl noch so alles gab, das er nicht von ihr wusste? Er wunderte sich, wie es ihr gelungen war, die empfindlichen Kleidungsstücke im Rucksack unzerknittert bis hierher zu transportierten und sprach es aus.

„Sie waren zerknittert, aber die Hausdame war so nett, sie für mich aufzubügeln", informierte ihn Maike und hieb in ihren Zwetschgenkuchen. In der Hecke, die für Windschutz sorgte, tschilpte eine Spatzenkolonie. Einige Vögel wagten sich bis auf die Terrasse, in der Hoffnung auf Kuchenkrümel.

Bei Maike hatten sie da keine Chance. Sie vertilgte das große, köstlich duftende Kuchenstück mit Sahne in Windeseile und kratzte die Reste hörbar vom Teller.

Petros, der nicht so auf Kuchen stand, trank einen Iced Latte Macchiato und lehnte sich bequem zurück, um die Aussicht zu genießen. Einige Gäste, die nicht im Hotel wohnten, saßen an den anderen Tischen, doch weder Herr von Trems und Frau Hammer, noch Frau Ostermann oder Frau Frank ließen sich blicken.

Maikes Smartphone vibrierte. Sie legte ihre Kuchengabel hin und schaute auf das Display.

„Eine Nachricht von Frau Ostermann", sagte sie und tippte auf den Bildschirm. „Seltsam." Sie hielt Petros das Mobiltelefon hin, damit er es selbst lesen konnte.

Die Nachricht lautete:

Ich glaube, ich muss Ihnen etwas Wichtiges sagen. Es betrifft Herrn von Trems. Bitte kommen Sie in einer halben Stunde zu mir aufs Zimmer. Ich habe die Nummer 14 im zweiten Stock. H. Ostermann

„Das klingt ja mysteriös", bemerkte Maike. „Was könnte sie uns über diesen Typ mitteil..."

In diesem Moment ertönte ein lauter Schrei, und eine Frauenstimme rief: „Hilfe! Hilfe! Bitte helfen Sie!"

Die Stimme drang aus dem ersten Stock aus einem der Zimmer, dessen Balkontür offenstand.

„Hilfe! Einen Krankenwagen! Polizei! Hilfe!"

Petros und Maike sprangen auf, rannten nach drinnen und die Treppe hinauf. Unterwegs begegneten sie der Hoteldirektorin und dem Portier, die ebenfalls angelaufen kamen.

Oben angekommen, sahen sie die Hausdame, Frau Lambert, die mit schreckgeweiteten Augen vor einer geöffneten

Zimmertür stand. Sie hatte einen Stapel weißer Handtücher auf dem Arm, den sie an sich presste, als solle er sie beschützen. Sie zitterte wie Espenlaub.

„Dort!", rief sie hysterisch. „Herr von Trems!"

Frau Frank stürzte aus ihrem Zimmer gegenüber und schubste Frau Lambert zur Seite. „Meinhard!", schrie sie. „Schnell, einen Arzt!"

Petros und Maike hatten das Zimmer jetzt erreicht. Der Anblick, der sich ihnen bot, war furchtbar. Meinhard von Trems lag auf dem Rücken, und sein Kopf wies eine blutige Wunde auf. Neben ihm lag der Morgenstock. Dessen Knauf war blutig rot. Petros fiel der Koffer auf, der geöffnet und halb gepackt auf dem Bett lag. Hatte Meinhard von Trems vorgehabt, abzureisen?

Aushilfsportier Brandtner Gregor zückte sofort sein Mobiltelefon und wählte. „Hier Hotel Alpenglück, wir brauchen die Rettung", sagte er. Als er aufgelegt hatte, wandte er sich an die Hoteldirektorin. „Sind in vier Minuten da."

„So schnell?", fragte Frau Gasteiger.

„Die hatten einen Einsatz unten in Schönau, war aber nichts." Er wählte erneut. „Ja, Franz, hier ist der Brandtner Gregor, Hotel Alpenglück. Wir haben hier einen Toten, hm, einen womöglich Toten. Dem hat jemand mit einem Wanderstock den Schädel traktiert. Die Rettung ist gleich da."

Bei der Aussage ‚Schädel traktiert' hatte Frau Frank laut aufgeschrien und Anstalten gemacht, sich über Herrn Trems zu werfen. Petros nahm sie am Arm. „Nichts anfassen, Frau Frank. Kommen Sie mit hinaus." Sie wollte ihm den Arm entziehen, doch er hielt sie eisern fest. Da gab sie nach und folgte ihm nach draußen.

Währenddessen hatte Herr Brandtner sein Handy wieder eingesteckt und sich über Herrn von Trems gebeugt. Er legte ihm einen Finger an die Halsschlagader. Dann fühlte er seinen Puls. Nach einem Moment richtete er sich auf und schüttelte den Kopf. „Ich fürchte, der Herr hat unfreiwillig das Zeitliche gesegnet."

Frau Frank begann heftig zu schluchzen. „Wer tut denn so etwas?", stieß sie hervor. „Wer tut denn so etwas?" Dann taumelte sie und fiel in Ohnmacht.

Petros fing sie geistesgegenwärtig auf. „Wo ist ihr Zimmer?", fragte er Maike.

„Direkt gegenüber."

Die Zimmertür stand sperrangelweit offen. Petros trug Frau Frank zum Bett und legte sie ab. Maike war im Bad verschwunden und kehrte gleich darauf mit einem Glas Wasser zurück.

„Hier", sagte sie, gab Petros das Glas und schlug mit der flachen Hand leicht gegen Frau Franks Wange. „Frau Frank, kommen Sie zu sich", forderte sie laut.

Viola Frank öffnete die Augen, und Petros gab ihr zu trinken.

„Was ... was ist passiert?", fragte sie verwirrt.

„Sie sind ohnmächtig geworden", erklärte Maike.

„Ich ... oh, Herr von Trems!", rief Frau Frank und begann wieder lautstark zu weinen.

Mit durchdringendem Sirenengeheul traf der Krankenwagen ein. Die Hoteldirektorin eilte nach unten, um den Notarzt in Empfang zu nehmen. Die Hausdame stand immer noch wie angewurzelt da, die weißen Handtücher an sich gepresst. Niemand beachtete sie.

„Ich bleibe bei Frau Frank", erklärte Maike. „Geh du rüber. Vielleicht wirst du da gebraucht", fügte sie an Petros gewandt hinzu.

„Ich frage mich, wo Frau Hammer ist", bemerkte Petros. „Ich kümmere mich um sie."

„Was für eine entsetzliche Sache", seufzte Maike, und als Frau Frank aufjaulte, herrschte sie sie an: „Jetzt reißen Sie sich mal zusammen. Sie tun gerade so, als hätten Sie einen nahen Angehörigen verloren!"

Frau Frank sah sie aus weit aufgerissenen Augen an und schwieg erschrocken.

Petros verbiss sich ein Grinsen, das in Anbetracht dessen, was gerade geschehen war, völlig unpassend gewesen wäre, und verließ das Zimmer, um nach Frau Hammer zu schauen.

Mittlerweile waren der Notarzt und die Sanitäter bei Herrn von Trems zugange. Da Frau Hammer auf Klopfen nicht reagierte, bat Petros die Hoteldirektorin um den Einsatz ihrer Generalkarte. Sie fanden Frau Hammer tief schlafend im Bett. Auf dem Nachttisch lag eine Packung Schlaftabletten. Petros vergewisserte sich, dass bis auf eine Pille alle noch vorhanden waren, und verließ leise das Zimmer.

Als Petros wieder am Tatort ankam, sagte der Notarzt gerade zu einem der Sanitäter: „Der muss eine Wut gehabt haben. Hat ihm mit mehreren Schlägen den Schädel zertrümmert."

Der Sanitäter hielt den Stock hoch. „Schad um den schönen Morgenstock. Das Blut geht aus dem Knauf nimmer raus."

„Da vorne ist es", erklärte Frau Gasteiger, die mit zwei uniformierten Polizisten die Treppe heraufkam. „Links, die dritte Tür."

„Ah, Franz und Hans, da seid ihr ja", begrüßte der Notarzt die beiden Beamten. Der ältere war klein und dick und hatte eine Glatze, der andere war lang und dünn, mit halblangem weizenblonden Haar und einem Ohrring.

„Und?", fragte der dicke Polizist, der vermutlich Franz hieß, den Arzt.

„Nichts mehr zu machen. Sauber derschloagen."

„Und abreisen hat der Herr auch wollen, bemerkte Hans, der Lange, Dünne.

„Sieht so aus", bemerkte der Arzt.

„Wie lange ist er tot?", fragte Franz.

„Nicht länger als eine Stunde. Eher weniger. Die Leichenstarre hat noch längst nicht eingesetzt." Zum Beweis fasste der Notarzt das Kinn des Toten und klappte es auf und zu.

„Tatwaffe?"

„Das hier." Der Sanitäter zeigte ihm den Morgenstock.

„Sicherstellen, Hans", sagte der Beamte zu seinem blonden Kollegen.

Der lange, dünne Polizist hatte gerade begonnen, in sein schwarzes Notizbuch zu schreiben. Jetzt steckte er das Büchlein und den Stift wieder ein, fummelte ein Taschentuch aus der Plastikverpackung und griff damit vorsichtig nach dem Stock. Dann stand er etwas hilflos da, den Stock in der Hand. Es war ihm anzusehen, dass er zwischen dem Auftrag, die Mordwaffe sicherzustellen, und ermittlungsrelevante Notizen zu machen, hin- und hergerissen war.

„Wer hat den Toten gefunden?", wollte der Dicke wissen.

„Ich", sagte die Hausdame mit bebender Stimme und presste die Handtücher noch fester an sich. Sie war blass und zitterte immer noch am ganzen Körper.

„Frau Lambert, aha. Wir kennen uns ja. Und wie kam das?", wollte er wissen.

Sie warf einen Blick ins Zimmer und erschauerte. „Herr von Trems hatte angerufen und um neue Handtücher gebeten", sagte sie leise. „Ich kam und wollte sie ihm bringen, da sah ich, dass die Tür nur angelehnt war. Ich habe geklopft, aber niemand hat geantwortet. Also dachte ich, ich bringe die Handtücher einfach rein und lege sie ins Bad. Und dann …" Ihre Stimme brach, und sie schwankte.

Petros legte ihr einen Arm um die Schultern, um sie zu stabilisieren. Dankbar sah sie zu ihm auf.

„Es geht schon wieder", flüsterte sie, und er ließ sie los.

„Mit wem habe ich das Vergnügen?", wollte der Polizist von ihm wissen.

„Petros Meyer-Roussi. Ich leite hier im Hotel mit meiner Kollegin Maike Schirmer ein Slow Dating-Seminar. Herr von Trems war einer der Teilnehmer."

„Wie viele Teilnehmer gibt es?"

„Insgesamt zwölf. Das Thema war Wanderdating. Wir waren heute auf der Fischunkelalm."

Der Beamte nickte. „Ist Ihnen dabei etwas aufgefallen? Hatte Herr von Trems mit jemandem Streit?"

„Nicht, dass ich wüsste."

„Aber ich weiß etwas." Viola Frank schoss aus ihrem Zimmer.

„Und wer sind Sie?", fragte der Polizist.

„Ich heiße Frank. Viola Frank."

„Sind Sie auch eine Teilnehmerin von dem Speed Dating?"

„Slow Dating", korrigierte Petros.

„Egal." Er winkte ab. „Also, sind Sie Teilnehmerin, Frau Frank?"

„Ja, das bin ich."

Ihr Zusammenbruch war offensichtlich vergessen, und sie sprühte geradezu vor Energie. Maike erschien kopfschüttelnd in der Tür des Zimmers, aus dem Frau Frank gerade gestürmt war.

„Und was wissen Sie?"

Frau Frank blühte auf, als sie berichtete: „Auf der Fischunkelalm musste ich auf die Toilette, und da habe ich gehört, wie Frau Ostermann mit Herrn von Trems hinter der Hütte gestritten hat. Herr von Trems schien sehr wütend zu sein."

„Und um was ging es?"

„Um ein Foto. Jedenfalls sagte Herr von Trems: ‚Sie werden dieses Foto jetzt sofort löschen'." Das zumindest konnte ich sehr genau hören. Dann war einen Moment Stille, und dann haben sie so unterdrückt geredet, so eher gezischt, und ich musste mich anstrengen, um etwas zu verstehen.

Frau Ostermann hat Herrn von Trems mit Du angeredet. Und, oh, ja, mit einem anderen Vornamen."

„Einem anderen Namen? Welchem denn?", fragte der Polizist höchst interessiert.

„Sie sagte zu ihm Herbert. Oder Hermann. Oder so ähnlich."

„Geht das auch genauer?"

Frau Frank verzog verlegen das Gesicht und schüttelte den Kopf. „Ich fürchte nicht. „Er hat dann, glaube ich, noch so etwas gesagt wie: ‚Sie verwechseln mich'."

„Sind Sie sicher, dass es sich um diese Frau ..."

„Ostermann", half Petros aus.

„Um diese Frau Ostermann handelte?"

„Ja, absolut. Als ich die Toilette verließ, habe ich gesehen, wie Frau Ostermann hinter der Hütte hervorkam."

„Ist diese Frau Ostermann auch eine Teilnehmerin dieses Seminars?", wandte sich der Polizist, der Franz hieß, an Petros.

Der nickte.

„Wo befindet sie sich gerade?"

Petros fiel siedend heiß ein, dass er und Maike ja mit Frau Ostermann verabredet waren. Er schaute auf seine Armbanduhr. Sie hätten längst bei ihr sein müssen. „Auf ihrem Zimmer, nehme ich an." Und dann fiel ihm ein, dass Frau Ostermann Herrn von Trems vorhin den Wanderstock zurückgebracht hatte. Ein flaues Gefühl machte sich in seinem Magen breit.

„Sie soll herkommen. Ich will sie hier am Tatort befragen. Hans, geh sie holen."

„Ich führe Sie hin", bot Maike dem jungen blonden Polizisten an.

„Sie wohnen doch im Zimmer direkt gegenüber", wandte sich Petros an Viola Frank. „Haben Sie nichts gehört? Einen Streit? Den Schlag? Den Aufprall, als Herr von Trems gestürzt ist?"

„Ich stelle hier die Fragen", kanzelte ihn der kleine Dicke ab. „Also, Frau Frank, haben Sie einen Streit mitbekommen?"

Viola Frank schüttelte heftig den Kopf. „Ich habe meditiert und Kopfhörer aufgehabt. Erst das Geschrei von dieser Hausdame hat mich aufgeschreckt."

„Meditiert, so, so." Der Polizist maß sie mit einem Blick, als sei sie nicht ganz dicht.

„Wir sind hier fertig, Franz", meldete sich der Notarzt. „Was machen wir mit ihm?"

„Ruf den Alois an. Er soll ihn abholen und in die Kühlung tun", antwortete der Beamte. Dann schien ihm noch etwas einzufallen. „Hat der Herr von Trems ein Handy gehabt?"

„Net nur eins. Drei", informierte ihn der Sanitäter.

„Drei. Sehr verdächtig", sagte der Polizist. „Werden sichergestellt."

Als der Notarzt und die Sanitäter das Zimmer verließen, kamen Maike und Polizist Hans mit Frau Ostermann zurück. Hannelore Ostermann warf einen kurzen Blick ins Zimmer und schlug die Hände vors Gesicht.

„Wie entsetzlich. Das ist ja furchtbar."

„Franz Hofmeister, Polizeiposten Berchtesgaden", stellte der kleine dicke Polizist sich vor, und so erfuhr Petros immerhin endlich seinen Nachnamen. Anscheinend kannten sich hier alle, waren entweder per Du oder nannten sich wenigstens beim Vornamen. „Was haben Sie, Frau Ostermann, zwischen, sagen wir, fünfzehn Uhr dreißig und sechzehn Uhr getan?"

Sie ließ die Hände sinken. „Ich war auf meinem Zimmer und habe geduscht. Nach der Wanderung war ich verschwitzt."

„Kann das jemand bezeugen?"

Sie schüttelte den Kopf. „Wie denn? Ich war allein."

„Frau Ostermann hat uns kurz vor vier eine SMS geschickt, dass sie uns gerne sprechen würde", mischte sich

Petros ein. „Wir sollten um halb fünf zu ihr kommen. Sie habe uns etwas Wichtiges über Herrn von Trems mitzuteilen. Aber dann kam das hier dazwischen." Er deutete auf den Toten.

„Was wollten Sie dem Herrn Meyer-Roussi mitteilen?"

„Das ist jetzt nicht mehr wichtig", antwortete Frau Ostermann.

„Vielleicht ja doch", insistierte Hofmeister. „Es ging ja offensichtlich um diesen Herrn hier, der jetzt nicht mehr lebt."

„Ich möchte darüber nicht sprechen."

„Aha, auch das ist verdächtig", sagte der Polizist. „Hans, notieren. Die Dame möchte nicht darüber sprechen."

Hans, der immer noch den Stock in der Hand hielt, wusste nicht so recht, was tun. Behutsam legte er das Papiertaschentuch an die Wand und lehnte den blutigen Knauf daran. Mit erhobenem Zeigefinger bedeutete er dem Stock, nur ja brav stehen zu bleiben. Dann zückte sein Notizbuch und begann zu schreiben.

„Wurde ... wurde Herr von Trems hiermit getötet?", fragte Frau Ostermann tonlos und wies auf den Stock.

„Wieso wollen Sie das wissen?", fragte Hofmeister.

Sie schüttelte den Kopf. „Nicht mehr wichtig."

„Das sind aber viele Dinge, die nicht mehr wichtig sind", plusterte sich der Polizist auf. „Kennen Sie diesen Stock?"

Hannelore Ostermann zögerte. Dann nickte sie. „Er hat ihn auf der Wanderung benutzt."

„Auf der Wanderung zur Fischunkelalm, wo Sie versucht haben, ein Foto von diesem Herrn von Trems zu machen", hakte der Polizist ein.

„Ich habe die Landschaft fotografiert, nicht Herrn von Trems."

„Und Sie haben sich auch nicht mit ihm gestritten?"

„Nein."

„Oh, doch, ich habe Sie gesehen, wie Sie danach hinter der Hütte hervorgekommen sind!", warf Frau Frank jetzt ein. „Und er hat auch noch gesagt, ‚Sie verwechseln mich‘. Und, oh, jetzt fällt es mir wieder ein: Sie hat zu ihm gesagt: ‚Du wirst nicht noch einmal eine Frau unglücklich machen‘.“

Frau Ostermann schwieg.

„Ist das richtig, Frau ... wie war noch Ihr Name?“

„Ostermann. Hannelore Ostermann.“

„Gut, Frau Ostermann, ist das richtig?“

Sie schüttelte stumm den Kopf.

„Kannten Sie Herrn von Trems?“

„Dazu möchte ich nichts sagen.“

„Was meinten Sie damit, ‚Du wirst nicht noch einmal eine Frau unglücklich machen?‘“

„Ich habe nie etwas dergleichen gesagt. Aber ich habe Herrn von Trems hinter der Hütte gesehen. Er war in Begleitung einer mir unbekannten Frau.“

„Die unbekannte Dritte!“, höhnte der Polizeibeamte. „Erzählen Sie dieses Märchen jemand anderem.“

„Wie Sie wollen“, erwiderte Hannelore Ostermann. „Die Frau hatte rote Locken und trug eine Sonnenbrille.“

Hofmeister deutete auf Frau Frank. „Haben Sie diese mysteriöse Rothaarige auch gesehen?“

„Nein. Da war niemand außer Frau Ostermann.“

„Und Herr von Trems?“, mischte sich Maike ein. „Wo war der? Haben Sie ihn und Frau Ostermann nur gehört oder auch gesehen?“

„Ich stelle hier die Fragen“, wies Hofmeister sie zurecht.

„Es tut mir sehr leid, Frau Ostermann, aber ich muss Herrn Hofmeister das mit dem Wanderstock mitteilen“, begann Petros zögernd.

Sie schaute unglücklich zu ihm auf.

„Was hat das mit dem Stock auf sich“, fragte Hofmeister, und sein Kollege Hans notierte eifrig.

„Unterwegs gab es einen kleinen Unfall. Eine Teilnehmerin hatte sich am Knie verletzt, und Herr von Trems hat sie zum Schiff zurückgetragen“, berichtete Petros. „Seinen

Wanderstock hat er stehenlassen. Frau Ostermann hat ihn mitgenommen und ihn Herrn von Trems zurückgebracht, sobald wir wieder im Hotel waren."

„Aha, aha, aha", machte der Polizist. „Sehr interessant. Wann war das?"

„Etwa vor einer dreiviertel Stunde", erwiderte Petros.

„Fünfundvierzig Minuten. Hast du das notiert, Hans?"

Der Kollege nickte und kritzelte weiter.

„Wie hat sich die Stockübergabe gestaltet?", erkundigte sich Hofmeister bei Frau Ostermann.

Sie schwieg.

„Frau Ostermann!", herrschte der Polizist sie an.

Ihre Stimme klang dünn, als sie sagte: „Ich habe geklopft, er hat geöffnet, ich habe ihm den Stock gegeben, er hat die Tür wieder zugemacht, und ich bin auf mein Zimmer gegangen."

Nachdem sein Kollege fertig geschrieben hatte, nahm ihm Hofmeister das Notizbuch ab, überflog den Text kurz und verkündete dann: „Also, Sie haben Herrn von Trems hinter der Hütte aufgelauert, weil sie dachten, Sie kennen ihn. Sie haben ihn geduzt und Herbert oder Hermann genannt. Sie haben ein Foto von ihm gemacht. Es kam zum Streit. Er wollte, dass Sie das Foto löschen. Sie haben gesagt, Sie würden nicht zulassen, dass er noch einmal eine Frau unglücklich macht. Als Sie wieder im Hotel waren, haben Sie ihm den Stock zurückgebracht. Sie waren damit wohl die Letzte, die Herrn von Trems lebend gesehen hat. Haben Sie wieder gestritten?"

„Nein."

„Ich will Ihnen sagen, was passiert ist: Sie haben mit ihm gestritten und ihn mit dem Morgenstock, den Sie in der Hand hielten, erschlagen."

„Nein!"

„Wer war dieser Herr von Trems oder Herbert oder Hermann?"

Hannelore Ostermann schwieg.

„Was war es, das Sie Herrn Meyer-Roussi und seiner Kollegin mitteilen wollten?"

Frau Ostermann kniff die Lippen zusammen und sagte kein Wort.

„Gut, wir werden das schon noch herausfinden. Frau Hannelore Ostermann, ich nehme Sie fest unter dem Verdacht, Meinhard von Trems heimtückisch mit seinem Wanderstock erschlagen zu haben." Triumphierend schaute er seinen Kollegen an. „Hans, der Fall ist gelöst."

Hans klappte sein Notizbuch zu, steckte es ein und nahm den Stock wieder an sich.

„Abführen", befahl Hofmeister und deutete auf Frau Ostermann. „Und die drei Handys nicht vergessen." Zu Frau Ostermann, die kreidebleich geworden war, sagte er: „Ihre Sachen holt der Kollege später."

Völlig überwältigt von der Vielzahl der Aufgaben, die sein Vorgesetzter ihm stellte, stand Hans erneut einen Moment lang da und rührte sich nicht. Sein Blick flog zwischen den Handys, die im Zimmer auf dem Couchtisch lagen, Frau Ostermann und Franz Hofmeister hin und her. Er wirkte zunehmend verzweifelt.

„Na schön. Alles muss man selber machen." Hofmeister nahm Frau Ostermann am Arm. „Sie kommen jetzt mal mit."

„Aber das können Sie nicht tun!", rief sie. „Ich habe nichts getan. Bitte glauben sie mir." Flehend schaute sie zu Petros und Maike. „Ich habe nichts getan. Das schwöre ich!"

Hans hatte sich aus seiner Erstarrung gelöst. Er war ins Zimmer gegangen, vorsichtig über den Leichnam gestiegen, und hatte die drei Mobiltelefone eingesammelt.

„Rufen Sie meinen Chef an!", sagte Frau Ostermann über die Schulter zu Petros und Maike. „Er wird mir einen Anwalt besorgen. Tusker Maschinenbau AG in Würzburg."

„Das tun wir, Frau Ostermann. Keine Sorge, wir kümmern uns darum."

„Wie grauenvoll", flüsterte Maike, als die beiden Polizisten mit Hannelore Ostermann verschwanden.

Petros nickte und stellte fest, dass außer ihnen und der Hoteldirektorin niemand mehr hier im Flur stand.

„Das ist entsetzlich", stimmte Frau Gasteiger zu. „Das darf auf keinen Fall an die Presse. Mord im Hotel Alpenglück. Was für eine Katastrophe!"

Presse, dachte Petros. Wenn die Medien davon erfuhren, dass beim Slow Dating ein Teilnehmer ermordet worden war, konnte die Agentur *Slow Happy* dichtmachen.

In diesem Augenblick erschien der Leichenbestatter mit zwei Männern, die einen Blechsarg trugen.

„Frau Gasteiger, wir sollen hier jemanden abholen."

Die Hoteldirektorin wies stumm auf das Zimmer, in dem von Trems lag. Kurz darauf wuchteten die Männer den Leichnam in den Sarg und legten den Deckel darauf.

„Hinterausgang, Alois", befahl Frau Gasteiger. „Das braucht keiner zu sehen."

„Hab ich mir schon gedacht. Keine Sorge, Frau Gasteiger", beruhigte sie der Bestatter. „Abmarsch", wies er seine Kollegen an.

Als das Zimmer leer war, ging die Hoteldirektorin hinein und sah sich um. „Eine schöne Sauerei", bemerkte sie zu dem großen Blutfleck auf dem hellen Flor. „Der Teppich muss sofort raus. Morgen Nachmittag kommen neue Gäste." Sie zückte ihr Mobiltelefon und ging telefonierend nach unten.

„Was machen wir denn jetzt?", fragte Maike.

Petros zuckte die Achseln. „Tina anrufen, diese Firma in Würzburg anrufen. Wir müssen auch die anderen Teilnehmerinnen und Teilnehmer informieren."

„Heute ist Samstag. Wie sollen wir denn da den Chef von Frau Ostermann erreichen?", wandte Maike ein.

„Du hast recht. Mist."

„Was für ein Chaos!"

„Morgen früh sollten die Fragebögen ausgefüllt werden. Meinst du, unsere Slow Dater haben unter diesen Umständen noch Lust dazu?"

„Keine Ahnung. Das müssen wir herausfinden."

„Wie spät ist es?"

„Kurz vor halb sechs."

„Glaubst du wirklich, Frau Ostermann ist die Mörderin?", fragte Maike.

„Sieht zumindest nicht gut für sie aus."

Maike ging ins Zimmer, bückte sich, und klaubte etwas vom Teppich.

„Was machst du da?"

Sie kam zu Petros und öffnete ihre Hand.

Er sah, dass es sich um einen kleinen, zylindrischen Gegenstand aus Metall handelte. „Was könnte das sein?"

„Ich weiß nicht genau", sagte sie und drehte das Ding zwischen zwei Fingern. „Es hat unten zwei Löcher. Und es hängt ein kleiner blauer Faden daran. Also vermutlich ein Knopf. Interessantes Design." Sie legte den Kopf schief und dachte nach. „Irgendwo hab ich dich schon mal gesehen", murmelte sie.

„Du hörst dich an wie eine Privatdetektivin in einem Roman", spottete Petros.

Maike hob den Kopf und lächelte ihn an. „Ich habe einfach einen Blick für modische Details." Dann grinste sie breit. „Vielleicht inspiriert dich dieser Fall ja, und du schreibst demnächst keine Liebesromane mehr, sondern Krimis."

„Oder eine Mischung aus beidem", gab er zurück. Plötzlich sah er ein Buchcover vor sich. Eine Alpenlandschaft, und darüber der blutrote Titel: Der Fluch des Watzmann. Ein Roman von Frederick March. Das war sein Pseudonym, unter dem er das Buch, an dem er arbeitete, veröffentlichen wollte. Wenn er denn jemals einen Verlag finden würde.

Der Fluch des Watzmann ...

Petros schüttelte sich. Woher kamen solche Gedanken in einem Moment, in dem ein Mord bittere Wahrheit geworden war? Etwas fiel ihm ein, und er sagte: „Wir haben ein echtes Problem, Maike. Eines, an das wir noch überhaupt nicht gedacht haben."

„Und das wäre?"

„Ab morgen haben wir keine Unterkunft mehr. Unsere Zimmer müssen wir bis zwölf Uhr geräumt haben. Besprochen war ein late check out, damit alle Zeit haben, den Fragebogen auszufüllen. Wir wollten morgen um halb eins zurück nach Hamburg fahren. Aber ich habe nicht vor, Frau Ostermann allein zu lassen, ehe ihr Anwalt eintrifft. Ich fühle mich verantwortlich für sie. Schließlich hat sie unseren Workshop in der Hoffnung gebucht, eine neue Liebe zu finden. Jetzt sitzt sie im Knast."

„Du meinst, du willst dich kümmern, egal, ob sie schuldig ist oder nicht?"

„Genau das meine ich."

„Wollen wir nicht abwarten, was Tina dazu sagt?"

„Ganz gleich, was sie sagt – ich werde nicht abreisen."

Maike steckte den kleinen zylindrischen Metallknopf in die Tasche ihrer Dirndlschürze. „Gut, dann bleibe ich auch."

6. KAPITEL

„Ich habe eine Idee.“

Tina Ternes, die Agenturchefin von *Slow Happy*, deren schönes Gesicht auf dem Laptopbildschirm sehr rot und leicht verzerrt wirkte, lächelte Petros und Maike an, die in seinem Hotelzimmer am Schreibtisch vor dem Laptop saßen. Per Zoom konferierten sie seit einer Stunde miteinander. Sie hatten ihrer Chefin das, was vorgefallen war, detailliert berichtet.

Petros hatte seinen Arm auf Maikes Stuhllehne gelegt, was dazu führte, dass sie völlig verkrampft dasaß, um ihn nur ja nicht zu berühren.

„Und die wäre?“, fragte Petros.

„Ich schicke euch Teresa Henning, meine Anwältin. Sie wird sich diese Dorfpolizisten mal vorknöpfen.“

Maike atmete erleichtert auf. „Genial“, sagte sie. „Tina, du bist die Beste!“

„Heißt das also, dass wir hierbleiben sollen?“, hakte Petros nach.

„Ich denke schon. Allerdings müsst ihr nächsten Freitag zum Workshop nach Ahlbeck.“ Sie stand auf und ging zum Küchentresen, tunkte einen Teebeutel, der hin einer Tasse hing, mehrere Male unter, holte ihn dann heraus und legte ihn dann in die Spüle. Ihr Kopf war nun auf dem Laptopbildschirm nur halb zu sehen, dafür aber ihr Babybauch in vollem Umfang.

„Vielleicht klärt sich das alles ja bis dahin auf“, sagte Maike hoffnungsvoll.

„Hat sich schon irgendwer von der Presse blicken lassen?“, erkundigte sich Tina, kam zum Küchentisch zurück, stellte die Tasse ab und stützte sich mit den Armen auf. Ihr Gesicht sah für Petros und Maike aus dieser Perspektive noch breiter aus, und ihre Nase war riesig.

Petros schüttelte den Kopf. „Nicht, soweit wir es mitbekommen haben."

Tina schwieg einen Moment. Dann meinte sie: „Wenn überregional bekannt wird, dass es bei einem unserer Slow Datings einen Mord gegeben hat, können wir einpacken."

„Wir sind hier im hinterletzten Bayern", bemerkte Petros. „Wenn wir Pech haben, erscheint darüber etwas im Berchtesgadener Blättchen. Aber ich glaube nicht, dass es weitere Kreise zieht."

„Das kann man nie wissen." Tina wirkte mit einem Mal sehr nachdenklich. „Wir müssen vor allem herausfinden, wer dieser Meinhard von Trems wirklich war."

„Denkst du, er war ein Love Scammer?"

„Ein Heiratsschwindler? Ja, das kann gut sein, nach dem zu urteilen, was ihr mir erzählt habt. Und auch das würde den Ruf von *Slow Happy* ruinieren."

„Er hat sich ja erst spät angemeldet. Ich habe mich auf der Hinfahrt im Internet über ihn schlau gemacht. Da ist mir nichts aufgefallen", sagte Maike.

„Ich hatte in den einschlägigen Datingportalen geschaut, ob er da unterwegs ist", erklärte Tina. „Aber da war nichts. Wir haben nicht die Möglichkeiten großer Partneragenturen, um Leute zu checken, die sich bei uns anmelden. Und bisher hatten wir ja nie Probleme mit so etwas." Sie seufzte und stützte das Kinn auf ihre Hände. „Es ist einfach eine Katastrophe. Ganz abgesehen davon, dass ein Mensch gewaltsam zu Tode gekommen ist."

Hinter Tina tauchte auf dem Bildschirm jetzt Tilman auf, ihr Mann, und legte ihr von hinten die Arme um den Leib. „Oh, da drin spüre ich aber einen ziemlichen Aufruhr." Er beugte sich vor, und sein Gesicht erschien groß auf dem Display. „Hallo, ihr beiden", begrüßte er Petros und Maike. „Habt ihr meine schwangere Tina etwa geärgert?"

„Wir haben einen Mordfall beim Workshop", sagte Petros.

„Das ist ja furchtbar." Tilman richtete sich wieder auf, und sein Kopf verschwand. „Kein Wunder, dass die Zwillinge da drin gerade Judo machen." Er strich Tina über den Bauch. „Weiß man schon, wer es getan hat?"

„Sie haben eine unserer Teilnehmerinnen festgenommen", informierte ihn Petros. „Tina will uns ihre Anwältin schicken."

„Genau. Und deshalb beenden wir unsere Sitzung jetzt auch, denn ich muss Teresa anrufen", verkündete Tina. „Servus, so sagt man doch da unten, oder?"

Damit wurde der Bildschirm schwarz.

„Ich hasse Zoomkonferenzen", sagte Maike.

„Ich auch, aber sie sind nützlich", erwiderte Petros.

Sie schaute sich zum ersten Mal, seit sie sein Hotelzimmer betreten hatte, genauer um. Petros schien ziemlich ordentlich zu sein. Auf dem Nachttisch lag ein Buch. Und in der Schublade? Ob er ein paar von ihren Kondomen mitgebracht hatte?

Uh, wieso hatte sie bloß ihre Gedanken nicht unter Kontrolle? Vorübergehend hatte sie wirklich gedacht, ihr Mantra habe gewirkt, und sie sei über ihre Verliebtheit hinweg. Offenbar weit gefehlt. Petros' Arm lag immer noch auf ihrer Stuhllehne. Seine körperliche Nähe machte sie kribbelig, und sie stand auf.

Er schaute auf seine Armbanduhr. „Lass uns runtergehen. Es gibt gleich Abendessen. Vorher müssen wir die Teilnehmerinnen und Teilnehmer über das, was vorgefallen ist, informieren. Und jetzt gleich sollten wir den philosophierenden Portier mal fragen, ob wir die nächsten Tage noch hier wohnen können?"

„Oder ob er uns zumindest eine andere Bleibe vermitteln kann", ergänzte Maike und ging voraus zur Tür. Petros folgte ihr.

Gregor Brandtners Augen leuchteten auf, als er Maike erblickte. „Mir war gar nicht bewusst, dass man in Hamburg

Dirndl trägt", sagte er. „Sie sehen fesch aus, wenn ich das bemerken darf."

„Danke." Maike lächelte. „Wir wollten fragen, ob ..."

In diesem Moment erblickte sie im Durchgang zum Restaurant Herrn Wellendorf und Frau Wirth. Bei ihnen stand eine junge Frau mit einem sehr verdächtigen Notizblock in der Hand.

Maike stieß Petros an, damit er seinen Blick in dieselbe Richtung lenkte. „Siehst du, was ich sehe?"

Petros nickte. „Presse."

Doch ehe er etwas unternehmen konnte, kam mit strammem Schritt Frau Gasteiger aus ihrem Büro, nahm die junge Journalistin am Arm und bugsierte sie zum Ausgang.

„He, was soll das. Lassen Sie mich los, Frau Gasteiger!", rief die Frau.

„Beweg deinen Arsch von meinem Grund und Boden, sonst kannst du was erleben, Liesl Faltmayer.

„Das werde ich nicht tun." Die Journalistin riss sich los. „Die Menschen hier am Ort haben ein Recht zu erfahren, was passiert ist."

„Nix ist passiert. Und meine Gäste haben ein Recht auf Privatsphäre. Wenn du dieses lächerliche Notizbücherl nicht gleich einsteckst, erzähl ich deinem Freund, was ich gestern Abend im Oktoberfestzelt in Schönau gesehen habe", entgegnete die Hoteldirektorin.

„Das ist Erpressung!"

„Hättst ja net mit dem Allmendinger Matthias knutschen müssen. Kein Wort will ich in eurem dämlichen Blatt über uns lesen. Und jetzt schleich di." Damit gab sie Liesl Faltmayer einen Schubs und beförderte sie nach draußen. Zum Aushilfsportier sagte sie: „Sieh zu, dass die mir meine Gäste nicht kujoniert, hast du verstanden!"

Gregor Brandtner wirkte geknickt. „Aber selbstverständlich, Frau Gasteiger."

Die Hoteldirektorin verschwand wieder in ihrem Büro und knallte die Tür hinter sich zu.

Als Petros und Maike sich wieder zum Tresen wandten, grinste der Portier. „Tante Helga kann ziemlich überzeugend sein." Er straffte die Schultern. „So. Was kann ich denn für Sie tun?"

Eine halbe Stunde später war nicht nur klar, dass es im Hotel Alpenglück ab morgen Nachmittag kein freies Zimmer gab, sondern ganz Schönau offenbar ausgebucht war. Gregor Brandtner hatte zunächst die Touristinfo angerufen und dann noch einige Privatvermieter.

„Es tut mir leid", sagte er und legte auf, nachdem er sich die letzte Absage eingehandelt hatte. „Der September ist hier eine äußerst beliebte Saison. Und ich habe ja jetzt auch noch ein Zimmer weniger, bis der Teppich in dem Zimmer von Herrn von Trems ausgetauscht ist. Vielleicht versuchen Sie, in Berchtesgaden ein Quartier zu finden?"

Maike und Petros schauten sich an. „Das ist wahrscheinlich die beste Lösung", meinte sie, und Petros nickte.

„Danke für Ihre Mühe", sagte Maike.

„Jederzeit gern", antwortete Gregor und strahlte sie an. „Darf ich … darf ich fragen, ob Sie mir heute Abend die Ehre erweisen würden, mit mir aufs Oktoberfest zu gehen?"

Maike glaubte, sich verhört zu haben. „Wie bitte?"

Sofort ruderte der Doktorand zurück. „Verzeihung, wenn ich Ihnen zu nahe getreten bin. Ich weiß nicht, was in mich gefahren ist. So etwas habe ich noch nie gemacht. Ich hoffe, Sie sind mir nicht gram."

„Nein, nein, ich war nur so überrascht", erwiderte Maike. „Wieso eigentlich Oktoberfest? Ich dachte, das sei in München."

„Unten in Schönau ist jedes Jahr ein Oktoberfestzelt aufgebaut mit Live-Musik, Tanz und frisch gezapftem Bier. Anstich ist immer am dritten Freitag im September. Der war gestern."

„Das meinte Frau Gasteiger also, als sie vorhin mit der Journalistin, hm, ge..., nun ja, gesprochen hat."

„Genau. Und? Darf ich hoffen, dass Sie mitkommen?"

Petros räusperte sich und hakte Maike demonstrativ unter. „Ich fürchte, Frau Schirmer hat Verpflichtungen gegenüber unseren Teilnehmerinnen und Teilnehmern."

Gregor Brandtner schaute Maike an, dann den Arm, den Petros ihr jetzt um die Taille legte. „Sehr wohl, ich verstehe", sagte er höflich. „Nichts für ungut."

Maike löste sich hastig von Petros und lächelte Gregor an. „Herr Brandtner, ich komme gerne mit. Aber erst später, so gegen halb zehn."

„Das ist ja ganz wunderbar. Da endet auch meine Schicht. Ich werde hier auf Sie warten."

„Was ist denn in dich gefahren?", fragte Petros leise, als sie zum Restaurant hinüber gingen.

„Wieso?"

„Dieser Mensch redet wie ein Roman aus dem neunzehnten Jahrhundert. ‚Darf ich fragen, ob Sie mir die Ehre erweisen würden', zitierte er. ‚Ich hoffe, Sie sind mir nicht gram'."

„Ich fand das irgendwie süß", erwiderte sie. „Außerdem hatte ich schon lange kein Date mehr."

„Ist das für dich ein Date?"

Fast hätte Maike gekichert, so empört klang Petros. „Wie würdest du es nennen?"

„Einen billigen Versuch, dich abzuschleppen."

„Möchtest du gern mitkommen?", fragte sie und schaute mit Unschuldsmiene zu ihm auf.

„Garantiert nicht", schnappte er.

Sie wurden abgelenkt, weil aus dem Restaurant Stimmengewirr zu hören war, übertönt von Frau Frank, die offensichtlich die Ereignisse um den Mord an Herrn von Trems zum Besten gab. Maike und Petros hielten in der Tür inne, unbemerkt von den Slow Datern, die gebannt an Frau

Franks Lippen hingen. Die Dame stand mit hochroten Wangen an ihrem Platz und berichtete voller Inbrunst: „Und dann hat der Polizist gesagt: (mit tiefer Stimme) ‚Frau Hannelore Ostermann, ich nehme Sie fest unter dem Verdacht, Meinhard von Trems heimtückisch mit seinem Wanderstock erschlagen zu haben'. Und sie darauf: (mit schriller Stimme) ‚Ich habe nichts getan. Bitte glauben Sie mir. Ich habe nichts getan. Ich schwöre es!'"

Maike und Petros wechselten einen Blick. „Irgendwie scheint uns dieser Slow Dating-Workshop auf fatale Weise entglitten zu sein", flüsterte Petros.

Maike verzog das Gesicht, als habe sie Schmerzen. „Diese Frau ist der Horror. Vielleicht hat sie ja von Trems auf dem Gewissen und lenkt mit ihrem Gehabe nur von sich ab."

„Spricht da wieder die Privatdetektivin Maike Sherlock Schirmer?", bemerkte Petros grinsend.

Anscheinend hatte er sich damit abgefunden, dass sie mit Gregor Brandtner ausgehen würde, und ließ die Sache auf sich beruhen. Dafür war Maike dankbar. Sie wusste selbst nicht so genau, was sie dazu gebracht hatte, die Einladung des jungen Portiers anzunehmen. Als Petros seinen Arm um ihre Taille legte, hatte sie ein so warmes, intensives Glücksgefühl durchströmt, dass sie es wohl nicht ausgehalten und die Flucht ergriffen hatte.

Entschlossen betraten sie den Speisesaal. Als sie die beiden Workshopleiter erblickte, unterbrach Viola Frank ihre theatralischen Ausführungen abrupt und setzte sich mit einem Plopp hin.

Alle Teilnehmerinnen und Teilnehmer schwiegen plötzlich betreten.

„Das war nicht hilfreich, Frau Frank", sagte Petros freundlich, aber bestimmt.

Ihr Gesicht wurde noch roter, falls das überhaupt möglich war. „Ich wollte doch nur ..."

Er brachte sie mit einer kurzen Handbewegung zum Schweigen. „Da Sie alle ja offensichtlich nun informiert sind, bleibt mir nur übrig, Sie zu bitten, die Sache nicht in die Öffentlichkeit zu tragen. Die Ermittlungen sind alles andere als abgeschlossen. Es wäre für Frau Ostermann sehr unangenehm, wenn in den sozialen Medien oder in der Presse eine Vorverurteilung stattfinden würde. Wenn ich daran erinnern darf: Im Zweifel für den Angeklagten. Also werden Sie Ihrer Verantwortung gerecht, meine Damen und Herren.“

„Das steht doch außer Zweifel“, sagte Arthur Wellendorf und schaute in die Runde. „Nicht wahr?“

Alle nickten zustimmend.

„Es tut uns sehr leid, was passiert ist“, meldete sich Professor Hinterseer zu Wort. „Kann ich irgend etwas für Frau Ostermann tun?“

„Morgen kommt eine Anwältin, die sich um den Fall kümmern wird“, erklärte Petros. „Wir haben ja Ihre Kontaktdaten. Sobald es etwas gibt, das wir Ihnen mitteilen dürfen, werden wir Sie anrufen.“

„Das ist sehr nett, danke“, antwortete der Professor. „Ich hatte gehofft ...“ Er brach ab und schaute betrübt in sein Bierglas.

Petros sah Maike an und gab ihr mit einer Geste das Wort.

Sie räusperte sich, ehe sie begann: „In Anbetracht der Ereignisse könnten wir verstehen, wenn Sie sich dafür entschieden, morgen nach dem Frühstück abzureisen, ohne den letzten Programmpunkt dieses Workshops in Anspruch zu nehmen. Ich persönlich fände es allerdings sehr schade. Der Liebesfragebogen des Dr. Arthur Aron ist eine einmalige Chance, neu geknüpfte Beziehungen auf ein solides Fundament zu stellen.“

„Wir möchten den Fragebogen auf jeden Fall ausfüllen“, meldete sich Frau Wirth und schaute Arthur Wellendorf verliebt an.

„Das ist ja wunderbar“, freute sich Maike.

„Uns wäre ebenfalls sehr daran gelegen", erklärte Hugo Froh. „Oder was denkst du, Beata?"

Frau Kozlowsky nickte heftig. „Auf jeden Fall." Sie legte ihm eine Hand auf den Arm.

„Wo ist eigentlich Frau Hammer?", wollte Sebastian Lösch wissen.

„Sie hat nach ihrem Unfall ein Schlafmittel genommen und wird vermutlich die Nacht durchschlafen", sagte Petros. „Wir werden sie morgen früh informieren."

Die junge Bedienung, die sich bisher dezent im Hintergrund gehalten hatte, nutzte die Gelegenheit, an den Tisch zu kommen.

„Guten Abend, die Herrschaften. Was darf's denn heute für Sie sein? Wir hätten als Extras Rindsrouladen mit Rotkohl und Kartoffeln, gegrillte Schweinshaxe mit Pommes und Salat, hiesige Regenbogenforelle blau mit Kartoffeln und grünen Bohnen, und natürlich alles, was auf der Karte steht."

Während die Slow Dater bestellten, suchten sich Maike und Petros einen Zweiertisch und warteten, bis die junge Kellnerin zu ihnen kam.

„Ich nehme die Regenbogenforelle", sagte Maike. „Und ein stilles Mineralwasser."

„Weil du nachher noch die eine oder andere Maß trinken musst?", erkundigte sich Petros spöttisch.

„Gehen Sie aufs Oktoberfest?", fragte die Bedienung lächelnd.

Maike nickte. „Wie viel ist denn in einer Maß?"

„Ein Liter Bier."

Ihr Herz sank. Wie konnte man denn einen ganzen Liter Bier trinken? Oder sogar zwei? Sie begann an ihrem Entschluss, mit Gregor Brandtner auszugehen, zu zweifeln.

„Ich hätte gern auch die Regenbogenforelle, aber gebraten, wenn das möglich ist", sagte Petros. „Und ein großes Helles."

„Gern", antwortete die junge Frau, nahm die Speisekarten und ging, um die Bestellungen aufzugeben.

„Immerhin zwei Paare, die den Fragebogen ausfüllen möchten", bemerkte Maike. „Und bei dem Professor lag ich gar nicht so falsch. Er hat wirklich Interesse an Frau Ostermann."

„Ich hoffe nur, dass diese Anwältin, die Tina uns schicken will, etwas erreicht", sagte Petros nachdenklich.

„Und ich hoffe, Tina hat sich nicht so aufgeregt, dass die Zwillinge zu früh kommen", ergänzte Maike.

Sie schwiegen einen Moment, dann fragte sie.: „Findest du es daneben, dass ich auf ein Fest gehe, wo wir doch einen toten Teilnehmer haben?"

Er zögerte kurz, dann erwiderte er: „Nein, ich glaube nicht. Aber pass auf dich auf, Maike."

Aufpassen? Was meinte er damit? Gregor Brandtner wirkte auf sie nicht wie einer, der sie vergewaltigte, erdrosselte und im Königssee versenkte. Verwundert hob sie den Kopf und suchte seinen Blick. Aber Petros' braune Augen funkelten nur amüsiert wie immer, wenn er sich über sie lustig machte.

Da nahm sich Maike vor, heute Abend ein richtig tolles Date zu haben. Und wenn sie dafür drei Maß trinken musste.

7. KAPITEL

Pünktlich um einundzwanzig Uhr dreißig tauchte Gregor Brandtner in der Tür des Restaurants auf und winkte Maike lächelnd zu. Petros verschluckte sich fast an seinem Rest Bier, als er die Aufmachung des angehenden Philosophen erblickte. Gregor trug zünftige knielange Hirschlederne mit Edelweiß auf dem Latz, ein kariertes Hemd, wollene grüne Kniestrümpfe und derbe, seitlich geschnürte Trachtenschuhe. Sein blondes Haar war gegelt und lag eng am Kopf an. Die Brille hatte er wohl gegen Kontaktlinsen ausgetauscht, denn sonst hätte er Maike aus der Entfernung vermutlich nicht entdeckt.

Maike sprang auf und stieß dabei fast ihren Stuhl um. Im letzten Moment hielt sie ihn an der Lehne fest und stellte ihn mit einem Ruck wieder hin.

„Also dann, bis morgen", sagte sie zu Petros und eilte zur Tür. Gleich darauf war sie mit Gregor verschwunden.

Bis auf Arthur Wellendorf und Agnes Wirth war niemand mehr im Restaurant. Die Kellnerin räumte geräuschvoll das schmutzige Geschirr von den Tischen.

Petros stützte das Kinn auf seine Hände. Was sollte er mit dem restlichen Abend anfangen? Fast war er in Versuchung, ebenfalls ins Oktoberfestzelt zu gehen. Aber die Blöße, Maike und Gregor hinterher zu spionieren, durfte er sich nicht geben. Obwohl er ehrlich genug mit sich war, um zuzugeben, dass er genau dies am liebsten getan hätte. War er etwa eifersüchtig?

Unsinn.

Entschlossen stand er auf. Wellendorf und Wirth waren so ins Gespräch vertieft, dass er sie nicht stören wollte und ohne Abschied nach oben ging. In seinem Zimmer angekommen, klappte er den Laptop auf und öffnete die Datei seines Romans. Zuerst konnte er sich kaum konzentrieren, denn immer wieder wanderten seine Gedanken zu Maike und Gregor. Doch irgendwann tippte er „4. Kapitel" als Überschrift ein und begann ernsthaft zu schreiben:

Hatte es geklopft?

Valerie richtete sich verschlafen auf. Als es erneut klopfte, rief sie: „Ich komme gleich." Hastig stand sie auf und strich ihr Kleid glatt. Dann eilte sie barfuß zur Tür und öffnete. „Ja, bitte?"

Draußen stand Marta und lächelte. „Ich wollte nur Bescheid sagen, dass man den Aperitivo auf der Terrasse nimmt. Sie sind herzlich eingeladen, dazu zu kommen."

„Danke, ich komme gern. Nur weiß ich überhaupt nicht, wie ich die Terrasse finde."

„Ich bringe Sie hin", versprach Marta.

„Aber ich brauche noch einen Moment. Anscheinend habe ich tief und fest geschlafen."

Marta nickte. „Ich warte gern."

Valerie schloss die Tür und ging ins Bad. Kurz überlegte sie danach, ob sie sich umziehen sollte. Ging es in dieser Familie eher formell oder eher leger zu? Ein Blick in den Spiegel bewies, dass ihr Kleid nicht zerknittert war. Sie entschied sich dafür, es anzubehalten und schlüpfte in ihre Sandalen. Besser nicht overdressed erscheinen. Den Verband am Fuß hatte sie vorhin beim Duschen entfernt und danach ein Pflaster auf die kleine Wunde geklebt. Der Schnitt hatte zwar anfangs heftig geblutet, doch er war nicht groß und sah durch Lucios fachkundige Versorgung schon viel besser aus. Ehe sie das Zimmer verließ, nahm sie die rosa

Badeslipper, die Marta ihr heute Morgen geliehen hatte.

Als sie die Tür öffnete, stand Marta wie versprochen noch da. Valerie reichte ihr die
Slipper. „Mit Dank zurück", sagte sie. „Die
waren sehr nützlich."

Draußen im Flur gab es ein Geräusch. Abrupt schaute Petros von seinem Computerbildschirm auf und lauschte. Waren das Schritte?

Es waren definitiv Schritte.

Maike! Ob sie schon nach Hause kam?

Er strengte sich an, um zu hören, ob ihre Tür nebenan
geöffnet wurde, doch genau hätte er es nicht sagen können.
Leise stand er auf, schlich zur Tür, machte sie einen Spalt-
breit auf und spähte in den halbdunklen Flur.

Alles war still.

Vorsichtig schaute er nach rechts und links, um sich zu
vergewissern, dass niemand ihn beobachtete. Dann ging er
nach draußen und presste sein Ohr an Maikes Tür. Doch
von drinnen kam nicht das geringste Geräusch.

Also war sie noch unterwegs. Ob sie wohl Spaß hatte mit
diesem Gregor? Oder ob sie sein seltsames Deutsch irgendwann nervig fand? Sicher, er war ein netter Kerl, aber Petros
verspürte das Bedürfnis, ihm kräftig eins auf die Nase zu geben.

Hastig verzog er sich wieder in sein Zimmer, setzte sich
an den kleinen Schreibtisch und las den letzten Absatz, den
er geschrieben hatte, durch, um den Anschluss zu finden.

Einen Roman zu schreiben hatte er sich viel leichter vorgestellt. Vor allem, da sein Buch ja ein nicht allzu anspruchsvoller Unterhaltungsroman werden sollte. Ständig passierte
es, dass er an einer Stelle, die völlig klar zu sein schien, nicht
mehr weiterkam. Und manchmal verhielten sich seine Figuren plötzlich ganz anders als geplant, als würden sie sich

selbstständig machen. Aber das konnte ja eigentlich gar nicht sein, oder? Bisher hatte er es immer für ein Märchen gehalten, wenn ein Autor im Interview erzählte, dass seine Charaktere ein Eigenleben entwickelten. Jetzt machte Petros die Erfahrung, dass sich beim Schreiben Dinge ergaben, von denen er nicht sagen konnte, woher diese Entwicklungen kamen.

Erneut las er die letzten Sätze durch. Irgend jemandem sollte Valerie auf dem Weg zur Terrasse begegnen. Ah, ja, jetzt fiel es ihm wieder ein.

Gleich darauf hackte er wieder mit zwei Fingern in die Tastatur. Eine Weile später klopfte es.

Petros hob den Kopf und glaubte, sich verhört zu haben. Wie lange er wohl geschrieben hatte? Er schaute auf die Zeitanzeige seines Laptops. Es war halb elf.

Da klopfte es erneut.

Maike!

Er sprang auf und öffnete die Tür. Draußen stand Franziska Hammer. Sie war vollständig angezogen und wirkte verschlafen.

„Darf ich reinkommen?", fragte sie mit leiser Stimme.

„Bitte." Petros trat zur Seite, und Frau Hammer betrat das Zimmer. „Setzen Sie sich doch."

Sie nahm auf einem der bequemen Sessel Platz, lehnte sich jedoch nicht an, sondern saß ganz steif und aufrecht da.

„Ist Herr von Trems abgereist?", fragte sie. „Ich habe wohl einige Stunden tief und fest geschlafen. Und nun kann ich ihn nicht erreichen. Und auf seinem Zimmer ist er nicht. Ich habe geklopft, aber niemand öffnet. Der Portier hat mich so komisch abgewimmelt und mich zu Ihnen geschickt."

„Herr von Trems ist nicht abgereist", antwortete Petros. „Er ist ... es tut mir sehr leid, aber er ist verstorben."

„Wie bitte?" Frau Hammer sprang auf. „Das kann ich nicht glauben."

„Setzen Sie sich bitte. Es tut mir, wie gesagt, sehr leid, aber Herr von Trems ist tatsächlich tot."

Sie ließ sich wieder auf den Sessel fallen und verbarg das Gesicht in ihren Händen. „Nein, nein, nein", flüsterte sie immer wieder. „Ich glaube es einfach nicht." Dann hob sie den Kopf. „War es ein Herzinfarkt?"

Petros schüttelte den Kopf. „Nein. Er wurde ermordet." Wenn er eine heftige Reaktion erwartet hatte, wurde er eines Besseren belehrt.

Frau Hammer schaute ihn nur aus großen blauen Augen an und fragte tonlos: „Wer hat das getan?"

„Das wissen wir noch nicht. Die Polizei hat jemanden festgenommen, aber ob es sich dabei um die Täterin handelt, ist nicht ausgemacht."

„Die Täterin?"

„Frau Ostermann."

Franziska Hammer lachte laut auf. „Das ist doch völliger Unfug! Wieso sollte Frau Ostermann Meinhard umbringen? Sie war äußerst interessiert an ihm."

„Tatsächlich? Wie äußerte sich das denn?", wollte Petros wissen.

„Überall, wo ich mich mit Herrn von Trems aufhielt, tauchte auch Frau Ostermann auf. Von dieser schrecklichen Viola Frank mal ganz abgesehen. Frau Ostermann hat ihn permanent angestarrt, so aufdringlich, dass es ihm sehr peinlich war." Sie hatte sich in Fahrt geredet, doch dann ließ sie den Kopf hängen. „Aber tot? Tot?"

Petros schwieg.

Irgendwann schaute sie zu ihm und sagte: „Wir hatten ... wir wollten."

Petros nickte verständnisvoll. „Sie standen sich nahe."

„Seltsam, nach so kurzer Bekanntschaft, nicht?"

„Wir machen beim Slow Dating oft die Erfahrung, dass es ganz schnell geht, wenn die richtigen Menschen aufeinandertreffen. Das ist das Geheimnis unseres Erfolgs. Und natürlich das Verdienst des Fragebogens von Dr. Arthur Aron."

„Wir dachten, wir müssten ihn gar nicht mehr ausfüllen, so sicher waren wir uns." Tränen stiegen in ihre Augen. „Was mache ich denn jetzt? Plötzlich war da wieder so etwas wie Zukunft. Private Zukunft, meine ich. Beruflich bin ich ja äußerst erfolgreich. Aber Geld und Erfolg sind nicht alles, besonders, wenn man älter wird."

„Das kann ich gut verstehen", erwiderte Petros sanft.

„Wie gewonnen, so zerronnen", sagte Frau Hammer und wischte eine Träne weg. „Armer Meinhard. So ein Ende hat niemand verdient."

Eine Weile sagte Frau Hammer nichts mehr, und Petros hütete sich, sie in ihrer Kontemplation zu stören.

„Würden Sie ... würden Sie ein paar Meter mit mir gehen?", fragte Franziska Hammer nach einer Weile. „Ich brauche frische Luft, aber ich möchte nicht allein sein."

„Gerne", antwortete Petros.

„Ich hole mir nur kurz eine Jacke. Wir treffen uns unten in der Lobby."

Während Petros im Foyer auf sie wartete, vibrierte sein Mobiltelefon.

Maike!

Hastig klaubte er es aus seiner Hosentasche und ging ran, ohne auf das Display zu schauen. „Ist alles in Ordnung?"

„Nein, ganz und gar nicht", hörte er Evas Stimme. Seinen derzeitigen Flirt hatte er ganz vergessen. „Ich habe seit zwei Tagen nichts von dir gehört. Was ist los?"

„Eva! Tut mir echt leid. Der Workshop ist völlig aus dem Ruder gelaufen. Wir haben einen Mordfall. Hier ist die Hölle los."

„Einen Mordfall? Das ist ja gruselig. Aber du hättest ja wenigstens mal eine Nachricht schicken können."

„Ich war rund um die Uhr im Einsatz."

„Wann kommst du wieder?"

„Das weiß ich noch nicht, Eva. Wir müssen die nächsten Tage noch hierbleiben. Ich hoffe, der Fall klärt sich bald auf."

„Wer ist ‚wir'?", fragte sie knapp.

„Meine Kollegin Maike und ich."

„Deine Nachbarin, die dir eine ganze Schachtel Kondome schenkt? Teilt ihr euch ein Zimmer?"

„Quatsch. Eva, was soll das? Warum bist du so angepisst?"

In diesem Moment kam Frau Hammer die Treppe herunter.

„Ich muss Schluss machen, Eva. Eine unserer Teilnehmerinnen möchte mich sprechen."

„Um diese Uhrzeit? Weißt du eigentlich, wie spät es ist?"

„Das ist doch völlig egal."

Wie alt ist diese Teilnehmerin?"

Petros seufzte. „Hör zu, ich erkläre dir das alles morgen."

„Weißt du was, Petros Meyer-Roussi, steck dir deine Erklärungen sonstwohin. Ruf! Mich! Einfach! Nicht! Mehr! An!" Damit legte sie auf.

Petros schaute ein wenig verdutzt auf sein Mobiltelefon, dann steckte er es ein. Er würde Eva beim Wort nehmen. Irgendwie war er erleichtert, dass sie es war, die Schluss gemacht hatte.

„Beziehungsprobleme?", fragte Franziska Hammer und hielt eine Flasche Rotwein hoch. „Dafür habe ich was."

Ohne dass sie sich absprechen mussten, gingen sie runter zur Anlegestelle. Auf der schmalen Straße mit ihren Souvenirbuden, Cafés und Trachtenmodegeschäften, wo sich tagsüber die Touristen drängten, war nichts los. Ihre Schritte waren so deutlich zu hören, dass Petros sich unwillkürlich bemühte, vorsichtiger zu gehen. Am Anleger war vom Königssee nichts zu sehen, dichter Nebel stand über dem Wasser, das leise gluckerte. Sie nahmen nebeneinander auf derselben Bank Platz, auf der er gestern mit Maike gesessen hatte.

Frau Hammer öffnete den Schraubverschluss der Rotweinflasche und hielt sie Petros hin: „Ich habe die Gläser vergessen. Macht es Ihnen was aus?"

„Überhaupt nicht." Petros nahm die Flasche, setzte sie an und trank einen kurzen Schluck. „Der schmeckt gut." Er gab Frau Hammer die Flasche zurück.

„Ich hatte ihn für Meinhard und mich gekauft", gestand sie, hob die Flasche und rief in den Nebel: „Prost, Meinhard! Es war schön mit dir." Dann nahm sie einen tiefen Zug und wischte sich den Mund. „Es gibt Dinge, die kann man nicht ändern."

Petros war beeindruckt von ihrer Haltung. „Möchten Sie darüber reden?", fragte er.

Statt einer Antwort stellte sie die Flasche auf den Boden und holte eine Zigarettenschachtel aus ihrer Jackentasche.

Sein Blick fiel auf das Etikett. Lucky Strike. Eigentlich keine Frauenmarke. Franziska Hammer war offenbar ein echter Hammer.

Sie klappte den Deckel der Schachtel auf und bot sie Petros an. „Mögen Sie?"

„Ich rauche nur sehr selten", erwiderte er und nahm sich eine Zigarette. „Aber heute ist ein Tag, an dem man rauchen muss."

„Das finde ich auch." Sie förderte ein Feuerzeug zutage, zündete sich eine Zigarette an und reichte das Feuerzeug an Petros weiter.

Dann saßen sie rauchend und schweigend eine Weile einfach nur da, die rot glimmenden Punkte ihrer Zigaretten im Halbdunkel der Funzel-Laternen wie Glühwürmchen.

Irgendwann sagte Franziska Hammer: „Frauen in meinem Alter haben es schwer, einen Partner zu finden, vor allem, wenn sie erfolgreich sind. Die, die ich wollte, wollten mich nicht. Und die, die mich wollten, waren Schluffis, die es sich bequem machen wollten. Männer suchen immer was Jüngeres. Das ist anscheinend biologisch. Egal, wie alt oder verbraucht so ein Kerl ist – er sucht sich eine, deren Eierstöcke noch nicht aufgegeben haben." Sie lachte bitter. „Und wenn diese Typen Geld und Status haben, kriegen sie auch, was sie suchen."

„Das ist wohl leider so", bemerkte Petros. „Haben Sie deswegen ein Slow Dating gebucht? Weil unser Konzept sich an Menschen richtet, die sowohl Erfolg haben als auch nicht mehr ganz jung sind?"

„Genau. Und dann habe ich Meinhard getroffen." Tief sog sie den Rauch ihrer Zigarette ein und blies ihn dann in die Nachtluft. „Er war etwas ganz Besonderes. So old school, wenn Sie verstehen, was ich meine. Zuvorkommend, immer bedacht auf mein Wohlergehen, spendabel. Ein echter Gentleman. Und selbst so bescheiden. Er hat gesagt, ich sei das Beste, das ihm jemals passiert sei. Mir hat schon lange niemand mehr so nette Komplimente gemacht wie er. Ich war nie verheiratet. Meinen Sohn habe ich bekommen, als ich zwanzig war. Meinhard wollte ihn unbedingt kennenlernen. Er hat mir erzählt, dass das Geschlecht der von Trems mit ihm ausstirbt, weil er der letzte Nachkomme ist und keine Kinder hat. Wir haben darüber gesprochen, dass er meinen Sohn vielleicht adoptieren könnte. Und jetzt ist Meinhard tot." Sie nahm einen Schluck aus der Flasche. „Ich ... ich war nicht verliebt in ihn. Das nicht", sagte sie fast wie zu sich selbst. „Aber ich hatte das Gefühl, dass es irgendwann passieren könnte. Liebe ist für Anfänger. Wer gelebt hat – und ich habe gelebt, glauben Sie mir –, sucht keine Romantik, sondern Vertrauen, Ehrlichkeit, Beständigkeit."

Petros schwieg nachdenklich. Liebe war nur für Anfänger? Klang irgendwie griffig, traf aber die Sache seiner Meinung nach nur halb. Obwohl – was wusste er schon von der Liebe? Er kannte den Rausch, die wahnwitzige Gier nacheinander, die heftige Verliebtheit. Lange gedauert hatte das bei ihm nie. Selbst mit Anna, derentwegen er nach Hamburg gezogen war, hatte die Beziehung das Verlangen nacheinander nicht überdauert. Sie war sogar lange, bevor die Lust aufeinander weg war, zerbrochen. Vertrauen, Ehrlichkeit, Beständigkeit. Das hörte sich furchtbar langweilig an. Oder? Und wieso fiel ihm bei diesen drei Begriffen ausgerechnet Maike ein? Äußerlich betrachtet war sie das Gegenteil davon. Bunt, ein bisschen punkig, temperamentvoll. Doch wenn man sie näher kannte, war sie zuverlässig, präzise, ehrlich und, ja, vermutlich auch beständig. Er musste zugeben, dass er sie mochte. Sehr sogar. Sie hatte Humor und brachte ihn oft zum Lachen.

Wie wohl ihr Date mit Gregor Brandtner war? Er sah die beiden vor sich, wie sie im Festzelt auf Bierbänken saßen, jeder eine Mass vor sich. Er sah Maike lachen, und er sah, wie Gregor den Arm um sie legte. Bei diesem Gedanken verdüsterte sich seine Stimmung derart, dass er fast aufgesprungen und hinüber zur Festwiese gerannt wäre.

Was war eigentlich los mit ihm? Es konnte ja kaum sein, dass er sich in Maike verliebt hatte. Dafür hatte er immerhin mehr als ein Jahr Zeit gehabt, und es war nicht passiert. Außerdem war sie seine Kollegin und schon deshalb tabu.

„Meinhard hatte große Pläne mit seinem Stammsitz in Thüringen. Kennen Sie die Burg?", riss ihn Frau Hammer aus seinen Überlegungen.

„Ja, ich habe ein Foto gesehen."

„Er hat davon gesprochen, daraus ein Hotel- und Kongresszentrum zu machen. Dafür wären natürlich große Umbauarbeiten erforderlich gewesen. Es hätte mir Freude gemacht, ihn dabei zu unterstützen. Ist es nicht lustig, dass ich eine Firma besitze, die mit Baustoffen handelt?" Sie seufzte. „Wir hätten so gut zueinander gepasst."

Petros überlegte fieberhaft, ob er ihr von dem Verdacht erzählen sollte, dass es sich bei Meinhard von Trems eventuell um einen Heiratsschwindler gehandelt hatte. Einiges, was Frau Hammer berichtete, passte genau auf dieses Profil. Und dass er schon nach so kurzer Bekanntschaft davon redete, ihren Sohn zu adoptieren, klang für ihn ebenfalls verdächtig. Bestimmt hätte von Trems sie demnächst gefragt, ob sie in sein Projekt investieren wolle. Er beschloss, es auf einem Umweg zu versuchen.

„Hat Herr von Trems jemals über Geld mit Ihnen gesprochen?", fragte er.

„Wieso?" Franziska Hammer wandte ihm abrupt den Kopf zu, und als er verlegen schwieg, fragte sie: „Was wollen Sie damit andeuten?"

Der Umweg war offensichtlich eine schnurgerade Autobahn gewesen. Eine gestandene Unternehmerin wie Frau Hammer hatte sein Manöver sofort durchschaut. Petros atmete tief durch. „Ich glaube, ich muss Ihnen sagen, weswegen die Polizei Frau Ostermann verhaftet hat."

„Ja?" Frau Hammer drückte ihre Zigarette aus und sah ihn abwartend an.

„Viola Frank hat Frau Ostermann und Herrn von Trems belauscht, als sie auf der Fischunkelalm hinter der Hütte gestritten haben. Frau Ostermann machte dabei den Eindruck, als kenne sie Herrn von Trems. Sie hat ihn geduzt und Herbert oder Hermann genannt und wollte ein Foto von ihm machen. Dann soll sie gesagt haben: ‚Ich werde nicht zulassen, dass du nochmal eine Frau unglücklich machst'."

„Frau Frank würde ich kein einziges Wort glauben."

„Nun, die Polizei hat ihr geglaubt. Und Frau Ostermann hat sich merkwürdig verhalten. Sie teilte uns mit, dass sie vorzeitig abreisen wolle. Und dann, eine Weile später, hat sie uns eine Nachricht geschickt, dass sie mit meiner Kollegin und mir sprechen wolle, weil sie uns etwas Wichtiges über Herrn von Trems mitzuteilen hätte. Es klang mysteriös. Und als wir in das Zimmer von Herrn von Trems kamen, lag ein halb gepackter Koffer auf dem Bett. Es sah aus, als hätte ihn der Täter oder die Täterin dabei überrascht, dass er abreisen wollte."

„Abreisen? Das kann nicht sein. Als er mich ins Hotel zurückgebracht hatte, meinte ich zu ihm, ich würde mich gern hinlegen, um mich von dem Schreck zu erholen. Um halb elf wollten wir uns bei ihm treffen. Er sagte, er würde Champagner und Häppchen besorgen und mit mir in seinen Geburtstag hineinfeiern. Ich hatte mir einen Wecker gestellt und extra nur eine halbe Schlaftablette genommen."

Petros nahm sein Mobiltelefon und öffnete die Datei mit den Profilen der Teilnehmer, die er in der Cloud gespeichert hatte. „Herr von Trems ist laut meinen Unterlagen am 14. März geboren. Sein Geburtstag kann also nicht morgen gewesen sein."

Frau Hammer griff nach der Rotweinflasche, und Petros sah, dass ihre Hand zitterte. Sie schraubte sie auf, trank hastig, verschluckte sich, hustete und wischte sich erneut mit dem Handrücken den Mund. Ohne die Flasche zu verschließen und auch ohne sie Petros anzubieten, stellte sie sie wieder hin.

„Was wollen Sie mir eigentlich mit diesen Informationen reindrücken?", fragte sie hart. „Dass Meinhard von Trems ein Heiratsschwindler war?"

„So weit würde ich nicht gehen", erwiderte Petros ruhig. „Aber es gibt offenbar einen Anfangsverdacht. Haben Sie eventuell auf der Fischunkelalm eine auffallende rothaarige Frau mit Sonnenbrille gesehen?"

„Das wird ja immer abstruser", rief Frau Hammer und stand auf. „Dort waren so viele Leute, wie soll ich mich da an jede einzelne Person erinnern."

„Frau Frank ..."

„Glauben Sie dieser durchgeknallten Trulla kein Wort", fuhr Frau Hammer ihn an. „Herr von Trems war die Ehrenhaftigkeit selbst. Er hat mich den ganzen Weg zurück zum Boot getragen! Und für den Koffer auf seinem Bett muss es eine andere Erklärung geben. Gute Nacht, Herr Meyer-Roussi."

Sie drehte sich auf dem Absatz um und ging mit schnellen Schritten davon.

Super gemacht, Petros!, schimpfte er mit sich. „Ganz toll! Frustriert nahm er die Rotweinflasche, setzte sie an und trank.

Als er eine Weile später durch den dichten Nebel zurück ins Hotel ging, war ihm leicht schwummrig, und die Flasche war leer.

Schon von weitem konnte Maike laute Musik hören, die aus dem Festzelt auf einer nebligen Wiese am Ortsrand von Schönau drang. Am liebsten hätte sie Gregor mitgeteilt, dass sie Kopfschmerzen habe, und wäre zurück ins Hotel gegangen.

Nicht kneifen, Maike. Dies ist dein erstes Date seit Monaten. Also versuch es zu genießen.

„Hast du in Berchtesgaden eine Unterkunft gefunden?", fragte Gregor Brandtner.

Er duzte sie, seit sie losgegangen waren, und sie hatte nichts dagegen.

„Leider nicht. In der Stadt ist irgendein Kongress, und alles ist ausgebucht. Wir könnten außerhalb Zimmer bekommen, aber die Gasthöfe sind sehr abgelegen, und wir haben kein Auto dabei."

„Im September ist jedes Jahr ein großer Podologenkongress", erklärte Gregor. „Außerdem ist das die beste Jahreszeit zum Wandern. Kein Wunder, dass alle Herbergen voll sind."

„Ich spreche morgen mit Petros, dann schauen wir, was wir machen."

Sie hatten das Festzelt erreicht. Zwei junge Männer in Lederhosen stürzten aus dem Eingang, rannten ein Stück und kotzten auf die Wiese.

Davon völlig unberührt, ging Gregor voraus und betrat das Zelt. Bierdunst, der Geruch nach gebratenem Fleisch und schwitzenden Menschen, hüllten Maike ein. Die Musik war ohrenbetäubend laut. Ein Schlager, den sie nicht kannte. Der Refrain lautete auf etwas, was wie Hulapalu klang. Der Saal wogte und sang und tanzte.

„He, Brandtner Gregor, kommst zu uns!", brüllte ein Mann mittleren Alters und winkte heftig. An seinem Tisch saßen mehrere Frauen und Männer mit großen Bierkrügen vor sich.

Maike folgte Gregor und zwängte sich durch die Bankreihe. Sie raffte ihren Dirndlrock, stieg ein und ließ sich mit einem Plumps neben ihn auf die Bierbank fallen. Gregor sprach mit dem Mann auf Bairisch. Maike verstand kein Wort.

„Das sind mein Onkel, der Helmut, und seine Frau, die Annelie", sagte Gregor irgendwann zu ihr.

Maike nickte den beiden zu.

„Und da gegenüber, das sind meine Cousins, der Robert und der Norbert, und ihre Freundinnen Waltraut und Melanie." Seit er hier im Festzelt war, hatte er offenbar seine seltsam übertriebene Sprache abgelegt und redete wie alle.

Maike lächelte hinüber. Eine der Frauen sagte etwas zu ihr, das sie nicht verstand.

„Ihr müsst Hochdeutsch sprechen", informierte Gregor die kleine Gruppe. „Maike ist aus Hamburg."

„Ahoi Maike!", rief der, der Robert hieß und lachte laut.

„Moin, moin", fügte Norbert hinzu.

Maike wusste nicht, was sie darauf erwidern sollte, und war froh, als die Kellnerin kam, um die Neuankömmlinge zu fragen, was sie wünschten. Auf dem Schild, das am Mieder ihres Dirndls hing, stand „Bierbulldog".

„Zwoa Mass", bestellte Gregor, ohne Maike zu fragen. Er sprach das Wort Mass mit kurzem „a" aus.

Die Band auf der Bühne spielte jetzt „Das ist Wahnsinn". Immerhin ein Lied, das Maike kannte. Beim Refrain sangen alle mit, auch Gregor. Er grinste, stieß sie mit dem Ellbogen an, und sie bewegte daraufhin wenigstens die Lippen, um zu signalisieren, dass sie sich amüsierte.

Der „Bierbulldog" erschien mit jeweils vier Masskrügen in jeder Hand und bugsierte zwei davon vor Maike und Gregor.

„Prosit!", rief Helmut und stieß mit Gregor an.

Ein allgemeines Anstoßen war die Folge. Maike wusste zuerst nicht, wie sie den schweren Literkrug halten sollte. Schließlich schob sie die ganze Hand in den Henkel und wollte den Krug anheben, doch Gregor hielt sie auf.

„Wenn du das machst, quetschst du dir jedes Mal beim Anstoßen die Finger", warnte er und wies auf seinen Krug, den er einfach am Henkel gepackt hatte.

Maike tat es ihm gleich. Das Ding war schwer, und als sie mit der ganzen Runde angestoßen hatte und trank, merkte sie, dass das Bier es in sich hatte.

Und davon tranken die zwei oder drei?

„Was machen Sie beruflich?", wollte Melanie wissen.

Ja, was war das, was sie beruflich machte? „Ich bin … hm, ich bin Assistentin der Geschäftsleitung."

„Und in Schönau auf Urlaub?", wollte Waltraut wissen.

Maike schüttelte den Kopf. „Wir führen hier ein …"

Sie wurde unterbrochen, weil von der Bühne ein Tusch kam und daraufhin der ganze Saal sang: „Ein Prosit, ein Prosit der Gemütlichkeit. Ein Prosit, ein Prohosit der Gemüüüt-lichkeit! Gefolgt von der Aufforderung: „Oans, Zwoa, G'suffa!"

Woraufhin alle ihre Masskrüge gegeneinander knallen ließen und tranken.

Waltraut kam nicht mehr auf das Thema Beruf zurück, sondern unterhielt sich mit Melanie. Gregor schien sich bestens mit seinen Cousins zu amüsieren. Maike war ganz froh, dass sie nicht ständig brüllen musste, schaute in ihren Bierkrug und fragte sich, wie sie diesen Liter jemals austrinken sollte. Der Lärm im Festzelt war unbeschreiblich. Doch

Gregor schien überhaupt keine Schwierigkeiten damit zu haben, sich mit seinen Verwandten zu verständigen.

Jetzt spielte die Band Helene Fischers Hit „Atemlos durch die Nacht". Gregor sprang auf, zog Maike auf die Bierbank und begann zu tanzen. Dabei sang er laut mit.

Maike sah, dass seine Cousins und ihre Begleiterinnen dasselbe taten, lachte zum ersten Mal an diesem Abend und versuchte, beim Tanzen nicht von der Bank zu fallen.

„Auf den Tischen tanzen ist verboten", rief Gregor und nahm ihre Hände.

„Atemlos durch die Nacht", grölte der Saal, und als das Lied zu Ende war, ging es nahtlos mit „Skandal im Sperrbezirk" weiter.

„Skandaaal. Skandal um Rosi!", sang Gregor und tanzte mit schlaksigen Bewegungen.

Und darauf ging es mit dem Prosit-Ritual weiter. „Oans. Zwoa. G'suffa!"

Maike und Gregor ließen sich auf die Bank fallen, stießen mit allen an und tranken.

„Das ist nicht so die Musik deiner Wahl?", bemerkte Gregor.

„Was?", rief Maike, die ihn nicht verstanden hatte.

Er neigte sich zu ihr und brüllte ihr ins Ohr. „Das ist nicht so die Musik deiner Wahl, oder?"

„Nee, nicht so ganz."

„Und was magst du?"

„Früher hab ich Punkrock gehört. Jetzt steh ich mehr auf ACDC."

„Aha."

Nun legte die Band mit dem Ententanz los, und alle sprangen wieder auf die Bänke. Ellbogen wackelten, Hüften kreisten.

Irgendwann war Gregor verschwunden. Maike stieg von der Bank und setzte sich, die Hände um ihren Bierkrug geschlungen. Rechts und links neben ihr auf der Bank beharrte

Männerbeine und Dirndlröcke. Gegenüber auf der Bank lederne Latzhosen und Dirndlschürzen. Wenn sie hochschaute, sah sie in ekstatisch gerötete Gesichter.

Gleich darauf war Gregor wieder da, und nachdem der Ententanz getanzt, eine neue Runde Prosit eingeläutet worden war, und die Leute wieder an ihren Tischen saßen, hörte Maike plötzlich ein paar vertraute Akkorde.

Überrascht schaute sie zur Band. Die war zwar ziemlich blechlastig, aber es gab auch zwei Gitarren, einen E-Bass und ein Keyboard.

„Für eine ganz besondere Dame", sagte der Sänger nun ins Mikro. „Highway to Hell für Maike Schirmer."

Überrascht schaute Maike zu Gregor. Der grinste nur und zog sie auf die Bank. „Geiler Song", rief er. Maike war einen Moment verblüfft, dann lachte sie und sie begannen zu tanzen. Der ganze Saal machte mit.

Langsam wirkte das Bier, und Maike begann, Spaß an der Sache zu haben. Die Band hatte Wumms, der Sänger war gut, und, ja, der Song war einfach geil.

Lachend ließen sie sich danach wieder auf ihre Bänke fallen. Durstig trank Maike mehrere große Schlucke Bier.

„Danke!", sagte sie zu Gregor. „Das war nett von dir."

„Ich bin überhaupt nett", erwiderte er und wollte sie küssen.

Überrumpelt konnte Maike nicht verhindern, dass er ihren Mund traf. Doch dann drehte sie den Kopf weg.

„Was ist?", wollte Gregor wissen.

„Ich ..."

Er nickte. „Hab's schon verinnerlicht. Du hast ein tendre für deinen Kollegen."

„Ein was?"

„Ein tendre. Eine Vorliebe. Und er für dich."

„Nein!", fuhr Maike auf.

„Den Blicken nach zu urteilen, mit denen er dich anschaut, könnte man es aber denken", erklärte Gregor.

Maike ließ den Kopf hängen."

„Hast du denn ein tendre für ihn?"

Sie nickte.

„Und?"

„Nix und."

Eine Glocke ertönte. „Letzte Runde", kam es aus den Boxen.

„Möchtest du noch etwas trinken?", fragte Gregor.

Sie deutete auf ihr Glas. Ihre Mass war noch halb voll. „Ich würde, glaube ich, gern gehen", sagte sie.

„Schade."

„Es liegt nicht an dir", erklärte sie. „Anscheinend hat mir das mit der Sache heute doch mehr zugesetzt, als ich dachte."

„Das kann ich nachvollziehen. Ich bring dich." Gregor stand auf.

„Das musst du nicht. Bleib ruhig hier."

„Das wäre mehr als unhöflich."

Gerade ertönte wieder das Prosit.

Maike schlängelte sich hastig in der Bankreihe zwischen all den schunkelnden, trinkenden, singenden, feiernden Menschen hindurch, und als sie endlich draußen auf der nebligen Wiese stand, atmete sie erleichtert auf.

Hinter ihr ertönten gurgelnde Laute, und sie wurde unsanft beiseite geschubst. Mehrere Männer und eine Frau rannten an ihr vorbei nach rechts und übergaben sich.

„Komm", sagte Gregor und fasste sie am Arm.

Sie wehrte sich nicht, und sobald sie auf der Straße waren, die zum Hotel führte, ließ er sie los.

„Hat es dir denn gar nicht gefallen?", wollte er wissen.

„Doch, irgendwie schon. Mal was neues."

„Wie feiert ihr im Norden?"

„Auch laut mit viel Musik und Alkohol", gab sie zu. „Jede Landschaft hat ihre eigenen Rituale. Bei uns isst man Grünkohl mit Pinkel und trinkt Schnaps vom Brett."

„Das hört sich interessant an. Vielleicht reise ich ja mal gen Norden und besuche dich."

„Vielleicht ..."

Bald hatten sie das Hotel erreicht. Maike befürchtete, dass Gregor noch einmal versuchen würde, sie zu küssen, und war erleichtert, als er ihr nur die Hand gab. „Mir kam da übrigens ein Gedanke", sagte er. „Meine Großmutter, die Brandtner-Oma, hat früher vermietet, aber seit ein paar Jahren ist es ihr zu viel. Ich wohne bei ihr, wenn ich in der Saison hier arbeite. Soll ich sie fragen, ob sie euch ein paar Tage unterbringen kann? Es ist nicht weit von hier. Nur die Straße da hinten hoch. Der Brandtner-Hof."

„Das wäre ja supernett von dir."

„Die Unterkunft ist aber sehr einfach. Ich weiß nicht, ob ihr ..."

„Das wäre uns ganz egal", unterbrach ihn Maike. „Wir wären so dankbar, wenn das klappen würde." Zwar hatte sie keine Ahnung, ob das auch Petros' Meinung war, doch er machte ihr nicht den Eindruck, als ob er privat ausschließlich in Viersternehäusern absteigen würde.

„Gut. Ich frage meine Großmutter morgen früh und gebe dir Bescheid."

„Danke, Gregor. Vielen, vielen Dank!" Sie umarmte ihn kurz und küsste ihn auf die Wange. „Gute Nacht."

„Gute Nacht, Maike."

Sie schaute ihm hinterher, als er in seiner Hirschledernen die Straße hinauf ging und kurz darauf im Nebel verschwunden war. Ihr war leicht schwindlig vom Bier, und in ihren Ohren dröhnte es immer noch. Sie betrat das Hotel. Hinter dem Empfangstresen war niemand zu sehen. Wie viel Uhr es wohl war? Sie schaute auf ihr Handy. Schon fast zwölf. Sie hätte gedacht, es sei noch nicht so spät.

Oben im Flur legte sie ihr Ohr an Petros' Zimmertür und lauschte. Drinnen war alles still. Wahrscheinlich schlief er schon. Hatte Gregor wirklich gesagt „den Blicken nach zu urteilen, mit denen er dich anschaut, könnte man es aber denken?"

Heftig schüttelte sie den Kopf. Seit fast anderthalb Jahren hoffte sie, dass Petros ein „tendre" für sie entwickeln würde. Fehlanzeige.

Sie hörte Schritte auf der Treppe, und dann bog Petros um die Ecke. Er hatte eine leere Flasche Rotwein in der Hand und sah reichlich verwegen aus. Als er Maike erblickte, seufzte er laut.

„Was machst du denn hier?", wollte er wissen.

„Ich bin gerade nach Hause gekommen."

„Ach, ja, dein Date. Wie war's?" Seine Stimme klang leicht verschwommen.

„Ganz okay. Was hast du gemacht?"

Er öffnete seine Zimmertür. „Frag mich lieber nicht. Oder frag mich morgen." Damit verschwand er in seinem Zimmer und machte ihr die Tür vor der Nase zu.

Hatte er etwa auch ein Date gehabt? Aber mit wem? Frustriert ging Maike in ihr Zimmer. Petros hatte noch nie Probleme gehabt, Frauen kennenzulernen.

Sie zog sich aus und ging ins Bad. Dort stellte sie sich vor den Spiegel und sagte laut: „Diese Verliebtheit ist für mich ein für allemal beendet."

Wenig später lag sie im Bett und wartete darauf, dass sich das Wummern in ihren Ohren endlich verzog. Lange lag sie wach, und als sie gegen Morgen schließlich einschlief, träumte sie, dass sie mit Petros auf einer Almwiese saß. Er trug Hirschlederne und einen Filzhut mit Gamsbart, sie trug ein weißes Hochzeitsdirndl und einen Kranz im Haar. Dann sah sie den glattpolierten, hölzernen Wanderstock, den er in der Hand hielt. Der dicke Knauf war blutig rot.

8. KAPITEL

Beim Frühstück am nächsten Morgen wirkte Petros etwas zerknittert.

„Möchtest du ein Aspirin?", fragte Maike und biss herzhaft in ihr Camembert-Brötchen.

Petros stellte seine Kaffeetasse hin. „Könnte nicht schaden."

Sie vermied es, ihn nach dem Grund für seinen offensichtlichen Kater zu fragen, griff in ihre Handtasche, holte einen Blister Aspirin heraus und drückte ihm eine Tablette auf den Teller. „Oder lieber zwei?"

„Eins reicht." Er stand auf, holte sich vom Büfett ein Glas Wasser und schluckte die Pille. „Danke, Maike."

„Keine Ursache."

Gott, wie förmlich. Irgendwie war es zwischen ihnen gerade noch komplizierter geworden. Zu gern hätte sie gewusst, mit wem sich Petros gestern Abend getroffen hatte. Doch sie musste nicht mehr lange warten, denn Frau Hammer betrat den Frühstücksraum und ging direkt auf Petros zu.

„Darf ich mich kurz setzen?", fragte sie und schloss Maike in ihre Frage mit ein.

„Natürlich. Gerne."

Sie zog sich einen Stuhl heran, nahm Platz, und dann sagte sie leise zu Petros: „Ich wollte mich für mein Verhalten gestern Abend entschuldigen. Was Sie gesagt haben, hat mir schwer zu denken gegeben. Mittlerweile glaube ich sogar, dass Sie Recht haben könnten mit Ihrem Verdacht. Herr von Trems hat tatsächlich über Geld mit mir gesprochen. Er sagte, er habe einen Kredit über anderthalb Millionen Euro aufgenommen, um den Umbau von Schloss Trems zu finanzieren. Aber ihm würden noch etwa vierhundertfünfzigtausend Euro fehlen, da die Baukosten seit Corona immens gestiegen seien. Das hat er nur sehr beiläufig erwähnt und mich keineswegs gefragt, ob ich ihm das Geld leihen könnte. Allerdings kommt es mir jetzt doch sehr seltsam vor, dass er mit mir nach so kurzer Bekanntschaft bereits über Gelddinge gesprochen hat." Sie schaute zu Maike. „Finden Sie das nicht auch?"

Maike spürte, wie eine Welle der Erleichterung sie durchströmte. Also hatte sich Petros nicht mit einer neuen Flamme getroffen, sondern mit Frau Hammer. Sie nickte. „Das finde ich mehr als seltsam", erwiderte sie.

Franziska Hammer sah Petros an. „Das wollte ich Ihnen nur mitteilen, ehe ich abreise."

„Dafür bin ich Ihnen sehr dankbar, Frau Hammer", sagte Petros. „Es ist eine denkbar schwierige Situation für alle Beteiligten."

Sie stand auf, und auch Petros erhob sich. Frau Hammer gab ihm die Hand. „Man kann noch so alt werden – man lernt doch nie aus", seufzte sie. „Wahrscheinlich wäre ich sehenden Auges in mein Unglück gerannt."

Auch Maike stand auf. „Es tut uns sehr leid, dass Sie bei unserem Workshop eine solche Erfahrung machen mussten. Noch ist ja nicht bewiesen, dass es sich bei Herrn von Trems um einen Love Scammer gehandelt hat. Trotzdem werden wir Ihnen natürlich sämtliche Kosten erstatten."

„Das ist sehr freundlich von Ihnen", antwortete Franziska Hammer und gab ihr ebenfalls die Hand. „Auf Wiedersehen."

„Alles Gute", sagten Maike und Petros gleichzeitig.

„Das wünsche ich Ihnen auch von Herzen." Damit verließ Frau Hammer den Frühstücksraum.

Maike und Petros setzten sich wieder. „Offenbar werden wir bei diesem Slow Dating nicht kostendeckend arbeiten", bemerkte sie.

„Sieht ganz so aus. So eine Krise hatten wir noch nie. Selbst wenn wir für unseren Aufenthalt noch ein Zimmer hier bekommen würden, könnten wir es uns schlichtweg nicht leisten. Wir müssen uns etwas Billigeres suchen. Oder zelten."

„Zelten? Uh, nein. Nichts für mich. Aber wir haben bereits ein Angebot." Maike biss in ihr Brötchen und sagte mit vollem Mund: „Gregor bringt uns vielleichtbei seiner Oma unter."

„Bei seiner Oma?"

Maike schluckte und trank Kaffee hinterher. „Im Brandtner-Hof. Hier in Schönau. Sie hat wohl früher vermietet, fühlt sich jetzt aber zu alt dafür. Er wohnt dort, wenn er während der Saison hier arbeitet."

Sie sah, dass Petros wenig erfreut wirkte, und fügte schnell hinzu: „Gregor und ich – das war nichts. Er hat es kapiert und will uns trotzdem im Brandtner-Hof unterbringen. Ist doch nett von ihm."

Petros' Miene hellte sich auf. „Na gut. Wir können es uns ja mal anschauen."

„Viel Auswahl haben wir ja nicht", erwiderte Maike. Ihr Handy, das auf dem Tisch lag, vibrierte. „Tina", sagte sie und las die Nachricht. „Sie schreibt, dass diese Anwältin, Teresa Henning, heute Nachmittag hier eintreffen wird. Tina hat ihr meine Telefonnummer gegeben." Sie begann zu tippen und sandte die kurze Antwort ab.

„Wie es Frau Ostermann wohl letzte Nacht in der Zelle ergangen ist?" Petros, der bisher nichts außer Kaffee angerührt hatte, nahm sich ein Croissant und biss hinein.

„Glaubst du, sie hat Herrn von Trems wirklich erschlagen?", fragte Maike.

„Wer soll es sonst gewesen sein? Alles, was wir bisher wissen, spricht gegen sie."

„Manchmal ist es gerade das Eindeutige, das in die Irre führt."

Petros lachte. „Da spricht Frau Sherlock-Schirmer. Schaust du zu viele Krimis?"

„Keineswegs", antwortete Maike und grinste. „Ich lese sie."

„Ich hoffe jedenfalls, dass diese Anwältin Frau Ostermann helfen kann."

„Das hoffe ich auch."

Maike sah, dass Arthur Wellendorf und Agnes Wirth vom Frühstückstisch aufstanden, und schaute zu Hugo Froh und Beate Kozlowsky. Die beiden hatten ihr Frühstück ebenfalls beendet.

„Wir müssen uns um die beiden Paare kümmern, die den Fragebogen ausfüllen wollen", sagte sie, stand auf und ging hinüber zu den Vieren. Petros vertilgte schnell den Rest seines Croissants und folgte ihr.

„Gibt es einen speziellen Ort, wo wir den Fragebogen beantworten sollen?", fragte Frau Wirth.

Maike schüttelte den Kopf. „Suchen Sie sich ein nettes Plätzchen in der Lounge oder auch auf der Terrasse. Oder wählen Sie eines Ihrer Zimmer. Dort sind ja angenehme Sitzgelegenheiten. Wichtig ist, dass Sie die Reihenfolge beachten. Einer von Ihnen fängt an mit Level 1, liest und beantwortet die jeweilige Frage, ehe der oder die Andere dieselbe Frage beantwortet. Bei jedem Level wechselt der, der anfängt."

„Und was machen wir, wenn wir mit dem Fragebogen fertig sind?", wollte Hugo Froh wissen. „Woher wissen wir, ob es funktioniert hat und wir uns verliebt haben?"

Beata Kozlowsky legte ihm eine Hand auf die Herzgegend. „Das fühlt man da drin, Hugo."

Alle lachten herzlich.

Maike verteilte die Fragebögen und sah hinüber zu den verbliebenen Slow Datern, die noch an ihren Tischen saßen und äußerst neugierig wirkten. Sie ging hin und wedelte mit den übrigen Fragebögen.

„Seien Sie mutig, wagen Sie es", forderte sie die drei auf. „Mehr als schiefgehen kann es nicht."

Yvain St. Clair wandte sich an Gandari Roy. „Wären Sie bereit, es mit mir zu versuchen?"

Sie lächelte ihn strahlend an. „Ja, gern. Danke, dass Sie gefragt haben." Die beiden standen auf und holten sich bei Maike einen Fragebogen ab, ehe sie eilig den Raum verließen.

„Tja, dann bleibe ich übrig", seufzte Sebastian Lösch. „Frau Ostermann sitzt im Knast, Frau Frank und Frau Hammer sind bereits abgereist, und alle anderen Damen sind vergeben. Aber was sage ich immer: Wer weiß, wozu es gut ist." Er lachte laut und winkte der Bedienung. „Ich nehme ein großes Helles."

Maike und Petros überließen den Herrn seinem morgendlichen Bier und gingen ins Foyer.

„Hast du eigentlich den Fragebogen mal mit jemandem durchgesprochen?", wollte Petros wissen.

Überrascht schaute sie zu ihm auf. „Nein, wieso?"

„Ich auch nicht."

Er schwieg und sah sie bedeutungsvoll an.

„Was ist?", wollte sie wissen.

„Sollen wir ihn zusammen beantworten?"

„Wir beide?", fuhr sie erschrocken auf.

„Na ja, nur zum Spaß oder so."

Oder so? War er jetzt verrückt geworden? Seit über einem Jahr wartete, hoffte, sehnte sie sich danach, dass er sie als Objekt seiner Begierde erwählte, und jetzt schlug er mir nichts, dir nichts vor, sie sollten gemeinsam den Fragebogen des Dr. Arthur Aron beantworten, der als Liebesgarant berühmt war?

„Und was ist, wenn wir uns verlieben?", fragte sie mit belegter Stimme.

„Wäre das so schlimm?"

Forschend sah Maike ihm in die Augen. Was war los mit dem Typ? In einem Liebesroman würde sie jetzt vermutlich äußerst beglückt auf seinen Vorschlag eingehen. Sie würden zusammen die Fragen beantworten, sich danach die Hände reichen, sich küssen, und er würde ihr einen Heiratsantrag machen. Doch das hier war kein Liebesroman, sondern das Ende eines vollkommen desaströsen Slow Dating-Workshops.

Sie schüttelte heftig den Kopf. „Ich glaube, das wäre keine gute Idee."

„Dass wir uns verlieben, oder dass wir den Fragebogen ausfüllen."

„Letzteres. Außerdem hast du es bestimmt nicht ernst gemeint", fügte sie hinzu. Sie spürte seinen intensiven Blick und sah zu Boden.

„Bist du da so sicher?"

Sie musste nicht antworten, denn in diesem Moment betrat Gregor Brandtner das Hotel und kam auf sie zu. Als er vor ihnen stand, vermied er es, Maike anzusehen.

„Meine Großmutter hat sich bereit erklärt, euch Obdach zu gewähren", erklärte er steif. „Ich werde euch nach dem Auschecken um zwölf Uhr hinüber begleiten, wenn es genehm ist."

„Das ist überaus freundlich von dir", antwortete Maike und musste sich ein Grinsen verkneifen.

Jetzt bloß nicht zu Petros zu schauen, sonst war es um ihre Selbstbeherrschung geschehen.

Wie auf Knopfdruck eilten sie beide die Treppe hinauf, und erst, als sie weit genug weg waren, prusteten sie los.

Sie hatte ihm eine glatte Abfuhr erteilt. Zum Glück. Was war bloß in ihn gefahren, seiner Kollegin vorzuschlagen, den Fragebogen mit ihm zu beantworten? Denn er wusste oder glaubte zumindest zu wissen, dass er Maike nicht gleichgültig war, seit sie ihm damals beim Vorstellungsgespräch in der Agentur *Slow Happy* aus Nervosität eine Cola über die Hose gekippt hatte. Ihre Blicke, ihr Erröten, kleine Gesten im Arbeitsalltag, all dies war seiner Meinung nach eindeutig gewesen, obwohl sie sich sehr zurücknahm und sich ihm niemals aufgedrängt hatte. Er hatte sie nicht ermutigt, zum einen, weil sie Kollegen waren, zum anderen, weil er gerade wegen einer Frau nach Hamburg gezogen war. Dann war er ihr Nachbar geworden, und nach der Trennung von Anna hatten sich seine Flirts bei ihm die Klinke in die Hand gegeben.

Doch irgend etwas hatte sich zwischen ihnen verändert, seitdem sie nach Berchtesgaden gekommen waren. Maike hatte sich verändert. Sie war kühler ihm gegenüber, und mittlerweile fragte er sich, ob er sich nicht bloß eingebildet hatte, dass sie etwas für ihn empfand. Sein Angebot mit dem Fragebogen war nicht geplant gewesen und hatte ihn selbst überrascht. Eigentlich hätte er froh sein sollen, dass Maike es abgelehnt hatte.

Seltsamerweise war er enttäuscht.

Immerhin stellte es sich zwei Stunden später heraus, dass zumindest sechs der Teilnehmerinnen und Teilnehmer des Slow Datings mehr als zufrieden mit dem Workshop waren.

„Der Fragebogen hat es in sich", lobte Arthur Wellendorf und legte Frau Wirth den Arm um die Taille. „Wir werden es miteinander versuchen, nicht wahr, Agnes?"

Sie nickte und strahlte ihn an.

Hugo Froh und Beata Kozlowsky kamen mit ihrem Gepäck die Treppe herunter. Eilig schoben sie ihre Koffer zum Ausgang. Herr Froh winkte. „Unser Taxi wartet. Vielen Dank und beste Wünsche!" Weg waren sie.

Von Gandari Roy und Yvain St. Clair keine Spur. Petros erkundigte sich beim Portier nach ihnen.

„Sind bereits abgereist. Ebenso Herr Lösch und Herr Hinterseer", informierte ihn Herr Gruber.

„Dann sind wir die letzten?", erkundigte sich Petros.

Gruber nickte, und Petros legte seine Zimmerkarte auf den Tresen. Maike folgte seinem Beispiel. „Es tut mir sehr leid, dass wir Sie nicht unterbringen können", sagte Gruber.

„Herr Brandtner hat mir erzählt, dass Sie hierbleiben wollen, bis sich die Sache mit Herrn von Trems und Frau Ostermann geklärt hat. Aber durch den Vorfall haben wir vorübergehend ein Zimmer zu wenig, und die anderen sind alle vergeben. Bei Sieglinde Brandtner sind Sie bestimmt gut aufgehoben.“

Wie auf ein Stichwort kam Gregor aus einer Tür. Er war in Begleitung der Hausdame, Dora Lambert, die Petros und Maike kurz zunickte und dann die Treppe hinunter in den Keller ging.

„Sind Sie bereit, mir zu folgen?“, fragte Gregor.

Petros nahm seinen Trolley und Maike setzten ihren Rucksack auf, ehe sie ihre lächerlichen Wanderstöcke in Position brachte. Sie trug wieder ihre dunkelgraue Funktionskleidung, doch ihre grünen Augen funkelten amüsiert, als sie Petros einen Blick zuwarf. Er musste zugeben, dass er niemanden kannte, der in diesem raschelnden Polyesterzeug so sexy aussehen würde wie Maike Schirmer.

„Wir sind bereit“, antwortete Petros gravitätisch und hatte die Genugtuung, dass Maike hastig den Kopf abwandte, weil sie lachen musste.

Sie verabschiedeten sich von Herrn Gruber und verließen zu dritt das Hotel Alpenglück.

„Meine Großmutter hat Vorbereitungen getroffen, Sie zu empfangen“, erläuterte Gregor, während sie die Straße überquerten und in einen schmalen, geteerten Weg einbogen.

Was auch immer das bedeuten mochte …

Es ging vorbei an adretten Häusern mit Lüftlmalerei, tief gezogenen Dächern und üppig blühenden Geranien in den Balkonkästen. Am Ende des Wegs stand etwas abseits ein kleines altes Bauernhaus. Die Pflastersteine des Zuwegs waren bemoost und uneben, aber vor dem Haus stand eine einladende massive Bank, und im Vorgarten blühten Astern und Chrysanthemen in allen Farben. An einer Seite der Hauswand war Brennholz akkurat aufgeschichtet.

Noch ehe sie das Haus erreicht hatten, wurde die Holztür geöffnet, und eine ältere Frau in einem altmodischen, dunkelfarbigen Dirndl erschien. Ihre Jacke hatte silberne Knöpfe mit Kettchen daran. Frau Brandtner, nahm Petros an. Sie trug lange graue Zöpfe und hatte ein freundliches Gesicht mit klugen, dunklen Augen. Petros schätzte, dass sie Mitte bis Ende siebzig war. Als sein Blick auf ihre Hände fiel, wusste er auch, weshalb ihr die Arbeit als Zimmerwirtin zu viel geworden war. Ihre Finger waren knotig und krumm. Wahrscheinlich schmerzten sie sehr. Er kannte so etwas von seiner griechischen Großmutter.

„Grüß Gott", sagte Frau Brandtner mit knarziger Stimme. „Da sind ja die beiden Obdachlosen."

„Oma!", fuhr Gregor auf und vergaß ausnahmsweise sein Geschwurbel.

„Dann mal rein in die gute Stube", forderte sie Petros und Maike auf. „Luxus hab ich nicht zu bieten, aber wenn ihr euch eingerichtet habt, gibt es Suppe."

Sie ging voraus und gleich darauf eine enge Holztreppe hinauf. „Kopf einziehen, junger Mann", warnte sie Petros.

Gerade noch rechtzeitig duckte er sich, sonst wäre er gegen einen Holzbalken geprallt.

Oben tat sich ein kleiner Flur auf. Über den knarrenden Dielenboden führte Frau Brandtner ihre Gäste ganz ans Ende. Sie deutete nach rechts. „Hier ist das Bad. Das teilt ihr euch mit meinem Enkel. Aber er ist sauber und ordentlich. Sollte man nicht meinen bei so einem ewigen Studenten ..."

Gregor gab einen erstickten Laut von sich.

Sie öffnete eine Tür. „Hier ist eure Kammer. Kein Luxus, aber ein Dach über dem Kopf. Um die Jahreszeit ist immer alles ausgebucht."

Petros stutzte. „Und das zweite Zimmer?"

„Was für ein zweites Zimmer?", fragte Frau Brandtner. „Ich hab nur eins. Im anderen nächtigt der Gregor. Das dritte ist voll mit altem Plunder."

Petros und Maike tauschten einen Blick.

„Ist's euch nicht recht?", fragte die alte Frau.

„Doch, doch, natürlich", erwiderte er, ohne nachzudenken. Als er jedoch einen Blick in die Kammer warf, wurden seine schlimmsten Befürchtungen wahr. Es gab ein großes altmodisches Doppelbett, frisch und einladend mit weißer Bettwäsche bezogen. Unter der Dachschräge mit dem einzigen Fenster gab es Wandschränke mit Schiebetüren. Rechts an der Wand stand ein Sofa, das in den fünfziger Jahren seine beste Zeit gehabt hatte. Daneben ein kleiner Holztisch mit zwei Stühlen.

Wir sollten einfach abreisen, dachte er verzweifelt. Und Frau Ostermann ihrem Schicksal überlassen.

In diesem Augenblick summte Maikes Handy. „Teresa Henning", sagte sie. „Sie schreibt, dass sie jetzt in München losfährt und in anderthalb Stunden in Berchtesgaden ist. Sie will zunächst versuchen, mit Frau Ostermann zu sprechen, und kommt dann irgendwann am späten Nachmittag zu uns."

Also war nichts mit Flucht. Petros war nach Heulen und Lachen zugleich. „Ich möchte mich kurz mit meiner Kollegin verständigen", sagte er zu Frau Brandtner. „Wir kommen dann gleich runter."

„Freilich." Sie ging zur Treppe, und als Gregor sich nicht rührte, sagte sie: „Du hilfst mir beim Tisch decken. Auf geht's, Bub."

Widerwillig folgte er seiner Großmutter. Petros und Maike blieben allein zurück. Maike hatte immer noch ihren Rucksack auf und die Stöcke in der Hand. Sein moderner hellblauer Rollkoffer wirkte in dem altmodischen Ambiente äußerst deplatziert.

„Was machen wir jetzt?", flüsterte Maike.

Petros ging zurück in den Flur und warf einen Blick ins Bad. Darin stand eine tiefe emaillierte Badewanne auf Löwenfüßen. Vintage durch und durch. An der Armatur hing immerhin ein Schlauch mit Duschkopf. Wenn er einen Badeofen erwartet hatte, der mit Kohle beheizt werden musste, wurde er enttäuscht, denn es gab eine Gastherme. Das Waschbecken war neu, der Allibert-Spiegelschrank darüber allerdings original Siebziger, nach der vergilbten Kunststoffeinfassung zu urteilen.

Er kam zurück zu Maike. „Wir haben keine Wahl. Aber kriegen wir das hin?"

Sie setzte ihren Rucksack ab. „Müssen wir wohl. Wenn du schnarchst, schlafe ich auf meiner Isomatte."

„Hör mal, ich schnarche nicht", fuhr er beleidigt auf.

„Kannst du nicht wissen. Du schläfst ja."

„Bisher hat sich noch niemand beschwert."

„Da bin ich ja beruhigt. Geh schon mal runter und sag Frau Brandtner, dass alles in Ordnung ist. Und sie soll dir mitteilen, was das Zimmer kostet. Ich schreibe Teresa schnell unsere Adresse und komme nach."

„Welche Seite vom Bett willst du?", fragte Petros.

Maike deutete auf die Seite, die näher zur Tür lag. „Die da."

„Gut." Er rollte seinen Koffer auf der Fensterseite neben das Bett, zog seine Jacke aus, hängte sie über eine Stuhllehne und verließ das Zimmer. Die Dielen im Flur knarrten laut unter seinen Schritten.

Was für eine absurde Situation. Da hatte sie sich so bemüht, ihre dumme Verliebtheit abzustellen, und dann landete sie mit Petros im Bett. Allerdings ganz anders, als sie es sich jemals erträumt hatte.

Rasch tippte sie eine Nachricht an Teresa Henning und wollte schon nach unten gehen, als sie sich anders besann und sich in Windeseile umzog. Raus aus den Funktionsklamotten, rein ins rosa Dirndl. Schnell noch Haare bürsten, fertig.

„So g'fallst mir viel besser", lobte die Brandtner-Oma, als Maike in die große Wohnküche kam, wo der Tisch gedeckt war. Eine Schüssel mit dampfender, lecker duftender klarer Suppe stand mitten auf dem Tisch. „Dieses neumodische Plastikzeug, in dem jetzt alle Touristen rumlaufen, macht nur die Leut reich, die den Menschen einreden, dass sie so was brauchen. Setz dich", forderte sie Maike auf. Dann schaute sie plötzlich zweifelnd zuerst zu Petros, dann zu Maike. „Das ist vom Rindvieh", sagte sie und deutete auf die Schüssel. „Seids ihr Vegetarier? Oder gar Veganer?"

„Nein, nein", erwiderte Maike rasch. „Ich liebe eine gute Rinderbrühe."

„Vom Tafelspitz", erklärte Frau Brandtner stolz. „Den gibt's danach kalt mit Roter Bete und Kartoffeln."

Das Essen war vorzüglich, und die alte Frau strahlte, als Maike es lobte. Danach gab es Stachelbeerkompott, und zum Abschluss einen selbstgebrannten Schnaps. Maike hätte gern darauf verzichtet und schaute unsicher zu Petros. Der kippte seinen Schnaps auf einen Zug und zwinkerte ihr zu. Tapfer nahm sie das Gläschen, setzte es an und trank, obwohl ihr Tränen in die Augen stiegen und sie den Hustenreiz fast nicht unterdrücken konnte. Die Zeiten, in denen sie mit ihren Punkerfreunden harte Sachen getrunken hatte, waren schon sehr, sehr lange vorbei ...

Gregor verabschiedete sich nach dem Essen, weil seine Schicht begann, jedoch nicht, ohne noch einen sehnsüchtigen Blick auf Maike zu werfen. Sie tat, als habe sie es nicht gesehen. Petros wollte Frau Brandtner beim Abräumen und Spülen helfen, doch sie wies nur auf eine ziemlich neue Spülmaschine und schickte ihre Gäste nach draußen.

„Um vier gibt es Kaffee und selbstgemachten Zwetschgenkuchen", verkündete Oma.

Unschlüssig standen Maike und Petros einen Moment im Flur. „Wenn das so weitergeht, bin ich in drei Tagen kugelrund", wisperte Maike.

„Dann sollten wir einen Spaziergang machen", sagte Petros grinsend.

„Oder erst auspacken, dann spazieren gehen?"

Petros nickte. „Das ist die bessere Idee."

Eine Viertelstunde später sagten sie Frau Brandtner Bescheid, dass sie eine Weile weg sein würden. Maike fragte nach einem Schlüssel.

„Ihr braucht's keinen Schlüssel. Die Tür ist immer offen", antwortete die alte Frau.

Sie entschieden sich, den Malerwinklweg zu gehen, dann würden sie rechtzeitig zum Kaffee wieder im Brandtnerhof sein. Die Sonne schien, es war warm, und auf der Straße hinunter zur Seelände, wo der Weg begann, drängten sich die Touristen. Bald jedoch bogen sie links ab und waren im Wald zwar nicht ganz allein unterwegs, doch es war kein Vergleich mit dem Weg zur Fischunkelalm, den sie am Vortag mit den Slow Datern gegangen waren. Das dichte, bisher noch kaum gefärbte Blätterdach spendete Schatten, und nach einer Weile erreichten sie den ersten Aussichtspunkt. Unter ihnen lag majestätisch der Königssee, das Wasser von einem kalten, fast magischen Grün. Gegenüber ragten aus dunklem Nadelwald die grauen Steinmassen des Watzmannmassivs auf. Dicht an dicht fuhren die Elektroboote in beide Richtungen. Es gab eine Bank, und Maike setzte sich, während Petros stehen blieb und über den See schaute.

Unvermittelt sagte er: „Ich habe ein Angebot von einer Hamburger Privatschule erhalten, um dort zu unterrichten. Zwar habe ich abgelehnt, aber das, was hier vorgefallen ist, hat mich nachdenklich gemacht. Ich frage mich, ob wir die Teilnehmer besser überprüfen müssten, ehe wir ein Slow Dating durchführen."

„Und wie sollen wir das machen?"

Er zuckte die Achseln. „Keine Ahnung."

„Ich meine, es war krass, dass einer unserer Teilnehmer ermordet worden ist", sagte Maike. „Aber selbst wenn dieser Meinhard von Trems ein Heiratsschwindler gewesen sein sollte, spricht das ja noch lange nicht gegen unser Konzept. Wir haben in den vergangenen Jahren Dutzende Paare zusammengebracht. Immer wieder kommen Postkarten und Mails, in denen Leute schreiben, wie glücklich sie sind."

„Trotzdem ist dieser Mord für mich so etwas wie eine Zäsur", bekannte Petros. „Das hätte nicht passieren dürfen."

„Wir wissen doch überhaupt nicht, weshalb dieser Mann umgebracht worden ist. Vielleicht war es jemand, der gar nichts mit den anderen Slow Datern zu tun hatte", wandte Maike ein.

„Drei Handys, ein gepackter Koffer, und vergiss nicht, was Frau Hammer erzählt hat. Er wollte ihren Sohn adoptieren, weil er angeblich keinen Erben für seinen hochwohlgeborenen Namen hat. Und bald hätte er sie um die vierhundertfünfzigtausend Euro für die Renovierungsarbeiten an seiner ominösen Burg erleichtert. Wir wissen ja noch nicht mal, ob sie ihm tatsächlich gehört."

„Meinst du, er hat sich gezielt an die Inhaberin eines Baustoffhandels rangemacht?"

„Nicht nur wegen des Baustoffhandels. Aber Frau Hammer war definitiv die reichste Frau in der Gruppe."

„Und Gandari Roy? Ihr gehört immerhin Roy Robotics. Obwohl ich keine Ahnung habe, was für Roboter sie herstellt. Vielleicht so fürs Krankenhaus? Oder für Altenheime? Ich habe neulich einen Bericht über Pflegeroboter gesehen. Die waren richtig niedlich und sehr hilfsbereit."

Petros lachte, drehte sich um, kam zu ihr und setzte sich neben sie. „Soweit ich weiß, stellt sie keine Roboter her, sondern entwickelt Automatisierungsprogramme. Aber sie hat keinen Sohn. Darauf hat Herr von Trems offenbar bei Frau Hammer spekuliert. Wenn er sie nur um Geld angepumpt hätte, wäre sie vielleicht bald misstrauisch geworden. Aber ihrem Sohn einen Adelstitel zu verschaffen ..."

„Meinst du, von Trems war sein richtiger Name?"

„Wenn ich wetten müsste, würde ich dagegen wetten."

Maike nickte. „Ich auch. Das heißt aber, wenn ich das richtig verstehe, dass er sich aus dem Staub gemacht hätte, sobald das Geld auf seinem Konto gewesen wäre?"

„Davon ist auszugehen."

Maike seufzte. „Was gibt es bloß für Menschen." Sie stand auf. „Sollen wir weitergehen?"

„Ja, sonst sind wir nicht rechtzeitig zum Kaffee zurück bei Oma."

„Sie ist ein Original, oder?"

„Allerdings. Ich mag sie."

„Ich auch."

Eine Weile gingen sie schweigend nebeneinanderher. Bald wurde der Weg steiler, und Maike vermisste ihre Wanderstöcke.

„Ich glaube, dass Menschen, die auf Onlineportalen daten, noch viel weniger über ihre potenziellen Partner wissen als beim Slow Dating", bemerkte Maike irgendwann. „Du chattest, du telefonierst, und dann triffst du dich mit jemandem, der dir vielleicht das Blaue vom Himmel vorgelogen hat. Im Internet kannst du alles schreiben und jedes Foto so manipulieren, dass du darauf toll aussiehst. Wir bei *Slow Happy* treffen immerhin ein Vorauswahl und informieren uns über die Teilnehmerinnen und Teilnehmer, soweit das auf legalem Weg möglich ist."

„Und trotzdem hatten wir ein faules Früchtchen darunter."

„Oder zwei. Mag sein, dass Meinhard von Trems ein Love Scammer war. Von der Sorte gibt es im Internet massenweise. Dass bei uns mal einer dabei war, damit mussten wir rechnen. Aber ihn zu ermorden, ist eine ganz andere Nummer", erklärte Maike.

„Da hast du recht", erwiderte Petros.

Sie hatten den Malerwinkl erreicht und blieben stehen, um über den hier breiteren Königssee bis hinüber nach Sankt Bartholomä zu schauen.

„Schon schön hier", sagte Maike. „Allerdings möchte ich nicht in den Bergen leben. Stell dir das mal im Winter vor. Dunkel, kalt, und du sitzt hier eingeschneit in so einem Tal. Wenn ich diese Berge sehe, möchte ich da hochrennen so schnell wie möglich, damit ich in die Ferne schauen kann. Bis zum Meer."

Petros lachte. „Das ist das Schöne an Griechenland. Selbst wenn du in den Bergen bist, ist das Meer nie weit." Plötzlich fragte er: „Sag mal, kannst du segeln?"

„Ja, klar. Wenn ich mit meinen Eltern auf Föhr war, habe ich Kurse gemacht. Ich war ziemlich gut. Aber das ist ewig her."

„Segeln verlernt man nicht."

Sie kehrten dem Königssee den Rücken und gingen weiter, bis der Weg eine Linkskurve machte und eher langweilig wurde. Ab und zu hörte Maike das Klopfen eines Spechts. Es war warm, und sie war froh, dass sie ihr Dirndl trug.

„Du hast gesagt, dieser Vorfall mit Herrn von Trems war für dich so etwas wie eine Zäsur", begann sie nach einigen Minuten, in denen sie schweigend nebeneinander hergegangen waren. „Willst du kündigen und doch wieder als Lehrer arbeiten?"

„Wenn ich das nur so genau wüsste", erwiderte Petros. „Mir machen die Workshops nach wie vor Spaß, und ich will Tina nicht im Stich lassen. Und da ist ja auch noch meine Schreiberei …"

„Wie bist du überhaupt darauf gekommen, Liebesromane zu schreiben?", wollte sie wissen.

„Ich habe jahrelang welche übersetzt, und irgendwann dachte ich, vielleicht könnte ich mehr verdienen, wenn ich sie selber schreibe. Aber wahrscheinlich ist das eine Illusion.

Nie hätte ich gedacht, dass es so kompliziert sein würde, leichte Unterhaltung zu schreiben. Die Romane, die ich übersetzt habe, lasen sich alle so fluffig leicht und spritzig, als hätten die Autorinnen sich einfach nur zwei interessante Hauptfiguren und einen hübschen Plot ausgedacht und losgeschrieben."

„Aber?"

„Schwierig ist nicht, sich eine gute Geschichte auszudenken. So eine Geschichte lässt sich in einem Exposé kurz und knackig erzählen. Schwierig ist dann aber, die zweihundert oder dreihundert Seiten mit interessanten Begebenheiten, nachvollziehbaren Konflikten und echten Gefühlen zu füllen. Ständig passiert mir etwas, das mich aufhält, in eine falsche Richtung drängt, oder nicht plausibel ist. Dabei stand mir anfangs alles ganz klar vor Augen."

Zwei Spaziergänger kamen ihnen entgegen, und sie grüßten sich gegenseitig. Danach fragte Petros: „Und du? Hast du schon mal drüber nachgedacht, beruflich etwas anderes zu machen?"

„In letzter Zeit öfter", gestand sie. „Tina bekommt Zwillinge. Ich frage mich, wie sie dann noch Workshops durchführen will. Dann würde alles an uns hängenbleiben, oder sie müsste noch jemanden einstellen."

„Und was würdest du tun?"

„Wahrscheinlich das, was ich am besten kann. Schneidern. Ich wollte nie in die Fußstapfen meiner Eltern treten. Nie, nie, nie!" Sie schaute zu Petros auf.

„Aber?", fragte er und lächelte sie an.

Einen Moment verlor sie sich im Blick seiner braunen Augen. So hatte er sie noch nie angeschaut. Warm, sanft und ... liebevoll? Nein, nicht liebevoll. Das konnte ja gar nicht sein.

„Ich bin als Schneiderin einfach gut", erwiderte sie schlicht. „Und ich habe Ideen. Modische Ideen, meine ich. Bloß halt keinen Berufsabschluss."

„Kannst du den nicht nachholen?"

„Könnte ich vielleicht. Ich müsste eine Ausbildung zur Maßschneiderin machen. Es gibt auch Kurse an einer berühmten Schule für Schnitttechnik in Hamburg, wo man sich ein Programm zusammenstellen kann. Da dürfen sich auch Leute wie ich bewerben, die eigentlich schon ziemlich gut sind, aber keinen Abschluss haben. Man muss eine Aufnahmeprüfung bestehen. Absolventen dieser Fachschule können überall arbeiten. In der Bekleidungsindustrie, am Theater oder für ein großes Modelabel. Oder man macht sich selbstständig.“

„Das hört sich doch gut an.“

„Schon, aber der Haken ist wie immer das Geld. Diese Kurse sind nicht ganz billig. Und von irgendwas müssen Timo und ich ja leben.“

„Verstehe.“

„Außerdem kann ich Tina ebenfalls nicht im Stich lassen. Schließlich hat sie erst vor einem Jahr wegen uns das Angebot von Valentine's abgelehnt, *Slow Happy* zu übernehmen.“

Der Wald lichtete sich immer mehr, und der Weg ging jetzt bergab. Bald darauf hatten sie die Bergstation der Jennerbahn erreicht.

„Wie spät ist es?“, fragte Maike.

Petros schaute auf seine Armbanduhr. „Zehn vor vier.“

„Dann aber Schweinsgalopp. Wir dürfen Oma nicht warten lassen!“

Sie beschleunigten ihre Schritte. Maike hatte Mühe, mitzuhalten. Petros verfügte über die wesentlich längeren Beine. Irgendwann nahm er ihre Hand, und sie begannen zu rennen.

Als es die letzten Meter zum Brandtnerhof bergauf ging, keuchte Maike lachend: „Stopp, ich kann nicht mehr.“

„Tragen werde ich dich nicht“, sagte Petros grinsend und ließ sie los. Stattdessen legte er ihr seine große warme Hand auf den Rücken und schob sie den den Hügel hinauf.

„Ein Skateboard wäre jetzt nicht schlecht", meinte sie immer noch lachend und war dankbar für die Unterstützung. Was die Berührung seiner Hand auf ihrem Rücken sonst noch in ihr auslöste, darüber wollte sie gar nicht nachdenken.

Als sie das Haus erreicht hatten, sah Maike, dass an der Straße ein nichtssagender schwarzer Wagen mit dem Logo einer Autovermietung parkte. Auf der Holzbank neben der Eingangstür saß eine blonde Frau um die Vierzig, den Blick auf ein Tablet geheftet. Sie trug einen petrolblauen Hosenanzug, der teuer aussah, dazu eine weiße Bluse. Neben ihr stand eine schwarze Aktentasche. Das musste Teresa Henning sein.

Die Frau schaute auf, als sie Maike und Petros erblickte, und packte das Tablet weg.

„Warten Sie schon lange?", fragte Petros.

„Nein, nein. Alles gut. Ich bin gerade angekommen. Teresa Henning." Sie stand auf und gab ihnen die Hand.

Die Brandtner-Oma erschien in der Tür. „Kaffee ist fertig", verkündete sie und ging voraus.

Diesmal hatte sie im Garten hinter dem Haus gedeckt. Zwischen alten Apfelbäumen stand ein weiß eingedeckter Gartentisch mit vier Stühlen, und auf dem Tisch stand ein großes, mit einem Geschirrtuch gegen die Wespen abgedecktes Kuchenblech. Hübsches cremefarbenes Porzellangeschirr mit Blumenmalerei rundete das idyllische Arrangement ab. Im Hintergrund ragten über dunklem Wald die grauen Alpengipfel auf, darüber strahlte der blaue Himmel.

„Das sieht ja wundervoll aus", rief Maike und konnte sich nicht sattsehen.

„Na, immer noch kein Fan der Berge?", bemerkte Petros mit neckendem Unterton.

Maike lächelte ihn an. „Langsam lerne ich die Vorzüge kennen."

Sie setzten sich. Teresa neben Petros, Maike gegenüber. Frau Brandtner schenkte Kaffee ein aus einer

Porzellankanne, die zum Geschirr passte, aber unter einer altmodischen Wärmehaube verschwand. Dann schnitt sie den Kuchen auf und verteilte große Stücke.

„Mit der Sahne bedient's euch selbst", sagte sie und wollte gehen.

„Möchten Sie uns denn nicht Gesellschaft leisten?", fragte Maike.

„Ich hab zu tun", war alles, was die alte Frau erwiderte, aber sie lächelte verschmitzt und ging ins Haus.

„Haben Sie mit Frau Ostermann sprechen können?", erkundigte sich Petros.

„Leider noch nicht. Ich habe morgen Vormittag um halb zehn einen Besuchstermin. Frau Ostermann hat ausrichten lassen, dass Sie beide dabei sein sollen. Ich hoffe, das ist okay für Sie."

Petros tauschte einen Blick mit Maike. Die nickte. „Ja, auf jeden Fall", erklärte er.

„Gut. Mir ist aufgefallen, dass es sich in Berchtesgaden nur um eine ganz normale Polizeistation handelt. Die Kripo sitzt in Traunstein."

„Die beiden Polizisten wirkten auf mich auch eher wie aus einer TV-Komödie", stimmte Petros zu.

„Ich kenne übrigens die zuständige Staatsanwältin." Teresa Henning lächelte schlau. „Wir haben zusammen studiert. Ich wohne bei ihr, solange ich hier bin. Tina hat mir den Fall oberflächlich geschildert. Aber ich benötige sämtliche Details, auch jene, die Ihnen unwichtig erscheinen."

In der nächsten Dreiviertelstunde setzten Maike und Petros die Anwältin umfassend ins Bild, was die Geschehnisse rund um den Mord an Meinhard von Trems betraf. Dabei ließen sie sich den köstlichen Zwetschgenkuchen und den ziemlich starken Kaffee schmecken.

„Drei Handys und ein halb gepackter Koffer", murmelte Teresa Henning vor sich hin. „Und die Geschichte mit Franziska Hammer lässt eigentlich nur den Schluss zu, dass es sich bei Meinhard von Trems tatsächlich um einen Love Scammer gehandelt hat. Falls das zutrifft, muss er hier vor Ort auf ein Opfer getroffen sein, das ihn von früher kannte."

„Frau Ostermann", warf Maike ein.

„Ich frage mich nur ..." Teresa schüttelte den Kopf. „Nein, das muss warten."

„Wie finden wir denn heraus, ob von Trems ein Heiratsschwindler war?", wollte Maike wissen. „Im Internet konnte ich nichts über ihn finden, was darauf schließen lässt. Online gab es nur seine Homepage, und die schien seriös."

„Solche Leute treten häufig unter verschiedenen Namen auf. Wenn sie erreicht haben, was sie wollten, tauchen sie ab und wechseln ihren Namen."

„Frau Ostermann soll ihn Herbert oder Hermann genannt haben."

„Ein Vorname hilft uns aber nicht weiter", wandte Petros ein.

„Ich kenne jemanden, der gewisse Möglichkeiten hat, die uns nicht zur Verfügung stehen", sagte Teresa geheimnisvoll. „Wenn ich in meiner Unterkunft bin, rufe ich ihn an. Allerdings benötige ich dafür ein Foto von diesem Mann und seine Personalausweisdaten."

„Damit können wir dienen." Maike rannte nach oben und holte ihr Tablet. Sie öffnete die Datei mit den Teilnehmern des Wanderdatings, fand Meinhard von Trems, und Teresa Henning machte ein Foto der Seite.

„Danke. Das ist sehr hilfreich." Teresa stand auf. „Ich fahre dann mal los. Soll ich Sie morgen früh abholen, oder nehmen Sie den Bus?"

Petros und Maike tauschten einen Blick.

„Wir nehmen den Bus", sagten sie gleichzeitig.

Als die Anwältin gegangen war, saßen sie noch eine Weile schweigend im Garten, lauschten den Spatzen, und jeder hing seinen Gedanken nach.

Die Sonne war mittlerweile hinter den Bergen verschwunden, und die Firste der grauen Gipfel, von hinten beschienen, leuchteten rot.

„Schau mal, Alpenglühen", sagte Petros und deutete hinüber.

Maike wandte den Kopf. „Das sieht ja unglaublich aus. Voll romantisch."

„Voll", bestätigte Petros.

Ihre Blicke trafen sich. Maike kannte das amüsierte Funkeln seiner Augen nur zu gut, wenn er sich über sie lustig machte. Doch diesmal lag darin noch etwas anderes. Etwas, das sie nicht deuten konnte. Trotzdem lief ein warmer Schauer durch ihren Körper, und ihr Herz begann zu klopfen.

9. KAPITEL

„Zu mir oder zu dir?", fragte Petros grinsend, als sie spät am Abend im Brandtnerhof die Treppe nach oben stiegen.

„Sehr witzig", gab Maike zurück. Nach dem Besuch der Anwältin war Petros mit seinem Laptop Richtung Dorf verschwunden, weil er noch schreiben wollte. Maike, auf sich allein gestellt, war zur Seelände gegangen, hatte sich auf eine Bank gesetzt und in den aufsteigenden Nebel über dem Königssee gestarrt. Lange saß sie da und ließ all das, was in den vergangenen vier Tagen passiert war, noch einmal an sich vorüberziehen. Angefangen mit jenem Ding Dong, das sie Donnerstagmorgen aus dem Bett geholt hatte.

So viel war inzwischen geschehen. Ein Mann war tot, eine Frau saß im Gefängnis, und anstatt endlich ihre Gefühle für Petros los zu sein, teilte sie jetzt mit ihm eine Dachkammer, Bad auf dem Gang.

Immer wieder musste sie daran denken, was Petros ihr über seine Pläne erzählt hatte, eventuell in den Schuldienst zurückzukehren. Wenn er weg war, würde dann wohl ihre Verblendung ein Ende haben. Endlich. Aus den Augen, aus dem Sinn.

Doch nun galt es erst einmal, diese Nacht zu überstehen. Mit dem Mann ihrer Träume in einem Bett. Nur, dass seine Hand bestimmt nicht zu ihr hinüberwandern würde.

Und wenn doch? Wie würde sie reagieren?

Entschlossen betrat sie nun das Zimmer, schnallte wortlos ihre Isomatte vom Rucksack und rollte sie neben dem Bett aus. Dann zog sie Kissen und Decke vom Bett und legte sie darauf.

„Was soll das denn?", fragte Petros belustigt.

„Was soll es denn deiner Meinung nach sein?", fragte sie zurück.

„Das ist doch Unsinn, Maike. Ich beiße nicht."

Nein, aber sonst auch nichts …

„Ich schlafe hier. Punkt. Und außerdem gehe ich als erste ins Bad." Damit nahm sie ihren Kulturbeutel und verließ fluchtartig das Zimmer.

Auf dem Gang traf sie Gregor.

Oh, nein, nicht auch noch das!

„Ich grüße dich", sagte er förmlich. „Möchtest du ins Bad? Dann lasse ich dir den Vortritt."

Wortlos stürmte sie an ihm vorbei und wollte von drinnen abschließen, doch es gab keinen Schlüssel.

Ahhrrgh.

Sie ging aufs Klo, putzte ihre Zähne, wusch sich das Gesicht, cremte sich ein, und dann schaute sie auf ihr Spiegelbild. Ihre grünen Augen waren groß und blickten skeptisch.

„Diese Verliebtheit ist für mich beendet", flüsterte sie. „Diese Verliebtheit ist für mich beendet."

Es klopfte, und sie zuckte erschrocken zusammen.

„Bist du fertig?", kam Petros' Stimme von draußen. „Ich muss mal."

Hastig riss sie die Tür auf und wollte sich an ihm vorbeidrücken, doch er versperrte ihr den Weg. Groß, schlank und gutaussehend stand er vor ihr und lächelte.

„Was ist?", fragte sie aggressiv.

„Du brauchst keine Angst zu haben", sagte er. „Ich beschütze dich vor dem Philosophen."

Vor dem hatte sie nicht die geringste Angst. Aber vor ihrem Bedürfnis, Petros die Arme um den Hals zu schlingen und ihn zu küssen, bis ihm schwindlig wurde.

„Lass mich durch", forderte sie, und er trat zur Seite.

Sie rettete sich ins Zimmer, zog sich in Windeseile aus und ärgerte sich, dass sie bloß ihr olles T-Shirt eingepackt hatte. Aber das kannte Petros ja bereits. Falls er es überhaupt wahrgenommen hatte, so heiß, wie er auf seine Bettgefährtin gewesen war. Wieder dachte sie an das rote Handtuch, das er um die Hüften geschlungen hatte ...

Als sie hörte, dass drüben die Tür aufgemacht wurde, schlüpfte sie hastig unter die Decke. „Au." Die Isomatte war verdammt hart. Wahrscheinlich würde sie heute Nacht kein Auge zumachen. Während Petros ins Zimmer kam und sich völlig entspannt auszog, nahm sie ihr Handy und schickte Timo einen Gutenachtgruß. Vorhin am See hatte sie mit ihrem Sohn telefoniert, der aber ziemlich wortkarg gewesen war und sie bald abgewürgt hatte. Das Computerspiel mit seinen Halbbrüdern war ihm wichtiger als Mutti.

Sie wagte einen verstohlenen Blick hinüber zu Petros. Er trug nur eine Boxershorts, und sie wünschte, sie hätte nicht hingeschaut. Blödes Mantra. Es funktionierte überhaupt nicht. Unterdrückt seufzend drehte sie sich auf die andere Seite.

„Au." Ihr Hüftknochen machte Bekanntschaft mit den harten Dielen.

„Maike", sagte Petros. Seine Stimme klang warm und besorgt. „Komm doch ins Bett. Bitte."

„Mir geht's prima", nuschelte sie, das Gesicht ins Kissen vergraben.

„Wie du willst. Darf ich das Fenster öffnen?", fragte er.

„Klar."

Sie hörte, wie er ins Bett stieg. In dieses altmodische, große Doppelbett, das ihr jetzt, da sie auf ihrer Isomatte lag, so unendlich einladend schien.

Die Matratze machte ein quietschendes Geräusch, und gleich darauf hörte sie Petros' Stimme ganz nah.

„Gute Nacht, Maike."

Sie drehte sich um, biss die Zähne zusammen, damit sie nicht wieder autschte, und blickte direkt in Petros' Gesicht, das über der Bettkante hing und auf sie hinuntersah. Er lag auf dem Bauch quer über dem Bett, und seine dunkelblonden Locken fielen nach vorn. Lächelnd strich er ihr sanft über die Wange.

„Träum was schönes", flüsterte er.

Sein Gesicht verschwand, und sie hörte, wie er sich auf seine Seite des Bettes zurückrollte.

Sie antwortete nicht. Immer noch konnte sie die zarte Berührung spüren. Sehnsucht nach mehr stieg in ihr auf. Frustriert rollte sie sich zusammen, und als Petros das Licht löschte, war ihr klar, dass diese Nacht kein Vergnügen werden würde.

Als sie Stunden später erwachte, war es stockdunkel, und sie war etwas orientierungslos. Jeder Knochen, jeder Muskel tat ihr weh. Nichts mehr gewöhnt, dachte sie und versuchte, eine Schlafposition zu finden, die einigermaßen aushaltbar war. Es ging nicht. Die Isomatte war dünn, und der Dielenboden war nicht nur hart, sondern knarrte bei jeder Bewegung. An Schlaf war nicht mehr zu denken.

Vorsichtig setzte sie sich auf und spähte hinüber zu Petros. Jetzt, da sich ihre Augen etwas an die Dunkelheit gewöhnt hatte, konnte sie halbwegs erkennen, dass er auf der Seite lag, das Gesicht zur Wand.

So leise wie möglich stand sie auf.

Es knarrte.

Mist!

Im Zimmer war es kühl. Durch den Spalt des halb geöffneten Dachfensters drang würzig duftende Nachtluft herein. Das Rotorengeräusch eines Hubschraubers der Bergwacht näherte und entfernte sich wieder. Maike nahm ihr Kopfkissen und ihre Decke, legte beides aufs Bett und ließ sich behutsam auf der Bettkante nieder.

Es quietschte.

Petros bewegte sich kurz und zog seine Decke höher. Maike erstarrte. Doch dann waren nur noch seine ruhigen, tiefen Atemzüge zu hören.

In Zeitlupe schob sich Maike unter die Decke.

Die Bettfedern ächzten.

Hoffentlich wachte Petros nicht auf. Es wäre ihr oberpeinlich gewesen, wenn er sie ertappt hätte. Sie nahm sich vor, morgen früh zeitig aufzustehen. Dann würde er nicht merken, was für eine Versagerin sie war.

Petros rührte sich nicht, und Maike kuschelte sich mit einem leisen Seufzer zufrieden unter die Decke. Gott, war das herrlich! In weniger als einer halben Sekunde war sie eingeschlafen.

In ihre Träume, die aus einer endlos scheinenden Zugfahrt bestanden, an Bahnhöfen vorbei, die Namen in einer fremden Sprache und mit fremden Buchstaben trugen, mischte sich immer wieder das Krähen eines Hahns.

Blöder Hahn, dachte sie im Traum und bemühte sich, weiter zu träumen, um endlich anzukommen.

Der Hahn krähte direkt neben ihrem Bett. Maike öffnete erschrocken die Augen. Nein, da war kein Hahn. Doch die Morgensonne schien ins Dachfenster, und draußen im Garten krähte ein Hahn laut und etwas heiser.

„Gut geschlafen?"

Abrupt wandte sie den Kopf. Petros stand auf ihrer Seite neben dem Bett und schaute mit seinem üblichen belustigten Grinsen auf sie herunter. Er war vollständig angezogen und wirkte überaus frisch und unternehmungslustig.

„Du siehst süß aus, wenn du schläfst", bemerkte er.

Sie spürte, dass sie rot wurde. So was Dummes. Früher war sie nie errötet. Nie, nie, nie. Erst seit sie Petros kannte, passierte ihr das. Ständig.

„Wie spät ist es?", murmelte sie.

„Kurz nach halb acht."

„Oh, nein." Ohne nachzudenken, riss sie die Bettdecke weg und schwang die Beine aus dem Bett. „Wann fährt der Bus?"

„Um fünf nach neun. Keine Panik."

Keine Panik? Sie wollte duschen, und vielleicht hatte die Brandtner-Oma ja Frühstück vorbereitet ... Ohne etwas gegessen zu haben, war Maike morgens kaum genießbar.

Sie stand auf, doch Petros wich keinen Zentimeter. Stattdessen schaute er sie mit einem undefinierbaren Gesichtsausdruck an. Dann kam er noch einen halben Schritt näher.

Der will mich küssen! Hilfe!

Petros legte ihr einen Finger unters Kinn, so dass sie ihn ansehen musste. Dann senkte er den Kopf.

Ich habe die Zähne noch nicht geputzt!, dachte sie panisch und ergriff die Flucht.

Im Bad stand sie vor dem Spiegel und hatte Tränen der Wut in den Augen. Wut auf sich selbst. So etwas konnte nur ihr passieren. Der Mann ihrer Träume wollte sie endlich küssen, und sie dachte nur daran, dass sie ihre Zähne noch nicht geputzt hatte.

Zur Strafe duschte sie eiskalt, was allerdings den Effekt hatte, dass sie hinterher hellwach, topfit und schon wieder guter Laune war. Immerhin hatte Petros sie küssen wollen. Und er hatte gesagt, dass sie süß aussah, wenn sie schlief. Ihre Laune verbesserte sich sogar noch, als unten in der Wohnküche ein üppiges Frühstück auf sie wartete. Der Kaffee und die frischen Brötchen dufteten herrlich. Petros saß am Tisch und las den Berchtesgadener Anzeiger.

Maike begrüßte die Brandtner-Oma und setzte sich. „Steht was über den Vorfall im Hotel Alpenglück drin?", erkundigte sie sich.

Ohne hinter seiner Zeitung hervorzuschauen, erwiderte er: „Nein, nicht so weit ich sehen konnte."

„Dann scheint die Drohung von Frau Gasteiger gewirkt zu haben."

„Sieht ganz so aus."

Offenbar war Herr Meyer-Roussi heute Morgen wortkarg. Maike war es recht. Sie schwieg ab sofort und vertilgte zwei Brötchen, ein Stück Marmorkuchen und vier Tassen Kaffee.

„Das war gigantisch", seufzte sie schließlich zufrieden und lächelte Frau Brandtner an.

„Es gefallt mir, wenn junge Madln tüchtig essen", lobte die alte Frau. „Heutzutage wollen's ja alle dünn sein wie meine Bohnenstangen im Garten."

Petros legte die Zeitung weg und schaute auf seine Armbanduhr. „Wir müssen langsam los."

„Kein Problem." Maike stand auf und wollte das Geschirr abräumen, doch die Brandtner-Oma winkte ab.

„Lass nur. Vom Tisch bis zur Spülmaschine sind es nur zwei Schritte."

„Vielen Dank. Bis später", sagte Maike, nahm ihr kleines Daypack und ihre Strickjacke und ging nach draußen.

Petros schaute ihr nach. Sie trug wieder ihr rosa Dirndl, und er fragte sich, wieso er nicht schon viel früher erkannt hatte, wie zauberhaft Maike war. Sicher, sie war seine Kollegin, und normalerweise waren Kolleginnen für ihn tabu. In den vergangenen anderthalb Jahren hatte er sie irgendwie nur als humorvolle, fähige Mitarbeiterin gesehen. Als alleinerziehende Mutter. Als Frau mit einem ausgefallenen Modegeschmack, ständig wechselnder Haarfarbe und einem Nasenpiercing.

Doch seit sie vor zwei Tagen am Dammtorbahnhof in diesen albernen Funktionsklamotten auf ihn zugekommen war, hatte sich etwas verändert. Er fand sie süß, nervig, umwerfend, sexy, lustig, manchmal chaotisch – und, ja – begehrenswert.

Sie hingegen schien sich von ihm zurückgezogen zu haben. Dabei spürte er immer noch – nein, hoffte er –, dass er ihr nicht gleichgültig war.

War es zu früh gewesen, sie küssen zu wollen?

Vielleicht war es besser, dass es nicht geschehen war. Denn was sollte daraus entstehen, wenn sie miteinander im Bett landeten? Also, richtig im Bett landeten. Nicht nur so wie letzte Nacht. Schmunzelnd dachte er an ihren Umzug von der Isomatte auf die bequeme Matratze. Irgendwann in der Nacht hatte er gemerkt, dass sie neben ihm lag, und es war ihm schwergefallen, nicht zu ihr hinüberzurutschen.

Finger weg, Petros, sagte er sich. Mit Maike zu spielen, kam nicht in Frage. Und mehr konnte er sich eigentlich nicht vorstellen. Bis auf Anna hatte er sich noch nie in einer festen Beziehung mit einer Frau versucht. Und das war ja auch krachend gescheitert. Man sollte einfach keiner Frau hinterher ziehen, vor allem, wenn man sie erst ein paar Wochen kannte. Und zweiunddreißig war schließlich kein Alter, in dem man sich Gedanken darüber machen musste, weshalb man noch nicht verheiratet war, mit dem, was unweigerlich und angsteinflößend daraus folgte: Kinder, Hausbau, Hund, Familienurlaub im Wohnmobil, Streit, Tränen, Trennung. Sein bester Freund war bereits geschieden. Ein warnendes Beispiel.

Während diese Gedanken durch seinen Kopf sprangen, war er Maike gefolgt. Gemeinsam eilten sie die Straße hinunter zur Bushaltestelle. Der riesige Parkplatz, fast so groß wie der ganze Ort Schönau, war um diese Uhrzeit bereits brechend voll mit Tagestouristen. Er sah Nummernschilder aus ganz Deutschland, aus Österreich, Tschechien, Polen, der Schweiz.

Der Bus kam pünktlich, und zehn Minuten später stiegen sie in Berchtesgaden aus. Die Polizeistation zu finden, war nicht schwer. Als sie ankamen, wurden sie bereits von Teresa Henning erwartet. Sie trug einen dunklen Hosenanzug und hatte ihre schwarze Aktentasche dabei.

„Ich habe schlechte Neuigkeiten", sagte sie ohne Begrüßung. „Sie haben auf Frau Ostermanns Handy ein gelöschtes Foto von Meinhard von Trems gefunden."

„Dann hat sie gelogen", bemerkte Maike nachdenklich. „Sie hat doch behauptet, ihn nicht fotografiert zu haben."

„Vielleicht eine spontane Notlüge, weil sie Angst hatte?", meinte Petros. „Sie stand im Flur, sah die Leiche, und als der

Polizist sie ausfragte, dachte sie, es sei besser, alles abzustreiten?"

„Kann sein, kann aber auch nicht sein", sagte Teresa. „Jedenfalls muss sie in Untersuchungshaft bleiben und wird morgen dem Haftrichter vorgeführt."

„Wie schrecklich", murmelte Maike mitfühlend. „Sie hatte ja gebeten, dass man ihren Chef informiert."

„Das habe ich bereits getan", informierte Teresa. „So, jetzt lasst uns reingehen. Wir haben eine Viertelstunde."

Sie mussten ihre Taschen abgeben und wurden von einem Beamten mit Hilfe eines Metalldetektors gefilzt. Kurz darauf saßen sie in einem kleinen, stickigen Zimmer, das oben ein winziges, vergittertes Fenster hatte. Ein Tisch, vier Stühle. Mehr gab es nicht.

Teresa setzte sich in die Mitte. Petros und Maike nahmen rechts und links von ihr Platz.

Die Tür wurde geöffnet, und eine junge Polizistin brachte Hannelore Ostermann herein. Sie war blass und sah aus, als habe sie geweint. Die Polizistin bedeutete ihr, sich auf den einzigen noch freien Stuhl am Tisch zu setzen. Sobald Frau Ostermann saß, stellte sich die Polizistin neben die Tür.

„Mein Name ist Teresa Henning, ich bin Anwältin und von der Agentur *Slow Happy* beauftragt worden, mich um Ihren Fall zu kümmern", begann Teresa. „Maike Schirmer und Petros Meyer-Roussi kennen Sie ja bereits."

Frau Ostermann nickte.

„Wie geht es Ihnen?", fragte Teresa. „Werden Sie gut behandelt?"

Wieder nickte Frau Ostermann.

„Sie haben darum gebeten, dass Frau Schirmer und Herr Meyer-Roussi mich begleiten. Möchten Sie ihnen etwas mitteilen?"

Zum dritten Mal nickte Frau Ostermann.

„Sie wissen, dass man Ihre Fingerabdrücke auf dem Wanderstock gefunden hat sowie ein Foto von Herrn von Trems auf Ihrem Handy?", fragte Teresa.

Nicken.

„Es wäre wichtig, dass Sie mir alles erzählen, was zu Ihrer Entlastung dienen kann, Frau Ostermann", erklärte die Anwältin.

Hannelore Ostermann zuckte die Achseln. „Da gibt es wohl nicht viel. Außer, dass ich wiederhole: Ich habe Herrn von Trems nicht umgebracht." Sie senkte den Kopf und schaute auf ihre Hände.

„An dem fraglichen Tag haben Sie uns eine SMS geschickt. Sie wollten uns etwas mitteilen", begann Petros vorsichtig. „Möchten Sie das jetzt tun?"

Nicken.

Schweigen.

„Frau Ostermann?", sagte Maike leise.

„Es ... es war vor sechs Jahren", begann Hannelore Ostermann stockend. Ihre Stimme klang belegt, und es fiel ihr sichtlich schwer, zu sprechen. „Ich ... ich war mit einer Reisegruppe in Venedig. Schon am ersten Tag fiel mir ..." Sie barg das Gesicht in den Händen. „Ich kann nicht. Ich kann einfach nicht."

„Das ist in Ordnung, Frau Ostermann", beruhigte sie Teresa. „Aber alles, was Sie uns berichten, könnte uns helfen. Und vor allem Ihnen."

Frau Ostermann richtete sich auf. In ihren Augen standen Tränen. „Sie können sich nicht vorstellen, wie schrecklich das für mich ist. Ich habe noch nie jemandem davon erzählt."

„Haben Sie Herrn von Trems in Venedig kennengelernt?", fragte Maike leise.

Nicken.

Dann straffte Frau Ostermann ihre Schultern und begann flüssig zu berichten: „Nur, dass er damals nicht Meinhard von Trems hieß. Er fiel mir in einer der kleinen Kirchen auf. Wir bewunderten beide ein Altargemälde von Giovanni Bellini. Er schien sehr viel über diesen Maler zu wissen. Als wir die Kirche verließen, stellte er sich vor. Er heiße Olaf von Curau und sei Kunsthistoriker. Wir gingen einen Cappuccino trinken. Olaf sah sehr gut aus. Dunkles Haar, glattrasiert, Brille mit Goldfassung, eine äußerst gepflegte Erscheinung. Von da an waren wir unzertrennlich. Ich ließ meine Gruppe im Stich und genoss es, von Olaf Venedig gezeigt zu bekommen. Er war so aufmerksam, so sanft, so zuvorkommend. Immer hatte er eine kleine Überraschung für mich. Er verwöhnte mich. Und ich verliebte mich Hals über Kopf. Ich war damals dreiundvierzig und dachte: jetzt endlich beginnt das Leben!"

„Und dann?", fragte Maike.

„Als ich wieder zu Hause war, schrieben wir uns E-Mails und telefonierten, aber nur übers Handy. Er erzählte mir, dass er seine alte, krebskranke Mutter pflege und mich daher nur sporadisch sehen könne. Für den Trip nach Venedig habe er sie in eine Kurzzeitpflege gegeben, weil er völlig erschöpft gewesen sei. Aber das sei nicht gutgegangen. Er könne sie nicht allein lassen, jetzt, da sie im Sterben läge.

Einmal kam er nach Würzburg, und wir verbrachten eine wunderbare Nacht miteinander." Wieder stiegen Tränen in ihre Augen, doch sie wischte sie resolut fort. „Am anderen Morgen teilte er mir mit, dass er herausgefunden habe, dass die Villa seiner Mutter, sein Elternhaus, mit einer Hypothek belastet sei. Wenn seine Mutter sterben würde, könne er das Haus nicht halten. Er zeigte mir Fotos von einem wunderschönen Anwesen und sagte, er hoffe, dass ich dort mit ihm leben würde. Dann machte er mir einen Heiratsantrag."

Sie brach ab. „Ich war so unglaublich verliebt und so unglaublich dumm."

„Wie hoch war die Summe, mit der das Haus angeblich belastet war?"

„Dreihunderttausend."

„Und Sie haben ihm das Geld geliehen?"

„Geliehen", sagte Frau Ostermann verächtlich. „Ja, das dachte ich. Ich dachte, ich investiere in unsere Zukunft. Ich habe meine Lebensversicherung aufgelöst und einen Kredit aufgenommen."

„Was geschah, als er das Geld hatte?", erkundigte sich Teresa.

„Ich habe nie wieder etwas von ihm gehört", antwortete Frau Ostermann tonlos.

„Und dann haben Sie ihn beim Slow Dating wiedergetroffen", sagte Petros. „Es muss ein Schock für Sie gewesen sein."

Frau Ostermann schüttelte den Kopf. „Zuerst habe ich ihn gar nicht erkannt. Er sah ja vollkommen anders aus mit diesem weißen Haar und dem Bart. Auch seine Stimme war anders. Aber irgendwann fiel mein Blick auf seine Hände. Olaf von Curau hatte wunderschöne Hände. Wie Meinhard von Trems. Da wurde ich misstrauisch und habe versucht, hinter die Fassade zu blicken."

Deshalb war sie Herrn von Trems also häufig nicht von der Seite gewichen, dachte Petros.

„Und das Foto haben Sie gemacht, um es mit einem eigenen Foto von damals zu vergleichen?"

„Ja. Nein. ... Ich weiß es nicht. Ich dachte, vielleicht kann ich es vergrößern und die Augenpartie vergleichen ... Egal. Jedenfalls machte ich dieses Foto, und Herr von Trems stürmte auf mich zu und zwang mich, es zu löschen."

„Wann waren Sie sicher, dass es sich bei Meinhard von Trems um Olaf von Curau handelte?", fragte Teresa.

„Ganz sicher war ich mir bis zum Schluss nicht", gab Hannelore Ostermann zu. „Aber als ich ihn mit dieser Rothaarigen hinter der Hütte streiten sah, hörte ich, wie sie ihn Hermann nannte. Und sie sagte so etwas wie: Du wirst nicht noch einmal eine Frau unglücklich machen. Als ich ihm den

Wanderstock zurückbrachte, habe ich ihn mit Olaf ange-
sprochen. Er hat nur gesagt: ,Sie sind im Irrtum, gnädige
Frau, hier gibt es keinen Olaf', und hat mir die Tür vor der
Nase zugemacht."

„Das ist alles?", hakte Teresa nach.

„Das ist alles", bestätigte Frau Ostermann.

„Und Sie bleiben dabei, dass Herr von Trems hinter der
Hütte in Begleitung einer rothaarigen Frau war?"

„Ja."

„Können Sie diese Frau näher beschreiben?"

„Sie war recht groß, etwas älter als ich vielleicht, und hatte
rote Locken."

„Was hatte sie an?"

„Dunkle Sachen. Einen Rock, glaube ich."

„Würden Sie diese Frau auf einem Foto wiedererkennen?"

„Das weiß ich nicht. Ich glaube schon. Die Haare waren
sehr auffällig. Allerdings trug sie eine große Sonnenbrille."

Es klopfte, und die junge Polizistin hüstelte. „Die Be-
suchszeit ist um. Ich muss Sie bitten zu gehen."

„Was passiert jetzt mit mir?", wollte Frau Ostermann mit
angsterfülltem Blick wissen.

Teresa stand auf. „Im Moment müssen Sie leider hierbleiben. Ich rede nachher mit der zuständigen Staatsanwältin.
Ich werde alles tun, um Ihnen zu helfen, glauben Sie mir,
Frau Ostermann. Und ich danke Ihnen sehr für Ihre Offen-
heit."

Hannelore Ostermann ließ den Kopf sinken. „Ich schäme
mich so. Wie konnte ich damals so dumm sein! Eine erwach-
sene Frau, die ein Vorstandsbüro leitet!"

„Menschen wie Olaf von Curau oder Meinhard von
Trems verstehen es meisterhaft, Frauen zu täuschen und sie
zu benutzen. Es ist sicher kein Trost, aber so etwas kann
jeder Frau passieren", sagte Teresa.

„Glauben Sie mir denn?", fragte Frau Ostermann mit tränenerstickter Stimme. „Ich habe ihn nicht getötet. Bitte, bitte, glauben Sie mir."

„Ich werde mich bemühen, die Fakten zu prüfen und mein Möglichstes für Sie zu tun", antwortete Teresa und ging zur Tür.

Petros und Maike nickten Frau Ostermann zu und folgten der Anwältin nach draußen.

Zu ihrer Überraschung saß im Flur Professor Dr. Holger Hinterseer auf einer Wartebank. Neben ihm standen eine Thermoskanne, eine Flasche Wasser, eine Tupperdose, und auf der Tupperdose lagen zwei Äpfel.

Er hatte in einem Buch gelesen, doch als er hörte, dass jemand kam, schaute er auf, Hoffnung im Gesicht. Die schwand jedoch, als er nur Maike, Petros und Teresa erblickte. Er stand auf.

„Wie geht es ihr?", fragte der Professor.

„Den Umständen entsprechend ganz gut", erwiderte Maike.

Er wandte sich an Teresa. „Sind Sie Anwältin?"

Teresa nickte.

„Ich war gestern schon hier", erklärte er. „Und ich werde jeden Tag hier sein, bis man sie frei lässt und sie durch diese Tür dort kommt."

„Das ist sehr hochherzig von Ihnen", bemerkte Petros. „Frau Henning wird alles tun, um zur baldigen Klärung des Falles beizutragen."

„Frau Ostermann hat niemanden umgebracht. Sie könnte keiner Fliege etwas zuleide tun", sagte der Professor. „Aber dass dieser von Trems nicht ganz sauber war, konnte man schon auf drei Kilometer riechen."

„Hat Frau Ostermann mit Ihnen über Meinhard von Trems gesprochen?", wollte Teresa wissen.

„Nein. Aber ich habe Augen im Kopf und einen gesunden Menschenverstand. Wie konnten Sie es zulassen, dass so jemand am Slow Dating teilnimmt", ergänzte er vorwurfsvoll.

„Wir überprüfen jeden Teilnehmer, ehe wir ihn akzeptieren", antwortete Petros. „Allerdings sind unsere Mittel begrenzt. Jede Partneragentur und jedes Datingportal geht ein Risiko ein, das wir natürlich versuchen zu minimieren. Doch eine hundertprozentige Garantie gibt es nicht. Es tut uns sehr leid, was passiert ist, glauben Sie mir."

Professor Hinterseer schnaubte verächtlich und setzte sich wieder. Zu Teresa sagte er: „Dann hoffe ich, dass Sie bald Erfolg haben werden. Falls nicht, werde ich mir Maßnahmen vorbehalten."

„Das steht Ihnen frei", erwiderte Teresa. „Doch ich bin zuversichtlich, dass das nicht nötig sein wird. Auf Wiedersehen und alles Gute."

Er antwortete nicht und vertiefte sich wieder in sein Buch.

„Gehen wir einen Kaffee trinken?", fragte Teresa, als sie die Polizeistation verlassen hatten.

„Ich bräuchte eher was Stärkeres", gestand Maike.

Zwischen den barocken Gebäuden, dem Rathaus und der Kirche am Markt gab es einige Cafés. Zielsicher steuerte Teresa auf eines davon zu. „Empfehlung von Margit", erklärte sie und fügte hinzu: „Der Staatsanwältin."

Sie setzten sich.

„Was darf's sein?", fragte die Kellnerin, die sofort neben dem Tisch aufgetaucht war.

„Drei Espressi und drei Grappa", orderte Teresa und schaute fragend zu Petros und Maike.

Petros hob die Hand und machte das Zeichen für Zwei.

„Drei doppelte Espressi und drei doppelte Grappa", korrigierte Teresa sofort.

„Ob das hilft?", bemerkte Maike zweifelnd.

„Viel hilft viel", erwiderte Petros. „Und wenn nicht, haben wir es jedenfalls versucht."

Das Bestellte wurde umgehend serviert.

„Auf die geheimnisvolle Rothaarige", sagte Teresa und hob ihr Glas. „Sie ist mehr oder weniger unsere einzige Chance."

„Dann glauben Sie Frau Ostermann?", fragte Petros.

Teresa schwenkte ihren Grappa. „Schwierig zu sagen. Sie hat ein Motiv, sie hatte die Gelegenheit und die Mordwaffe."

„Aber weshalb sollte sie uns im Foyer mitteilen, dass sie den Wanderstock jetzt seinem Besitzer zurückgeben würde, wenn sie vorhatte, ihn damit zu ermorden?", wandte Maike ein.

„Wahrscheinlich war es gar nicht geplant, sondern geschah im Affekt. Sie hat ihn damit konfrontiert, dass sie ihn erkannt hat, er hat sie bedroht, und sie hat zugeschlagen", mutmaßte Petros.

„Mir kommt das irgendwie alles zu einfach und zu logisch vor", sagte Teresa nachdenklich. „Sie musste doch wissen, dass der Verdacht sofort auf sie fallen würde. Weshalb hat sie sich dann nicht einfach aus dem Staub gemacht, sondern ist brav auf ihrem Zimmer geblieben? Außerdem hat die Forensik nach meinen Informationen offenbar keine Blutspuren auf ihrer Kleidung gefunden. Derjenige, der zugeschlagen hat, muss auf jeden Fall was abgekriegt haben."

„Also glauben Sie ihr", fragte Maike.

„Das kann ich nicht mit Bestimmtheit sagen. Ich glaube nur, dass der Fall komplizierter ist, als wir denken. Prost." Teresa nahm das Grappaglas und trank ihren Schnaps auf einen Zug.

10. KAPITEL

„Was machen wir mit dem angefangenen Tag?", fragte Petros, als sie zurück im Brandtner-Hof waren und auf der Bank vor dem Haus saßen.

„Ob es wohl sehr egoistisch wäre, wenn wir einen Ausflug machen würden?" Maike dachte an Frau Ostermann in der Zelle. Die Vorstellung, eingesperrt zu sein, verursachte ihr Bauchschmerzen. Doch im Moment konnten sie absolut nichts tun. Oder?

„Wieso egoistisch? Meinst du, wir sollten wie die armen Sünderlein hier sitzen und auf eine Nachricht von Teresa warten?"

„So was in der Art."

Petros lachte. „Ich denke, wir dürfen uns die Warterei durchaus etwas angenehmer gestalten. An was dachtest du?"

„An die Jennerbahn", gestand Maike. „Ich würde mir zu gern das alles hier mal von oben anschauen. Und vielleicht fühle ich mich dann nicht mehr so erdrückt von den Bergen."

„Das ist eine prima Idee. Ich habe auch schon darüber nachgedacht, ob wir mal nach oben gondeln. Aber du solltest dir deine Wanderschuhe anziehen. Ich habe gelesen, dass man eine kurze Wanderung zum Gipfelkreuz machen kann."

„Gut." Maike fühlte sich plötzlich ganz beschwingt. „Ich bin gleich wieder da."

„Geht es diesmal ohne Stöcke?", fragte er mit einem Gesichtsausdruck, als tue ihm etwas weh.

Maike kicherte. „Nein, natürlich nicht." Als sie sah, dass er theatralisch den Kopf hängen ließ, ergänzte sie schnell: „War gelogen. Ich nehme meinen Rollator mit." Sie stand auf, sprintete nach oben, zog ihre Wanderschuhe an und schwebte fast die Treppe wieder hinunter. „Fertig", verkündete sie und sah lächelnd zu Petros auf. Sein bewundernder

Blick tat ihr gut. Vielleicht hätte sie es schon gleich, als sie sich kennengelernt hatten, mit einem rosa Dirndl versuchen sollen ...?

Es war Montag, und trotzdem standen die Touristen an der Jennerbahn Schlange. Die meisten in Alltagskleidung, andere jedoch in voller Wanderausrüstung, teilweise sogar mit Seilen.

Maike wies darauf. „Die haben auch Stöcke dabei."

„Die wollen auch noch ein gutes Stück weiter als wir. Von der Jenneralm gehen einige anspruchsvolle Touren in die Berge."

„Und nachts kommen dann wieder die Hubschrauber ..." Maike seufzte, als sie daran dachte, dass sie vergangene Nacht auch kaum ein Auge zugemacht hatte, allerdings nicht nur wegen der Helikopter.

Endlich waren sie an der Reihe und stiegen als erste in eine Gondel.

„Links oder rechts?", fragte Petros und wies auf die Bänke längsseits der Gondel, die etwa acht Leuten Platz bot.

„Von wo hat man die beste Aussicht?", wollte Maike wissen.

„Keine Ahnung."

„Dann einer rechts, einer links. Wir können unterwegs tauschen." Hauptsache, Petros saß nicht neben ihr, sonst wäre die Hoffnung zu groß gewesen, dass sich ihre nackten Arme berührten ...

Sobald alle Fahrgäste Platz genommen hatten, glitt die Gondel fast lautlos nach oben. Bald spürte Maike ein flaues Gefühl im Magen. Was bist du nur für ein Loser, schimpfte sie mit sich und konzentrierte sich auf die Landschaft. Satt-grüne Wiesen, vereinzelte Höfe, dunkle Nadelbäume. Ab und zu kam ihnen auf der Abwärtsstrecke eine Gondel entgegen.

„Wie hoch ist der Jenner?", fragte sie Petros.

Er zückte sein Smartphone und sagte nach einem Moment: „Tausendachthundertvierundsiebzig Meter." Und gleich darauf: „Tina hat geschrieben. Sie ist im Krankenhaus und muss liegen, damit die Babys nicht zu früh auf die Welt kommen."

„Oh, wie schrecklich. Hoffentlich liegt das nicht an dem Schock durch ..." Sie schaute sich vorsichtig nach den Mitreisenden um.

„Das hoffe ich auch." Petros tippte eine Antwort in sein Mobilteil.

„Was schreibst du ihr?"

„Alles Gute, und sie solle sich wegen des Schlamassels hier keine Sorgen machen. Teresa habe alles im Griff."

Maike nickte. „Das stimmt vermutlich sogar."

Petros schaute auf. „Was meinst du mit ‚vermutlich'?"

„Na ja, bisher hat sie ja nicht erreicht, dass Frau Ostermann ihr ‚Quartier' verlassen darf."

„Es ist ja auch noch früh am Tag. Wir werden sehen, was passiert." Er tippte weiter.

Maike schaute aus dem Gondelfenster. Höher und höher glitt das Gefährt, und zwischen den Bäumen tauchten vereinzelt bereits schroffe graue Felsen auf.

Der Mann, der neben Maike saß und auf sein Handy starrte, sagte plötzlich zu seiner Nachbarin: „Boah, ey, schau dir das mal an. Echt crazy!"

Die Frau, vermutlich seine Frau, nahm das Mobiltelefon. „Wahnsinn. Wo ist das?"

„Hier auf dem Watzmanngrat. Der geht da im Laufschritt rüber. Verrückt."

„Das Video hat über eine Million Klicks", staunte seine Frau. „Ich kriege schon vom Zuschauen schweißnasse Hände." Sie gab ihrem Mann das Smartphone zurück.

„Wie ein Ritt auf einer Rasierklinge", bemerkte er.

Maike bemühte sich, unauffällig einen Blick auf das Video zu erhaschen. Sie sah einen jungen Mann mit Helm, der auf einem schmalen, ungesicherten Berggrat scheinbar mühelos entlanglief. Rechts und links fiel steil der Felsen ab.

„Wie heißt das Video?", fragte jemand gegenüber.

„Geben Sie auf Instagram Lutz Fischer Watzmannüberschreitung ein", sagte der Mann neben Maike.

Sofort waren alle in der Gondel dabei, auf ihren Handys das Video zu suchen. Eine kurze Weile war es still, dann sagte einer: „Unverantwortlich. Das animiert nur lauter irre Neurotransmitter-Junkies, die dann von der Rettung vom Berg gekratzt werden müssen."

„Hier warnt Fischer auch selbst vor dieser Tour." Der Mann neben Maike, der ein professionelles Bergsteigeroutfit trug, schaltete den Beitrag auf laut, so dass alle mithören konnten.

Persönlich finde ich diese Stelle leichter, wenn man aufrecht geht, weil man sich dann nicht zum Seil runterbücken muss. Dadurch kann man sicherer gehen. Die Drahtseile sind bei diesem Übergang nur noch an wirklich gefährlichen Stellen installiert. Früher gab es sie fast durchgängig. Das hat viel zu viele Menschen angezogen. Der Deutsche Alpenverein hat mittlerweile an einigen Stellen die Seilsicherungen entfernt, damit erst gar nicht der Eindruck entsteht, dass es sich bei der Watzmann-Überschreitung um einen gesicherten Klettersteig handeln könnte. Ich bin Trailrunner und bewältige die dreiundzwanzig Kilometer vom Tal über Watzmannhaus, Hocheck, Mittel- und Südspitze und wieder zurück durchs Wimbachgries in etwas mehr als fünf Stunden. Normal sind etwa zwölf Stunden. Ich bin oben schon oft auf Leute gestoßen, die nicht mehr können. Der Kopf blockiert, und die wissen nicht mehr weiter. Manche glauben auch, wenn sie drei Mal auf dem Berg waren, könnten sie die Überschreitung wagen. Die bringen sich in Lebensgefahr.

Der Mann schaltete das Video aus. „Ich gehe seit fünfzehn Jahren anspruchsvolle Touren, aber das würde ich mir nicht zutrauen."

Maike war schwindlig, und sie heftete ihren Blick auf Petros, um sich abzulenken. Gerade steckte er sein Handy ein. Offenbar hatte auch er sich das Video angeschaut. Jetzt schaute er herüber zu ihr und lächelte.

„Du bist ganz blass", bemerkte er. „Hast du Höhenangst?"

„Keine Ahnung. Ich war noch nie auf einem Berg, der höher ist als der Bungsberg in Schleswig-Holstein."

„Ein Berg in Schleswig-Holstein?", fragte der Mann neben Maike. „Wie hoch soll der denn sein?"

„Immerhin fast hundertsiebzig Meter, soweit ich mich erinnere", antwortete Petros.

„Und es gibt einen Skilift", fügte Maike hinzu.

„Beachtlich", meinte der Mann grinsend. Einige andere Fahrgäste lachten.

„Dafür wird mir auf einem Segelboot auch bei Windstärke neun nicht schlecht", erklärte Maike würdevoll, was noch mehr Gelächter auslöste.

„Ich nehme dich beim Wort", sagte Petros und schaute ihr in die Augen. „Nächstes Jahr gehen wir zusammen segeln."

Sofort bekam sie Herzklopfen. Er wollte mit ihr segeln gehen? Gern hätte sie die Gondelfahrt sofort mit einem Boot getauscht. Sie schwebten immer weiter bergauf. Die Gondel schwankte leicht, und Maike heftete ihren Blick starr auf das Blau des Frühherbsttages hinter massiven, scharfkantigen Berggipfeln. Denn jedes Mal, wenn sie auch nur leicht nach unten schaute auf die Almwiesen, drehte sich alles vor ihren Augen.

Als sie nach zwanzig Minuten endlich die Bergstation erreicht hatten, war sie zutiefst erleichtert. Hastig stand sie auf, doch sie schwankte plötzlich und fühlte sich von starken Armen gehalten.

„Schön langsam", sagte Petros und führte sie nach draußen.

Sobald sie festen Boden betrat, hatte sie einen Moment lang das Gefühl, ihre Beine würden wegsacken. Doch sie riss sich zusammen und hatte die Genugtuung, dass sie ganz normal einen Schritt nach dem anderen machen konnte. Leider hatte das zur Folge, dass Petros sie losließ. Schade, sie hatte seine Nähe genossen. Ob sie wohl einfach so tun sollte, als würde sie in Ohnmacht fallen? Dann würde er sie auffangen und hochheben, und wenn sie die Augen aufschlug, würde er sie küssen.

Nein, das war albern.

„Brauchst du was zu trinken? Möchtest du was essen?", fragte Petros.

Sie schüttelte den Kopf. „Bloß nicht."

„Dann lass uns die Aussicht genießen." Er ging voraus zur Plattform, wo einige Leute am Geländer standen und fotografierten.

Maike folgte ihm. Langsam fühlte sie sich besser und wagte einen Blick auf das herrliche Panorama, das sich ihr bot. Die grauen Berggipfel, die ihr vom Tal aus so bedrohlich erschienen waren, umgaben sie nun fast auf Augenhöhe wie mächtige Skulpturen.

„Wenn wir hoch zum Gipfelkreuz gehen, können wir von oben auf den Königssee schauen", verriet ihr Petros, der an einer Informationstafel stehengeblieben war. „Und es gibt einen Rundwanderweg. Hast du Lust?"

„Solange der nicht so aussieht wie auf dem Video vorhin, gerne", antwortete sie und dachte mit Schaudern an den schmalen Grat auf dem Watzmann."

„Ich denke, es handelt sich eher um bequeme Spazierwege", meinte Petros grinsend und behielt recht.

Eine Weile später standen sie am ersten Aussichtspunkt und schauten den Drachenfliegern zu, die von hier starteten und dann als bunte Tupfen gegen das Himmelblau über Felsen, Wiesen und Wälder schwebten.

„Hast du das schon mal gemacht?", fragte Maike.

„Nein, noch nie", antwortete Petros.

„Würdest du gern?"

„Eher nicht. Du etwa?"

„Vielleicht."

„Aber du hast doch Höhenangst", wandte er ein.

„Das stimmt wohl. Leider. Ich stelle es mir schön vor, so schwerelos dahinzugleiten. Wie in manchen Träumen, in denen man durchs All schwebt und mit den Sternen spricht. Wenn ich so etwas träume, wird mir übrigens nicht schwindlig", erklärte sie.

„Du schwebst durchs All und sprichst mit den Sternen, wenn du schläfst?" Petros schaute sie verblüfft an.

„Du nicht?"

Er lachte. „Nein. Leider nicht." Petros überlegte einen Moment. „Wünschst du dir dann, nie wieder zurückzukehren?"

Maike schüttelte den Kopf. „Ich freue mich kurz vor dem Aufwachen immer darauf, Timo zu sehen und ihn in die Arme zu nehmen."

„Vermisst du ihn?"

„Ja, sehr."

„Weißt du, worüber ich mir schon oft Gedanken gemacht habe?", sagte Petros. „Tina bekommt Zwillinge und wird auf absehbare Zeit keine Workshops mehr durchführen können. Wir sind nur zu zweit, und selbst, wenn wir die Anzahl der

Slow Datings noch weiter reduzieren als bisher, können wir sie nicht mehr zu zweit leiten. Das hieße, jeder von uns wird wieder zum Einzelkämpfer, was ich schade finde."

„Oder sie stellt noch ein oder zwei Mitarbeiter ein." Maike schaute ihn an. „Hat sie dir gegenüber mal so was angedeutet?"

„Bisher nicht."

„Ich habe auch schon darüber nachgedacht", gab Maike zu. „Denn ich stehe für die Workshops ja nicht ständig zur Verfügung. Ich kann Timo nicht jedes Wochenende und auch nicht jedes zweite bei seinem Vater abladen. Und selbst wenn, möchte ich das nicht. Das heißt, ich kann höchstens einmal im Monat ein Slow Dating betreuen."

„Ich frage mich, wie Tina das anfangs allein geschafft hat."

„Du kennst sie doch. Wenn sie für etwas brennt, beutet sie sich gnadenlos selbst aus."

„Wir müssen mit ihr sprechen, wenn wir wieder in Hamburg sind", meinte Petros.

„Das denke ich auch."

Sie waren weitergegangen und erreichten nun die große Plattform, von der man einen grandiosen Blick auf den langgezogenen Königssee hatte.

„Von hier aus sieht der Watzmann gar nicht so bedrohlich aus", bemerkte Maike. „Aber ehrlich gesagt, kann ich überhaupt nicht verstehen, wieso jemand da hinauf wollen sollte. Es ist anstrengend, gefährlich, und völlig sinnlos. Weshalb riskieren die Leute ihr Leben, nur um da rauf zu klettern?"

„Mit dem Gleitschirmfliegen ist es doch ganz ähnlich", entgegnete Petros. „Gefährlich und eigentlich völlig überflüssig. Trotzdem würdest du es gern tun."

„Ein Punkt für dich." Lächelnd schaute sie zu ihm auf, und ihr wurde schwindlig. Doch diesmal lag das Gefühl, zu fallen und immer tiefer zu fallen, nicht an ihrer Höhenangst, sondern an dem, was sie in Petros' Augen las. Er empfand etwas für sie, da war sie mit einem Mal ganz sicher. Ihr Herzschlag beschleunigte sich, und sie wusste, sie brauchte keinen Gleitschirm, um fliegen zu können.

Später sicherten sie sich zwei der klapprigen Liegestühle auf der Sonnenterrasse. Petros besorgte zwei Softdrinks und zwei Brote mit Almkäse, und dann saßen sie einfach nur da, aßen, tranken und genossen die Wärme, umgeben von rauen Gipfeln. Immer wieder brachten die Gondeln neue Besucher, die mit Ah und Oh ans Geländer traten, doch Maike fühlte sich, als sei sie mit Petros allein in dieser Zauberwelt. Sie vergaß ihre Höhenangst, sie vergaß ihr Mantra, sie vergaß Meinhard von Trems und Frau Ostermann.

„Berge sind ja doch ganz schön", murmelte sie irgendwann und stellte ihre Limoflasche weg.

„Aber?", fragte Petros, und sie wusste ohne hinzuschauen, dass er wieder dieses belustigte Lächeln auf den Lippen hatte.

„Kein aber", erwiderte sie und wandte den Kopf.

Petros war so nah, er war so schön, und sein Mund war so einladend ...

Ohne nachzudenken umfasste sie sein Gesicht mit beiden Händen, zog seinen Kopf zu sich heran und presste ihre Lippen sanft auf seinen Mund.

Sekundenlang spürte sie, wie er sich verspannte, doch dann, für einen glückseligen Moment, schien es, als erwidere ihren Kuss. Aufseufzend öffnete sie ihre Lippen und erschrak, als Petros sich abrupt zurückzog.

„Maike", flüsterte er rau. „Maike, das geht nicht."

Ihr Herz sank. „Warum nicht?" Sie legte die Hände an ihre erhitzten Wangen. Wie hatte sie nur so dumm sein können, sich einzubilden, er empfinde etwas für sie?

„Wir sind Kollegen", sagte er leise.

„Ist das alles, was du dazu zu sagen hast?" Sie wagte nicht, ihn anzuschauen, weil sie fürchtete, in Tränen auszubrechen.

„Nein, nicht ganz. Du kennst mich, Maike. Ich bin für eine dauerhafte Beziehung nicht geschaffen."

„Wer sagt, dass ich das will?"

Er lachte leise. „Du bist viel mehr wert als eine flüchtige Affäre, und das weißt du ganz genau."

„Und woher willst du wissen, dass es mit uns nicht klappt?"

„Es hat bei mir noch nie geklappt. Warum sollte es jetzt anders sein?"

Ja, warum? Weil er sie nicht liebte. Ganz klare Sache. Vielleicht begehrte er sie ein bisschen. Oder es war nur der erzwungenen Nähe hier auf Dienstreise geschuldet. Ja, das musste es sein. Und sie hatte seine Blicke, seine Gesten falsch interpretiert. Wie huhndämlich konnte man sein!

Und dann fiel ihr ein, dass sie heute Nacht wieder in einem Bett mit ihm schlafen würde. Oder zumindest im selben Zimmer, wenn sie die Isomatte vorzog.

Sie musste abreisen! Nein, das ging nicht. Hamburg war zu weit weg, und der Tag schon zu weit vorangeschritten. Sie musste sich ein Quartier suchen. Aber wo? Gregor fiel ihr ein. Er war ihre letzte Rettung. Zur Not würde sie ihre Isomatte im Hotel unter einem Tisch ausrollen.

Hektisch sprang sie auf und rannte los, Richtung Bergbahn.

„Maike!", hörte sie Petros rufen. Sein Liegestuhl klapperte. Wahrscheinlich hatte er ihn im Aufspringen umgestoßen.

Sie rannte so schnell sie konnte. Eine Gondel wartete an der Station. Leute stiegen ein, und bevor sich die automatische Tür schloss, quetschte sich Maike als Letzte hindurch. Es gab ein hässliches Geräusch, als ihr Dirndlrock hängenblieb und riss. Auch das noch! Eine Sekunde später setzte sich die Gondel in Bewegung. Maike schaute nicht zurück. Sie kauerte sich auf die Sitzbank, versuchte, das sanfte Schaukeln und die Abwärtsbewegung der Bergbahn zu ignorieren, und starrte blicklos auf die vorbeigleitende Landschaft.

Alles war ruiniert. Wie konnte sie jetzt noch mit Petros zusammenarbeiten? Ironie des Schicksals. Er wollte keine Affäre mit ihr, weil sie seine Kollegin war. Und jetzt konnte sie noch nicht einmal mehr seine Kollegin bleiben.

Wieder arbeitslos. Wieder ein neuer Job. Wieder von vorne anfangen.

Doch je weiter die Gondel talabwärts fuhr, desto mehr kehrte ihre Vernunft zurück. Na schön, sie hatte sich mal wieder blamiert. Aber war das wirklich so schlimm? Nun wusste sie zumindest Bescheid und brauchte keinen Tagträumen mehr nachzuhängen.

Musste sie vielleicht gar nicht kündigen? Sie versuchte, sich vorzustellen, wie es sein würde, an ihrem Schreibtisch zu sitzen und zu wissen, dass Petros gleich die Agentur betreten würde. Ob es ihr möglich sein würde, Petros jeden Tag zu begegnen, ohne vor Scham in den Boden zu versinken? Aber vielleicht würde es ja einfacher sein, als sie jetzt dachte. Und vor allem würde sie endlich diese blöde Verliebtheit los sein. Endgültig.

Sie atmete tief durch und schöpfte wieder neues Selbstvertrauen. Kopf hoch, Rückgrat beweisen, weitermachen. So, das fühlte sich schon besser an. Sie konnte ja die Brandtner-Oma fragen, ob es nicht doch möglich sein würde, in einem anderen Zimmer zu nächtigen. Unten im Wohnzimmer, das offenbar sowieso kaum benutzt wurde ... Ja, das wäre eine Möglichkeit. Oder zur allergrößten Not im Bad auf der Isomatte. Keine rosigen Aussichten, aber es wäre ja nur für eine Nacht. Morgen würde sie dann den ersten Bus nach Berchtesgaden nehmen. Ab nach Hamburg. Petros konnte sich allein um Frau Ostermann kümmern.

Ja, das war ein guter Plan. Neue Zuversicht durchströmte sie, und für eine Weile genoss sie die Gondelfahrt tatsächlich.

Als sie sich der Endstation näherten, fiel ihr der Riss in ihrem Dirndl wieder ein, und sie hob den Saum an. Es war ein ziemlich langer und krummer Riss, aber nichts, was man nicht flicken konnte. Sie hatte zwar Nähzeug dabei, aber das hier war komplizierter. Dafür brauchte man eine Nähmaschine. Noch einmal begutachtete sie den verunfallten Rock. Was tun? Ob sie wohl im Hotel Alpenglück vorbeischauen konnte? Gregor hatte jetzt Dienst. Sie konnte die Hausdame fragen, ob sie ihr noch einmal half. Schließlich war diese Frau, deren Name ihr gerade nicht einfiel, ja auch nett genug gewesen, um Maikes Gürtelschlaufe anzunähen und ihr von der Reise zerknittertes Dirndl aufzubügeln. Und so konnte sie auch Petros noch eine Weile aus dem Weg gehen.

Lauter gute Ideen. Ihr naiver Kussversuch – was war schon so schlimm daran. Schön, Petros wusste jetzt, wie es um sie stand. Das war peinlich, aber nicht zu ändern. Wahrscheinlich hatte er es sowieso die ganze Zeit gewusst. Wenn sie nicht mehr verliebt in ihn war, konnten sie ja sogar vielleicht um so besser zusammenarbeiten? Sie verwarf den Plan, abzureisen, und nahm sich vor, die Sache ganz cool auf sich beruhen zu lassen. So zu tun, als ob überhaupt nichts passiert sei. Ja, das war das Beste. Locker bleiben, sich nichts anmerken lassen. Bloß kein Melodram. Denn was war denn schon groß passiert?

Beschwingt stieg sie an der Station aus der Gondel und schwankte nur kurz, als sie wieder festen Boden unter den Füßen hatte. Dann machte sie sich auf den Weg zum Hotel Alpenglück.

Zehn Minuten später betrat sie das Hotelfoyer, doch die Rezeption war nicht besetzt. Maike hieb auf die Klingel, aber niemand kam. Sie ging durchs verwaiste Restaurant auf die Terrasse. Dort saßen zwei Paare vor ihren Zwetschgenkuchen mit Schlagsahne. Maike fragte die Kellnerin, ob sie wisse, wo Gregor sei.

„Ist er nicht an der Rezeption?", fragte die junge Frau zurück.

„Nein, leider nicht."

„Vielleicht kurz auf der Toilette?"

„Ja, wahrscheinlich. Ich warte dann mal auf ihn. Oder können Sie mir sagen, wo ich die Hausdame finde?"

„Frau Lambert? Klopfen Sie an der Tür links vom Empfangstresen. Und wenn sie da nicht ist, schauen Sie unten im Hauswirtschaftsraum nach", riet die Kellnerin.

„Darf man denn da einfach so runtergehen?"

„Ich glaube nicht, dass Dora Ihnen den Kopf abreißen wird." Die junge Frau lächelte.

Maike ging wieder zurück ins Foyer und klopfte an besagter Tür. Niemand öffnete. Sie warf einen Blick hinüber zu der Treppe, die nach unten in das Reich der Hausdame führte. Zuerst zögerte sie, doch dann fasste sie sich ein Herz und ging ins Kellergeschoss, in der Hoffnung, dort auf Frau Lambert zu treffen.

Unten angekommen, hörte sie eine Waschmaschine schleudern und darüber das Surren eines Wäschetrockners. Sie folgte den Geräuschen und betrat einen großen Raum mit grau gestrichenem Estrich. Am einen Ende standen drei Waschmaschinen und ein großer Trockner. An der Wand unter dem vergitterten Kellerfenster stand ein Bügelbrett mit Bügeleisen auf der Ablage. In der Mitte stand ein Tisch, und links neben der Tür gab es mehrere Metallspinde.

„Was machen Sie hier?", fragte jemand hinter ihr in aggressivem Ton, und Maike zuckte zusammen.

„Ich ... es tut mir leid, aber oben war niemand, den ich fragen konnte, daher dachte ich ..." Maike hob ihren Rocksaum und wies auf den Riss. „Sie waren neulich so freundlich, die Gürtelschlaufe meiner Hose anzunähen und meine Sachen aufzubügeln, da dachte ich, ich könnte fragen, ob ich Ihre Nähmaschine benutzen darf."

„Zeigen Sie mal her." Frau Lambert war plötzlich ganz freundlich, kam zu Maike und nahm den Stoff des Dirndls zwischen die Finger. „Ich mache Ihnen das", sagte sie und nahm einen zusammengelegten Hotelbademantel von einem Wäschestapel. „Ziehen Sie das Kleid aus und den hier an. Es dauert nicht lang."

„Das ist sehr, sehr nett von Ihnen." Maike band ihre Schürze los und legte sie zusammen. Dabei fiel etwas zu Boden und kullerte über den Estrich. Sie bückte sich, um es aufzuheben. Es war der kleine, zylinderförmige Metallknopf. Den hatte sie ganz vergessen.

Als sie sich aufrichtete, bemerkte sie, dass die Hausdame sie mit einem merkwürdigen Blick anschaute.

„Was ist?", fragte Maike.

„Nichts", erwiderte Frau Lambert, aber ihre Stimme klang plötzlich unterkühlt. „Ziehen Sie das Dirndl aus. Ich habe nicht ewig Zeit."

Maike legte ihr Fundstück auf den Tisch und wollte damit beginnen, die Knöpfe ihres Mieders zu öffnen, als sie innehielt, als habe sie sich an etwas erinnert. Sie hob ihren Kopf und schaute die Hausdame genauer an. Dabei stellte sie fest, dass sie sich nicht geirrt hatte. Frau Lambert trug eine dunkelblaue Tunika über einer schmalen schwarzen Hose, so wie am ersten Tag, als das Slow Dating-Seminar begonnen hatte. Diese Tunika war schräg mit kleinen zylindrischen Metallknöpfen geschlossen. Ganz oben wurde sie jedoch nur von einer Brosche zusammengehalten.

Maike griff nach dem Knopf und hielt ihn der Hausdame hin. „Ach – gehört der eventuell Ihnen?"

„Nein."

„Aber an Ihrer Tunika fehlt doch offensichtlich ein Knopf."

„Unsinn."

Maike war irritiert. „Ich habe ihn im Zimmer von Herrn von Trems gefunden. Er lag auf dem Teppich und ..."

„Was interessiert mich das?", sagte Frau Lambert und wirkte mit einem Mal nervös.

Plötzlich erinnerte sich Maike daran, wie die Hausdame zitternd im Flur gestanden hatte, den Stapel Handtücher an sich gepresst. Ohne dass sie hätte sagen können, weshalb, wurde ihr ganz unheimlich zumute. Gleichzeitig war ihre Neugier erwacht. Sie fühlte sich wie in manchen Träumen, in denen sie in höchste Gefahr geriet und trotzdem nicht aufhören konnte, dem Traum zu folgen, immer weiter und weiter …

„Ach, wissen Sie, lassen Sie mir das Ding ruhig da", riss Frau Lambert sie aus ihren Gedanken. „So einen Knopf kann ich immer mal brauchen."

Doch Maike schloss in einer plötzlichen Eingebung die Faust um den Knopf. „Nein."

Die Hausdame lächelte auf eine Weise, die bewirkte, dass es Maike kalt den Rücken hinunterlief.

„Sie werden mir diesen Knopf jetzt sofort geben. Sonst …"

„Was, sonst?", entgegnete Maike mutiger, als sie sich fühlte. Frau Lambert war groß und kräftig, und ihr Blick verhieß nichts Gutes. Das Beste war vermutlich, ihr das kleine silberfarbene Ding zu geben und zu verschwinden. Und dann Petros von diesem seltsamen Erlebnis zu berichten. Aber wenn es stimmte, was sie ganz langsam zu erahnen begann, dann …

Zu viel nachgedacht, zu spät. Die Hausdame schoss auf sie zu und drehte ihr den Arm auf den Rücken.

„Au!", schrie Maike. „Was fällt Ihnen ein. Lassen Sie mich sofort los."

„Den Knopf", forderte Frau Lambert.

Maike öffnete die Hand, und der Knopf fiel zu Boden.

„Wer weiß noch davon?", zischte Frau Lambert.

„Ist das wichtig?"

Frau Lambert verstärkte ihren Griff, und Maike stöhnte schmerzerfüllt auf. „Mein Kollege", gab sie zu. „Sie tun mir weh. Lassen Sie mich los." Sie versuchte, klar und ruhig zu denken. Da war die Hausdame, die vor dem Zimmer stand und um Hilfe schrie. Da war der Knopf, den sie gefunden hatte. „Au!", schrie sie, als ihr Arm noch stärker verdreht wurde. „Warum tun Sie das?"

Hatte diese Frau Meinhard von Trems mit dem Wanderstock erschlagen und dann so getan, als habe sie die Leiche gerade gefunden? In den Krimis, die Maike so gerne las, war oft der erste am Tatort auch der Täter, was die Kommissare nach vielen falschen Fährten herausbekamen. Ihr wurde übel. „Haben Sie Herrn von Trems umgebracht?", presste Maike hervor. Der Schmerz ließ sie fast ohnmächtig werden.

„Von wegen ,Herr von Trems'", rief Frau Lambert mit schriller Stimme. „Er heißt Hermann Vonrhein, und er hat mein Leben zerstört! Ich war nämlich nicht immer die Dienstbotin, die im Keller arbeitet und Kleidungsstücke für Leute wie Sie aufbügelt", fuhr sie in gehässigem Ton fort. „Ich besaß ein Hotel, jawohl, ein gutgehendes Hotel, und er hat es mir genommen."

In Maikes Kopf überschlugen sich jetzt die Gedanken. Wenn es stimmte, dass diese Frau Meinhard von Trems getötet hatte, dann war sie selbst jetzt in Lebensgefahr. Wie hieß es in den Kriminalromanen immer? Zeit schinden, den Täter in ein Gespräch verwickeln, auf eine Gelegenheit warten, zu entkommen ... Leichter gesagt als getan, wenn einem die Knie zitterten und man vor Schmerz am liebsten heulen würde.

„Wir ... wir wissen mittlerweile, dass dieser Mann ein Heiratsschwindler war", begann Maike mit einer Stimme, die sich nicht wie ihre eigene anhörte. „Warum haben Sie sich nicht an uns gewandt, um uns zu warnen?"

„Ich hatte meinen eigenen Plan", antwortete Frau Lambert. „Er musste ein für allemal aus dem Verkehr gezogen werden. Diese dummen Frauen in Ihrer Gruppe waren ja alle vollkommen verrückt nach ihm! Ich musste verhindern, dass er noch einmal Erfolg mit seiner Masche hat."

„Sie hätten zur Polizei gehen müssen", wandte Maike ein und wusste selbst, wie lahm das klang.

„Die Polizei!" Frau Lambert lachte höhnisch. „Die sagt doch nur: Selbst schuld, wenn du auf so einen reinfällst." Sie schüttelte den Kopf. „Nein, ich hatte keine Wahl. Er hat nur bekommen, was er verdient", fügte sie hinzu und gab Maike so überraschend frei, dass sie taumelte. „Hinsetzen", befahl sie und drückte Maike auf den einzigen Stuhl im Raum.

„Eine Zeugin hat gesehen, wie eine rothaarige Frau hinter der Almhütte mit Herrn von Trems ..."

„Vonrhein", korrigierte Frau Lambert.

„Mit Herrn Vonrhein gestritten hat. Sie sind aber nicht rothaarig, Frau Lambert." So, ein neues Argument. Auf Zeit spielen. Maike war fast stolz auf sich.

Die Hausdame lächelte diabolisch, und dann zog sie langsam, ganz langsam, ihre schwarze Kurzhaarperücke vom Kopf, fuhr mit den Fingern durch ihr Haar und schüttelte ihre Locken. Sie waren tiefrot.

Maikes Herz klopfte jetzt zum Zerspringen, aber sie machte weiter. Wenn sie Glück hatte, tauchte hier unten jemand auf. Gregor vielleicht. Oder Herr Gruber. Hoffentlich. Im Stillen betete sie, während sie krächzte: „Wegen Ihnen sitzt eine unschuldige Frau im Gefängnis! Kümmert Sie das gar nicht?"

„Das ist mir völlig egal. Hauptsache, das Schwein ist tot."

Maike rieb sich den Arm. Wie diese Frau sie anschaute. Kalt und hasserfüllt. Und da war noch etwas. Etwas Flackerndes, fast Irres. Maike hatte Angst. Einfach nur Angst. Diese Frau war eine Mörderin. Vorsichtig spähte sie zur Tür. Die stand halb offen. Wenn sie schnell genug war, konnte sie vielleicht ...

Doch offenbar hatte Frau Lambert ihren Blick gesehen. Mit einer Stimme, die Maikes Blut gefrieren ließ, sagte sie: „Du gehst nirgendwo mehr hin", und griff nach dem Bügeleisen.

Panisch sprang Maike auf. Ihre Beine fühlten sich an wie Gummi, und alles schien wie in Zeitlupe zu passieren. Sie riss die Tür auf und schaffte es bis in den Flur. Doch als sie schon fast an der Treppe nach oben war, spürte sie einen harten Schlag auf den Kopf. Dann wurde alles dunkel.

11. KAPITEL

„Maike!", rief Petros erneut und sprintete hinter ihr her zur Seilbahn. „Warte. Bitte warte!" Doch er musste zusehen, wie sie in die Gondel sprang und die Türen sich hinter ihr schlossen. Gleich darauf glitt das Gefährt abwärts. Er hätte gleich die nächste Gondel nehmen können, die jetzt heranfuhr, aber er hatte jetzt gerade überhaupt keine Lust auf die Gegenwart anderer Menschen, ihre Stimmen, ihre Kommentare.

Was bin ich für ein Idiot!, dachte er und trat ans Geländer der Aussichtsplattform. Aber das imposante Bergpanorama interessierte ihn nicht mehr. Immer noch konnte er Maikes warme, weiche Lippen spüren. Ihr Kuss war sanft gewesen, fragend, zärtlich. So etwas kannte er nicht. Wenn seine wechselnden Partnerinnen ihn zum ersten Mal küssten, war es immer leidenschaftlich, heiß und gierig, und immer nur das Vorgeplänkel zu dem, was danach kam. Einen Moment lang war er in Versuchung gewesen, sich diesem ganz neuen Gefühl hinzugeben, um herauszufinden, was das war zwischen ihm und Maike. Denn dass sich, seit sie hier in den Alpen waren, etwas zwischen ihnen entwickelt hatte, war auch ihm klar. Es war etwas anderes als sonst mit seinen Flirts. Vorsichtig, tastend, mal nah, mal wieder auseinanderdriftend. Es roch stark nach echten Gefühlen, und das machte ihm Angst.

Ihm war klar, dass er Maike zutiefst verletzt hatte. Und ihm war auch klar, dass sie darüber reden mussten. Nur wie? Und wann? Und was entstand dann daraus?

Er wünschte, er könne die Zeit zurückdrehen zu dem Moment, in dem sie sich zu ihm herübergebeugt und ihn geküsst hatte. Was wäre passiert, wenn er sich nicht zurückgezogen hätte? Wäre aus der zärtlichen Berührung ihrer Lippen ein tieferer Kuss entstanden? Er hatte ihre Sehnsucht gespürt, ihr Verlangen. Und jetzt brannte etwas davon auch in ihm, auch wenn er es noch so gerne geleugnet hätte.

Sein Mobiltelefon klingelte. Es war Teresa. Er nahm das Gespräch an. „Hallo?"

„Grüß Gott", sagte die Anwältin. „Oder Moin. Es gibt Neuigkeiten. Können wir uns in einer halben Stunde treffen?"

„Ich bin noch auf der Jenneralm, aber ich nehme die nächste Gondel und bin in zwanzig Minuten unten", erwiderte Petros.

„Dann bis gleich. Existiert im Brandtner-Hof eine Internetverbindung?"

„Nein, leider nicht."

„Egal, dann muss mein Hotspot ran." Sie legte auf.

Mit langen Schritten überquerte Petros die Terrasse und stieg in die wartende Gondel. Gleich darauf ging es auch schon los. Er fragte sich, wo Maike jetzt war. Sobald er unten im Tal war, würde er sie anrufen, denn sie sollte an dem Meeting mit Teresa teilnehmen. Vielleicht würde es einen peinlichen Moment zwischen ihnen geben, aber er vertraute darauf, dass Maike professionell mit der Situation umgehen würde. Danach würde er mit ihr reden und ihr sagen ... Ja, was würde er ihr sagen? Dass sie ihm nicht gleichgültig war? Dass er sie gerne noch einmal küssen würde? Dass er nicht wusste, wie sie als Kollegen eine Beziehung führen konnten? Dass er befürchtete, einer von ihnen müsse kündigen, wenn sie sich irgendwann trennten?

Seit wann war er eigentlich so ein Bedenkenträger geworden? Warum konnte er nicht einfach genießen, was ihm angeboten wurde, egal, was die Zukunft brachte?

Weil Maike etwas Besseres verdient hatte. Nach außen hin mochte sie wirken, als nähme sie das Leben leicht, doch er spürte genau, wie verletzbar sie war. Ihre Gefühle für ihn waren kein Geheimnis, aber seit diesem Kuss wusste er, dass sie tiefer waren, als er für möglich gehalten hatte.

Seine Reaktion darauf war leider ziemlich daneben gewesen. Zu seiner Entschuldigung konnte er nur vorbringen, dass er überrascht gewesen war. Und berührt von dieser ganz neuen Erfahrung. Nie hätte er gedacht, dass ein zarter Kuss so viel bedeuten konnte. Mehr als jede heiße Nacht. Erstaunt stellte er fest, dass er sich danach sehnte, diesen Moment noch einmal zu erleben.

Teresa erwartete ihn bereits, als er beim Brandtner-Hof ankam. Sie saß auf der Bank, ihren geöffneten Laptop auf den Knien.

„Bleiben wir hier?", fragte Petros.

„Ja, warum nicht? Hier ist Schatten."

Er setzte sich neben sie und schaute auf den Bildschirm, wo ihn das Foto einer Frau um die fünfzig ansprang, die eine Kurzhaarfrisur mit roten Locken hatte. Daneben klein das Bild eines Avatars, und dieser Avatar sprach mit ihnen.

„Hallo, Petros", sagte er. „Dann können wir ja beginnen. Wer ich bin, tut nichts zur Sache."

„Könnten wir auf meine Kollegin warten? Ich habe ihr auf die Mobilbox gesprochen. Wahrscheinlich wird sie gleich hier sein", antwortete Petros.

„Das geht leider nicht. Ich habe nicht viel Zeit", sagte der Avatar.

„Okay. Um was geht es also?"

„Um diese Frau, die Sie auf dem Bildschirm sehen", erklärte Teresa. „Es gibt diese Person, von der Frau Ostermann gesprochen hat, tatsächlich. Und so wie es aussieht, war oder ist sie hier in Schönau und hat sich letzten Samstag mit Herrn von Trems auf der Fischunkelalm getroffen."

„Wer ist diese Frau?", wollte Petros wissen.

„Sie heißt Dorothea Falk", informierte der Avatar. „Das Foto stammt aus einer Gerichtsakte. Vor drei Jahren hat sie Anzeige erstattet wegen Betrugs und Heiratsschwindelei gegen einen Hermann Vonrhein. Frau Falk war Inhaberin eines Hotels im Bayerischen Wald. Sie hat Hermann Vonrhein auf einer Reise nach Venedig kennengelernt und sich in ihn verliebt. Er hat ihr erzählt, er sei Kunsthistoriker und habe das Angebot, eine Hoteletage in einem top renovierten Palazzo in Venedig zu kaufen. Dort wolle er vor allem an kunstinteressierte Gruppen vermieten, denen er geführte Touren zu den Sehenswürdigkeiten anbieten würde. Das Angebot sei nur kurze Zeit verfügbar, und er benötige noch fünfhunderttausend Euro, die er zurückzahlen würde. Er hat Dorothea Falk gefragt, ob sie in dieses Projekt einsteigen wolle, und ihr einen Heiratsantrag gemacht. Daraufhin hat sie einen Kredit aufgenommen und ihm das Geld gegeben, mit dem Ziel, ihr Hotel zu verkaufen und den Kredit damit abzulösen."

„Lassen Sie mich raten: Herr Vonrhein hat das Geld genommen und wurde nie wieder gesehen", mutmaßte Petros.

„Genau. Frau Falk musste ihr Hotel verkaufen, um den Kredit bedienen zu können, und hat Anzeige gegen Hermann Vonrhein erstattet. Doch trotz intensiver Recherchen war es nicht möglich, ihn ausfindig zu machen. Das Geld war in bar ausgezahlt worden. Es gab kein Konto, keinen Wohnsitz, der Name war falsch, und die Telefonnummer des Wegwerfhandys existierte nicht mehr. Wir gehen davon aus, dass sich Herr Vonrhein eine Weile im osteuropäischen Ausland aufgehalten hat. Frau Falk hat übrigens die Anzeige zurückgezogen. Das passiert in solchen Fällen leider häufig."

„Und sie muss ihn hier in Schönau wiedergetroffen haben", ergänzte Petros. „Ich frage mich nur, weshalb uns eine derart auffallende Frau nirgendwo begegnet ist. An so jemanden würde man sich doch erinnern. Und das Dorf hier ist nun wirklich nicht groß. Auch auf der Fischunkelalm hätte man sie sehen müssen."

In der Haustür erschien die Brandtner-Oma. „Wollt's ihr vielleicht einen Kaffee? Oder ein Stück Kuchen?"

Petros schaute über die Schulter zu ihr und lächelte. „Kaffee wäre wunderbar, Frau Brandtner."

Die alte Frau wollte wieder nach drinnen gehen, doch dann sah Petros, wie ihr Blick auf den Laptopbildschirm fiel. „Jo, mei, das ist ja die Dora!", rief sie.

Petros und Teresa schauten alarmiert zu ihr auf.

„Welche Dora?", fragte Teresa.

„Die Lambert Dora", antwortete die Brandtner-Oma. „So hat die ausgesehen, als sie vor zwei Jahren nach Schönau gekommen ist. Dann hat sie sich die Haare abgeschnitten und ganz schwarz gefärbt. Passt ja auch besser für eine Hausdame, hab ich gesagt."

„Eine Hausdame?" Petros sprang auf. „Die Hausdame im Hotel Alpenglück hat Herrn von Trems gefunden", sagte er zu Teresa. „Angeblich. Und sie hat in der Lobby Frau Ostermann mit dem Wanderstock gesehen, als wir von der Fischunkelalm zurückkamen. Ich erinnere mich genau, dass sie durchs Foyer gegangen ist."

„Ja, was hat das denn alles zu bedeuten?", erkundigte sich die Brandtner-Oma.

Petros drückte ihr einen Kuss auf die Wange. „Sie sind ein Schatz, Frau Brandtner. Sie haben unseren Fall gelöst."

Die Oma drohte ihm scherzhaft mit dem Finger. „Nicht so stürmisch, junger Mann."

„Noch wissen wir ja nicht, ob diese Dorothea Falk die Täterin ist", wandte Teresa ein.

„Das wird sich zeigen", sagte der Avatar. „Ich hatte vergessen, euch zu sagen, dass der Mädchenname von Dorothea Falk auf Lambert lautet."

„Zumindest handelt es sich dann also bei Dora Lambert und Dorothea Falk um dieselbe Person", erklärte Teresa.

„Und die arbeitet im Hotel Alpenglück", ergänzte Petros.

„War's das?", fragte der Avatar. „Sind wir fertig?"

„Ja, danke. Vielen, vielen Dank. Du hast was gut bei mir", sagte Teresa, und das Bild verschwand. „Was machen wir jetzt?", fragte sie Petros.

„Wir können nicht beweisen, dass dieser Hermann Vonrhein unser Meinhard von Trems war."

„Aber wir müssen zumindest der Polizei von dem, was wir erfahren haben, erzählen."

„Diesen Dorfbullen?", gab Petros zurück.

„Nein, der Kripo in Traunstein. Ich übernehme das." Sie dachte einen Moment nach. „Das mache ich nicht selbst." Teresa ging ein paar Schritte Richtung Straße, um zu telefonieren.

Petros nutzte die Gelegenheit, um erneut bei Maike anzurufen. Wieder meldete sich nur die Mailbox.

Das Gespräch, das Teresa führte, dauerte ein paar Minuten. Dann kam sie zurück. „Margit kümmert sich darum, dass sie jemanden schicken, um Frau Lambert alias Falk zu befragen. Margit kommt ebenfalls. Wir sollen uns in einer Stunde im Hotel Alpenglück einfinden."

„Wie klug von Ihnen, hier in Berchtesgaden eine so wichtige Freundin zu haben", bemerkte Petros grinsend. „Aber mir macht etwas ganz anderes Sorgen. Ich kann Maike nicht erreichen. Wir waren auf der Jenneralm und haben uns, hm, ein wenig gestritten. Seitdem ist sie spurlos verschwunden. Sie geht auch nicht ans Telefon." Er drehte sich zur Brandtner-Oma um. „Ist meine Kollegin hier gewesen?"

„Nein, die war net da. Der Gregor hat Dienst. Mit dem hat sie sich ja angefreundet. Vielleicht weiß der was?"

Petros nickte. „Danke. Dann gehe ich schon mal rüber zum Hotel."

Teresa hatte schon wieder das Handy am Ohr und winkte ihm zu. „Ich komme gleich nach."

Während Petros den Weg zum Hotel Alpenglück einschlug, dachte er an das, was er gerade erfahren hatte. Wenn es sich bei Dora Lambert tatsächlich um die Mörderin handelte, war auch klar, weshalb sie die erste am Tatort gewesen war und so ein Spektakel veranstaltet hatte. Damit wollte sie vermutlich von sich ablenken. Von wegen, die Tür habe offen gestanden! Sie verfügte über eine Generalkarte und konnte jedes Zimmer zu jeder Zeit betreten. Wahrscheinlich hatte sie von Trems dabei überrascht, dass er packen und abreisen wollte. Sie hatte den Wanderstock genommen, und dann – bumm. Sie musste die Tat geplant haben, als sie im Foyer hörte, wie Frau Ostermann verkündete, sie würde Herrn von Trems jetzt sein „Erbstück" zurückbringen. Zeit genug, Handschuhe anzuziehen, sich einen Stapel Handtücher zu greifen, zu ihm zu gehen, und … Er erinnerte sich daran, wie fest Frau Lambert den Handtuchstapel an sich gepresst hatte. Um die Blutspritzer auf ihrer Kleidung zu verbergen? Teresa hatte berichtet, dass die Forensik davon ausgehe, dass derjenige, der zugeschlagen hatte, auf jeden Fall etwas abgekriegt haben musste.

Kurz darauf hatte er das Hotel erreicht. Gregor stand hinter dem Empfangstresen und daddelte auf seinem Handy.

„Ist meine Kollegin hier?", fragte Petros ohne Begrüßung.

„Grüß Gott auch", antwortete Gregor. „Und nein, leider nicht. Ist die Dame abgängig?"

Was für ein Deutsch!, dachte Petros entnervt, drehte sich auf dem Absatz um und eilte nach draußen.

Wo sollte er nach Maike suchen?

Zuerst ging er zur Anlegestelle. Vielleicht saß sie dort auf einer Bank?

Fehlanzeige.

Danach suchte er systematisch die Cafés und Restaurants ab.

Fehlanzeige.

Sein Mobiltelefon schrillte.

Maike!

Er ging sofort ran. Aber es war nur Teresa. „Wo bleiben Sie? Die Kripo ist gerade eingetroffen."

Petros rannte los, und nach wenigen Minuten hatte er das Hotel erreicht. Schweratmend stürmte er in die Lobby. Dort standen zwei Männer, wohl die Kripobeamten, in Zivil,

Teresa, Gregor, die Hoteldirektorin und eine Frau, die er nicht kannte. Vermutlich die Staatsanwältin.

„Frau Lambert ist nicht in ihrem Büro." Hans, der lange, dünne Polizist, den Petros bereits kannte, kam aus einer Tür. „Ich schaue mal oben nach." Er stieg die Treppe hinauf.

„Was ist eigentlich los hier?", wollte die Hoteldirektorin wissen. „Weshalb suchen Sie nach Frau Lambert?"

„Das können wir Ihnen zu diesem Zeitpunkt nicht sagen", erwiderte der eine Kommissar, ein drahtiger Typ mit Glatze.

„Hat sie was verbrochen?", insistierte Frau Gasteiger.

Keiner antwortete ihr.

„Oben ist niemand, außer zwei Hotelgästen", verkündete Franz.

„Ich empfehle Ihnen, in den Wirtschaftsräumen im Keller nachzuschauen", mischte sich Gregor ein. „Dort ist das Reich von Frau Lambert."

Die drei Polizisten nahmen die Treppe nach unten. Petros und die anderen folgten ihnen.

„Nein, nicht nach rechts", sagte Gregor. „Da ist nur der Heizungskeller. Hier links ist die Waschküche."

Der drahtige Kommissar drückte die Klinke. „Abgeschlossen."

„Dieser Raum wird nie abgeschlossen", erwiderte Gregor.

„Haben Sie einen Schlüssel?", fragte der andere Kommissar, ein kräftiger, gutaussehender Dunkelhaariger Anfang dreißig, dessen T-Shirt über seinem muskulösen Oberkörper spannte.

„Leider nicht", sagte Gregor. „Wie ich schon sagte, hier wird nie ab..."

Von drinnen wurde ein Stöhnen hörbar.

„Wolfgang", sagte der Glatzkopf zu seinem Kollegen und wies auf die Tür.

Wolfgang nickte, spannte seine Muskeln, und dann warf er sich mit aller Macht gegen die Holztür, die seiner Wucht nichts entgegenzusetzen hatte und aufsprang. Wolfang zog seine Pistole. Auch sein Kollege hatte die Waffe im Anschlag.

„Zurück, alle zurück!", befahl er, ehe die beiden Polizisten in den Raum eindrangen.

„Sauber", sagte er gleich darauf. „Eine Verletzte. Nicht die, die wir suchen." Nach draußen rief er: „Rufen Sie die Rettung. Weiblich. Kopfwunde."

Gregor spurtete telefonierend nach oben.

Petros hörte jemanden stöhnen. Da hielt er die Ungewissheit nicht mehr aus und betrat die Waschküche. „Maike!", rief er entsetzt, schob die Polizisten beiseite und kniete sich neben sie. Sein Puls raste, als er ihre Kopfverletzung sah. Das Blut war bereits angetrocknet.

Mühsam versuchte sie, sich aufzurichten.

„Nein, nein, bleib liegen", beruhigte er sie. „Der Krankenwagen ist gleich da." Er nahm ihre Hand und hielt sie an seine Wange, ehe er einen Kuss in ihre Handfläche drückte. „Es wird alles gut." Er hob den Kopf und schaute zu den Kommissaren. „Ich kümmere mich um sie."

Die Hoteldirektorin brachte ein Kissen, und Petros schob es Maike unter den Kopf. Sie verzog zuerst vor Schmerz das Gesicht, lächelte aber dann dankbar.

„Fühlen Sie sich in der Lage, ein paar Fragen zu beantworten", fragte der kahlköpfige Kommissar.

„Ja", flüsterte Maike kaum hörbar.

„Hat Frau Lambert Sie niedergeschlagen?"

„Ja."

„Das Bügeleisen", sagte Wolfgang und versenkte das Objekt in einer Plastiktüte.

„Wie kam es dazu?"

„Ich ... ich hatte mir mein Kleid zerrissen und ..." Maikes Stimme drohte zu versagen.

„Können Sie das nicht später machen?", fragte Petros.

„Nein, nein, es geht schon", flüsterte Maike. „Ich wollte Frau Lambert fragen, ob ich ihre Nähmaschine benutzen darf. Sie hat gesagt, sie würde den Riss für mich nähen. Ich solle ihr mein Dirndl geben. Als ich die Schürze ausgezogen haben, ist der Knopf rausgefallen. Den hatte ich ganz vergessen."

„Welcher Knopf?", hakte der Kommissar nach.

„Den hat sie im Zimmer von Meinhard von Trems auf dem Teppich gefunden", erläuterte Petros.

„An der Tunika von Frau Lambert fehlte so ein Knopf", fuhr Maike mühsam fort. „Sie wollte, dass ich ihr das Ding gebe, und dann habe ich begriffen, dass sie die Mörderin ist, und dann habe ich das gesagt, und dann ..."

Petros strich ihr beruhigend über den Arm.

„Sie ist die Frau mit den roten Haaren", flüsterte ihm Maike zu.

„Rote Haare?", fragte der Kommissar.

„Wir haben die Aussage einer Teilnehmerin unseres Workshops, die gesehen haben will, wie Herr von Trems bei unserer Wanderung mit einer Frau gestritten hat, die rote Locken hatte", informierte ihn Petros.

„Sie trug immer eine Perücke", sagte Maike. „Schwarze kurze Haare. Sie hat sie abgenommen und mir ihre roten Locken gezeigt, ehe sie mir eins übergebraten hat."

„Wo ist diese Perücke?", wollte der Kommissar wissen.

Sein Kollege schaute sich um, fand nichts und öffnete einen Spind, dessen Tür nur angelehnt war. „Nicht hier."

„Und wo ist der Knopf?"

„Das weiß ich nicht", seufzte sie.

Wolfgang spähte auf dem Boden umher, bückte sich und hob einen kleinen, silberfarbenen Gegenstand auf. „Ist es der hier?"

Maike nickte und fasste sich an die Schläfe. „Au!"

Petros streichelte ihre Hand. „Hast du Kopfweh?"

„Ziemlich", gestand sie.

„Hat Frau Lambert irgend etwas gesagt?", fragte der Kommissar.

„Dass Herr von Trems nur bekommen hat, was er verdient. Er ... ich glaube, sie sagte, dass er sie um ihr Hotel betrogen habe."

„Gut, danke." Der Kommissar wandte sich an seinen Kollegen. „Wir fahren jetzt zu ihr nach Hause." Dann sagte er zu Franz: „Lass dir vom Portier ihre Adresse geben."

Diensteifrig nickte Hans und eilte nach oben.

„Wenn sie da nicht ist, geben wir eine Fahndung raus", sagte der Kommissar zu Frau Gasteiger. „Auch in Österreich, der Schweiz und Italien."

„Ist das alles furchtbar", seufzte die Hoteldirektorin. „Frau Lambert war eine vorzügliche Hausdame. So ruhig und zuvorkommend. Ich war so froh, dass ich sie vor zwei Jahren einstellen konnte. Und jetzt soll sie eine Mörderin sein! Ich kann es nicht glauben!"

Ohne weitere Erwiderung verließen die Kommissare den Keller und wurden von den Rettungssanitätern abgelöst, die Maike kurz untersuchten und sie dann behutsam auf eine Bahre legten.

„Sie haben einen ziemlichen Schlag abgekriegt, aber die Blutung steht. Wir bringen Sie nach Berchtesgaden ins Krankenhaus für weitere Untersuchungen, um eine Gehirnblutung auszuschließen", erklärte der eine Sanitäter.

„Ich komme mit", verkündete Petros.

„Sind Sie ihr Mann?"

„Ich bin ihr Lebensgefährte." Das war ihm so rausgerutscht, und er hörte, wie Maike einen erstickten Laut von sich gab. Petros sah ihren überraschten Blick und lächelte sie liebevoll an, weil ihm plötzlich klar wurde, dass er niemals etwas ernster gemeint hatte. Als er Maike verletzt dort am Boden gesehen hatte, war etwas mit ihm passiert. Sekundenlang war ihm durch den Kopf geschossen, wie es sein würde, Maike zu verlieren. Und ein Gefühl, so stark und überwältigend wie kein anderes jemals zuvor, hatte ihn zittern lassen. War das Liebe? Er hätte es nicht genau sagen können. Aber eines wusste er genau: Vielleicht war er in diesem Moment nicht ganz das, was man einen Lebensgefährten nannte, aber er hatte vor, sich diesen Titel umgehend zu verdienen.

12. KAPITEL

Maike lag in der CT-Röhre. Um ihren Kopf dröhnte das Hämmern des Apparats, der sich ihr Gehirn anschaute, um nach Spuren des Bügeleisen-Attentats zu suchen. Sie hatte noch nie in so einem Ding gesteckt, und eigentlich hätten ihr die Enge und der Lärm Angst machen müssen, doch sie nahm nichts von alldem wahr. Selig lächelnd und doch noch ziemlich ungläubig lag sie wie ein Maulwurf in seinem dunklen, engen Gang und dachte daran, was Petros gesagt hatte: „Ich bin ihr Lebensgefährte".

Und er hatte ihre Hand gehalten, sie gestreichelt, sie angelächelt, als sei sie die Erfüllung all seiner Träume, und er war nicht von ihrer Seite gewichen, bis man sie in den Raum mit der Röhre geschoben hatte. Sie war sicher, dass er im Flur auf sie warten würde, wenn sie hier jemals wieder rauskam.

Wenn das eine solche Wirkung auf Petros hatte, dann würde sie sich gern nochmal eins mit dem Bügeleisen überziehen lassen.

Dumm war nur, dass sie die offensichtliche Wandlung des Petros Meyer-Roussi nicht so schnell würde genießen können. Händchen halten und streicheln war ja ganz nett, aber sie sehnte sich danach, ihn zu küssen. Diesmal richtig. Und nach noch viel mehr. Stattdessen trug sie ein blödes OP-Hemd, hinten offen, hatte ein Loch im Schädel und ziemliche Kopfschmerzen, wenn sie ehrlich war.

Ihr war klar, dass sie derzeit weder hübsch aussah noch in irgendeiner Weise verführerisch wirkte. Auch ohne Spiegel wusste sie, dass ihr Haar oder was davon noch vorhanden war, auf der einen Seite blutverklebt war. Man hatte in ihren neuen blonden Bob eine Schneise rasiert, die Platzwunde genäht, und einen Verband darauf geklebt. Supersexy. Trotzdem malte sie sich einen Moment lang aus, wie Petros unter die Decke ihres Krankenhausbettes kriechen würde, und wie sie übereinander herfallen würden. Aber wahrscheinlich war Dreibettzimmer angesagt, und alle zehn Minuten würde eine Krankenschwester reinkommen, um den Katheter des Bettnachbarn zu wechseln oder irgendwelche Pillen zu verabreichen.

Nein, kein Ort für die Entladung lang aufgestauter Leidenschaft.

Ernüchtert kehrte sie in die Wirklichkeit zurück. Hörte dieses Gehämmer rund um ihren Kopf denn niemals auf?

Und dann kam ihr ein neuer, beängstigender Gedanke. Was, wenn Petros einfach nur Mitleid mit ihrem beklagenswerten Zustand gehabt hatte? Wenn seine Fürsorge und Zärtlichkeit gar nicht ihr als Frau und Maike galt, sondern nur der von einem Bügeleisen malträtierten Kollegin?

Sie kam nicht mehr dazu, länger zu grübeln, denn das laute Klopfen hörte endlich auf, und man erlöste sie aus dem Maulwurfsgang. Gleich darauf lag sie auf einem Krankenhausbett und wurde einen Flur entlang geschoben. Als sie nach links blickte, sah sie Petros, der neben ihr herging.

„War's schlimm?", fragte er.

„Nein, überhaupt nicht", antwortete sie wahrheitsgemäß, denn sie hatte ja von der Prozedur durch ihre Träumereien fast nichts mitbekommen.

Eine junge Ärztin tauchte auf der anderen Seite des Bettes auf. Sie hatte eine Kladde in der Hand, die sie einen Moment studierte. „Es sieht nicht nach einer Gehirnblutung oder einer sonstigen Schädigung aus", sagte sie. „Trotzdem würden wir Sie gerne noch ein oder zwei Tage hierbehalten, um sicherzugehen, dass der Schlag auf den Kopf keine Folgen hat."

Hätte sie sich ja denken können. Lästig, aber nicht zu ändern.

„Ich bringe dir nachher deine Sachen", verkündete Petros und wandte sich an die Ärztin. „Darf sie aufstehen?"

„Ich würde nichts überstürzen. Aber natürlich dürfen Sie aufstehen, wenn Ihnen nicht schwindlig oder übel ist", sagte sie zu Maike. „Allerdings nicht zu lange. Je ruhiger Sie sich verhalten, desto weniger Langzeitprobleme bekommen Sie. Mit einer Gehirnerschütterung ist nicht zu spaßen. Ich werde Sie vorerst eine Woche krankschreiben. Wenn Sie wieder in ..." Sie schaute wieder auf die Kladde. „In Hamburg sind, gehen Sie bitte zu Ihrem Hausarzt und lassen sich noch eine Woche krankschreiben. Falls Sie zu früh aktiv sind, riskieren Sie dauerhafte Kopfschmerzen." Die Ärztin nickte Maike zu, betrat ein Krankenzimmer und schloss die Tür hinter sich.

„Zwei Wochen", seufzte Maike. „Wie schrecklich." Sie schaute zu Petros auf. „Dann musst du allein nach Ahlbeck fahren."

„Das wird mich schon nicht umbringen", erwiderte er und öffnete auf den Wink des Pflegers eine Tür, damit dieser das Bett mit Maike ins Zimmer schieben konnte.

Na toll, dachte Maike, denn es handelte sich tatsächlich um ein Dreibettzimmer. Zwei Betten waren belegt mit älteren Frauen. Die eine las in einer Fernsehzeitschrift, die andere tippte in ihr Handy. Beide schauten kurz auf und sagten gleichzeitig: „Grüß Gott", ehe sie sich wieder ihrer Beschäftigung zuwandten. Immerhin bekam Maike den Fensterplatz, was kein großer Vorteil war, denn das Fenster ging zum Hof hinaus, und Maike sah nichts weiter als eine Hausfassade mit den großen eckigen Blechröhren der Klimaanlage, darüber ein Stück Bergwald, und darüber ein bisschen Himmel.

„Haben Sie Kopfschmerzen?", fragte der Pfleger und justierte Maikes Bett so, dass sie eine bequeme halbe Sitzposition einnehmen konnte.

„Höllisch", gestand Maike.

„Ich bringe Ihnen eine Tablette." Der Mann verließ das Zimmer.

Maike schloss für einen Moment die Augen. Als sie sie wieder öffnete, hatte sich Petros einen Stuhl herangezogen und saß neben ihrem Bett. Seine Miene verriet nicht, was er dachte.

Ob er seine Äußerung, er sei der Lebensgefährte, schon bereute? Jedenfalls machte er keine Anstalten, ihre Hand zu halten, und er lächelte auch nicht. Stattdessen wirkte er irgendwie verlegen.

„Was ist los?", fragte Maike. „Möchtest du lieber gehen?" Ihr Herz sank.

Er schüttelte den Kopf. „Ich ... ich möchte mich bei dir entschuldigen, Maike", begann er leise.

Oh, nein, jetzt kam irgendeine flache Ausrede, und dann war es auch schon wieder vorbei mit ihren Träumen.

„Warum?", fragte sie tonlos.

„Warum? Weißt du das denn nicht?"

„Ich kann es mir denken. Aber es ist nicht nötig. Ich habe dich da oben auf dem Berg in eine peinliche Situation gebracht. Das tut mir leid."

„Dir tut es leid? Du liebe Unschuld. Du warst mutig, und ich war feige. Du warst ehrlich, und ich war ein Idiot."

Sie zögerte einen Moment, ehe sie fragte: „Wie meinst du das?"

Petros nahm ihre Hand und legte sie an seine Wange. „Weil ich mich, glaube ich, in dich verliebt habe."

Ihr Herzschlag setzte sekundenlang aus, und sie brachte zuerst kein Wort heraus. Dann krächzte sie: „Du glaubst es?"

Er lächelte. „Genau kann ich es dir erst sagen, wenn wir uns noch einmal küssen."

Vorsichtig schielte sie zu ihren Zimmernachbarinnen. „Hier?"

„Warum nicht?"

„Jetzt?"

Statt einer Antwort beugte er sich vor und presste seine Lippen ganz sanft auf ihren Mund. Dort ließ er sie eine Weile mit leichtem Druck, als wolle er sie einfach nur spüren. Es war ein magischer Moment, und in dem schlichten Kuss lag so viel Gefühl, dass Maike leise aufseufzte.

Wenn es nach ihr gegangen wäre, hätte dieser Kuss ewig dauern können. Doch bald, viel zu bald hob Petros den Kopf und schaute ihr in die Augen. „So viel steht fest. Ich habe mich in dich verliebt, Maike. Die Frage ist nur, wie findest du das?"

Da schlang sie ihre Arme um seinen Hals, und der Kuss, der folgte, war tief und leidenschaftlich, und er dauerte wesentlich länger als der erste.

„Hm", räusperte sich jemand, und die beiden fuhren auseinander.

„Hier ist ihre Schmerztablette", sagte der Pfleger und stellte ein kleines rosa Näpfchen auf Maikes Nachtschrank. „Ich habe Ihnen auch eine Flasche Wasser und ein Glas mitgebracht. „Demnächst gibt es Abendessen."

Als er gegangen war, grinste Petros reuig. „Darf ich dich nochmal küssen?"

Er setzte sich auf die Bettkante, und Maike schmiegte sich an ihn. Sie küssten sich voller Verlangen.

„Junger Mann, Sie beide sind hier nicht allein", meldete sich die Frau mit dem Handy forsch.

Maike kicherte. „Schade eigentlich", flüsterte sie.

„Sehr schade", sagte Petros und drückte ihr liebevoll noch einen Kuss auf die Lippen, ehe er sich brav wieder auf den Stuhl setzte. „Aber du bist verletzt, und du brauchst Ruhe, keinen Sex."

„Leider."

„Das holen wir nach."

„Wann?"

„Sobald wir wieder in Hamburg sind", versprach er, küsste ihre Handfläche und fuhr leicht mit der Zunge darüber.

Ein lustvoller Schauer rann durch ihren ganzen Körper. „Ich kann es kaum erwarten", wisperte sie.

Die lange Vertrautheit als Kollegen hatte jetzt, da sie auf diese seltsame Weise zusammengefunden hatten, Vorteile, denn sie kannten sich bereits so gut, dass viele Gehemmtheiten und Möglichkeiten, sich misszuverstehen, gar nicht existierten. Maike fasste sich ein Herz und sagte leise: „Weißt du, wovon ich seit einem Jahr träume?"

Er drückte ihre Hand. „Nein. Sag es mir."

„Seit du nebenan wohnst, träume ich davon, dass du bei mir klingelst, mich in die Arme nimmst, mich küsst und mich ins Bett trägst, wo wir ... du weißt schon."

„Was habe ich an, wenn ich bei dir klingle?"

Unwillkürlich musste sie an das rote Handtuch denken. Und an die Großpackung Kondome. Sie wurde ernst und antwortete nicht.

„Tut mir leid, das war eine dumme Frage", sagte er. „Das mit Eva ist übrigens vorbei."

Maike schaute ihn an. „Und mit uns? Wie lange wird das dauern?"

„Ich weiß es nicht, Maike. Es hat ja noch nicht einmal richtig begonnen. Lass es uns herausfinden." Er strich ihr sanft über die Wange.

„Und ... und dass wir Kollegen sind? Ist das noch wichtig?"

„Eigentlich nicht." Er lächelte. „Wenn du mich zum Teufel jagst, kann ich immer noch Lehrer werden."

Sie wollte etwas erwidern, doch eine blutjunge Pflegekraft öffnete die Tür und brachte die Tabletts mit dem Abendessen. Es war noch nicht einmal sechs Uhr.

Petros gab Maikes Hand frei und stand auf. „Ich werde jetzt Tina anrufen, und sie über alles informieren, was heute passiert ist."

„Über alles?" Maike lächelte schelmisch.

„Nicht ganz", gab er grinsend zurück, beugte sich vor und küsste sie herzhaft auf den Mund. „Nachher komme ich nochmal vorbei mit deinen Sachen." Damit wollte er das Zimmer verlassen, doch dann hielt er inne. „Wo ist eigentlich dein Handy?"

„Keine Ahnung. Ich nehme an, Frau Lambert hat es mitgenommen oder irgendwo entsorgt."

„Wenn du Timo anrufen willst, kannst du nachher mein Telefon benutzen", versprach er.

„Super, danke."

Sofort, nachdem er gegangen war, vermisste ihn Maike. Heute Nacht würde er allein in dem großen alten Bett bei der Brandtner-Oma schlafen. Und sie würde hier in diesem Krankenhauszimmer vor Sehnsucht fast platzen. Ob die beiden Nachbarinnen wohl schnarchten? Egal, vermutlich würde sie eh kein Auge zutun. Ehe sie jedoch in Selbstmitleid versank, riss sie sich zusammen und besah sich das Tablett mit zwei Scheiben Graubrot, einer Scheibe Käse, zwei Scheiben Salami, zwei Stückchen eingepackte Butter und zwei Gewürzgurken. Dazu gab es Pfefferminztee. Auch im kulinarisch so verwöhnten Bayern war die Krankenhauskost offenbar so scheußlich wie überall sonst in Deutschland ... Zuerst schluckte sie ihre Kopfschmerztablette, dann versuchte sie, dieser kargen Mahlzeit etwas abzugewinnen. Vor ihrem inneren Augen tauchte Hirschgulasch mit Klößen und Rotkohl auf, Rindsrouladen, Schnitzel mit Pommes rotweiß, Döner mit allem, extra scharf, Massaman-Curry mit Reis, Sushi satt. Sie musste lachen, schmierte sich ein Käsebrot, schnitt eine Gewürzgurke in Scheiben, legte sie auf den Käse und biss hinein. Immerhin hatte sie wirklich Hunger.

So schlecht konnte es ihr also gar nicht gehen, dem dummen Loch im Kopf zum Trotz.

Nein, eigentlich ging es ihr sogar blendend.

Verrückt. Petros und sie waren ein Paar. Mehr oder weniger jedenfalls.

War sie glücklich?

Nein, so konnte man das nicht nennen. Sie vibrierte vor Freude, gleichzeitig fürchtete sie sich ein wenig. Sie sehnte sich nach Petros' Händen auf ihrer Haut, gleichzeitig warnte sie eine innere Stimme, sich nicht zu tief fallen zu lassen. Sicher, ein Anfang war gemacht. Aber das Ende war mehr als offen.

13. KAPITEL

Am nächsten Morgen riss der Strom der Besucher nicht ab.

Maike saß am quadratischen Tisch, der in eine Ecke am Fenster gequetscht war. Es ging ihr erstaunlich gut. Sie trug ihre dunkelgraue Funktionshose und eine grüne Leinenbluse. Beides passte überhaupt nicht zusammen, aber das Business-Dirndl schien ihr als Krankenhauskluft doch irgendwie unpassend. Außerdem waren die Sachen bequem.

Ihre Zimmernachbarinnen waren zu diversen Behandlungen unterwegs. Eine von ihnen hatte ihr vorhin tatsächlich ihr Handy geliehen, damit sie vor der Schule mit Timo telefonieren konnte. Er hatte gefragt, wann sie endlich nach Hause käme. Anscheinend hatte er sich mit seinem Stiefbruder gestritten und verspürte das dringende Bedürfnis, bei Mama zu sein. Sofort hatte sie ein schlechtes Gewissen. Petros hatte recht. Sie würde diese Slow Dating-Workshops nicht allzu oft begleiten können. Also musste Tina noch jemanden einstellen.

Als die Tür aufging, begann ihr Herz schneller zu klopfen. Petros!

Aber der Kopf, der zur Tür hereingestreckt wurde, gehörte Gregor. Behutsam schob er sich ins Zimmer, als erwarte er einen tätlichen Angriff, wenn er sich weiter vorwagte.

„Komme ich ungelegen?", fragte er.

Maike lächelte. „Nein, überhaupt nicht. Danke, dass du mich besuchst."

Er legte eine große, in Geschenkpapier eingewickelte Schachtel auf den Tisch. „Eine kleine Entschuldigung des Hauses. Ich dachte zunächst an Blumen, aber eingedenk der Tatsache, dass du dich nur für eine kurze Zeit hier aufhalten wirst, habe ich Pralinen gewählt. Ich hoffe, das ist in deinem Sinne."

„Oh, ja, das ist sehr in meinem Sinne", antwortete Maike und verbiss sich ein Grinsen. Der Typ war einfach zu drollig. Sie packte die Schachtel aus. Es handelte sich um eine Groß-packung Ferrero Küsschen. „Danke. Ich bediene mich gleich mal. Das Frühstück hier war unterirdisch." Sie öffnete die Packung und nahm sich eine Praline. „Willst du auch eins?"

„Nein, danke."

„Setz dich doch."

Er setzte sich auf die Stuhlkante, als ob er gleich flüchten wolle. „Ich möchte mich im Namen des Hauses und beson-ders im Namen von Frau Gasteiger bei dir entschuldigen, dass du in eine solch missliche Situation geraten bist." Gre-gor ließ den Kopf sinken. „Zu denken, dass ich oben Zeit mit sinnlosen Computerspielen vergeudet habe, während du verletzt unten im Keller gedarbt hast. Das werde ich mir nie verzeihen."

„Woher solltest du wissen, dass ich da unten liege?", wandte Maike kauend ein und nahm sich noch eine zweite Schokokugel.

„Ich hatte jedoch die ganze Zeit über eine Vorahnung dräuenden Unheils", erklärte er pathetisch, als ob dies seine Schuld verkleinern würde. „Gibt es schon etwas Neues von Frau Lambert?"

„Nein. Bisher nicht. Jedenfalls nichts, was ich wüsste."

Er nickte, schaute sich ihren Verband an, und deutete da-rauf. „Tut es weh?"

„Nicht mehr sehr, aber sie sind mit dem Rasenmäher durch meine Frisur gefahren. Das wird lustig aussehen, wenn der Verband ab ist. Ich werde mir was ausdenken müssen. Oder besser: meine Friseurin."

„Großmutter hat mir aufgetragen, dich zu grüßen und dir gute Besserung zu wünschen", sagte Gregor.

„Das ist lieb. Danke. Bitte sag ihr, dass ich ihr für ihre Gastfreundschaft sehr danke. Es war herrlich in ihrem Garten. Und sie kocht fantastisch."

„Über dieses Lob wird sie sich sehr freuen."

Irgendwie war nach diesem Satz alles zwischen ihnen gesagt. Ein paar Minuten saßen sie schweigend da, und Maike nahm sich aus Verlegenheit noch ein Ferrero Küsschen.

Dann stand Gregor auf. „Ich möchte mich nun verabschieden", sagte er. „Es war mir ein großes Vergnügen, dich kennenlernen zu dürfen, Maike." Er streckte ihr die Hand hin.

Maike gab ihm die Hand, aber dann stand sie auf und umarmte ihn. Er blieb ganz steif, aber das störte sie nicht. Sie drückte ihm einen herzhaften Kuss auf die Wange. „Danke für alles, Gregor. Es waren verrückte Tage hier in Schönau. Ich wünsche dir alles Gute, und deiner Oma natürlich auch."

Gregor war bei Maikes Kuss knallrot geworden und verließ hastig das Zimmer. In der Tür stieß er fast mit Teresa zusammen. „Pardon, Madame", krächzte er.

„Guten Morgen, Maike", sagte Teresa und schloss die Tür. „Was für ein interessanter junger Mann. Diese gewählte Sprache ..."

Beide lachten. „Ich mag ihn", erwiderte Maike und wurde ernst. „Gibt es etwas Neues?"

„Bisher nicht. Ich treffe mich gleich mit Margit, um mich auf den neuesten Stand zu bringen. Weshalb ich hier bin – ich wollte Ihnen anbieten, morgen mit mir nach München zu fahren. Dort am Flughafen muss ich meinen Mietwagen abgeben. Sie können mit mir zurück nach Hamburg fliegen. Das erspart Ihnen in Ihrem Zustand die lange Zugreise. Ich habe bereits mit Tina gesprochen. Sie hätte nichts dagegen und übernimmt die Kosten."

„Und Petros?", entfuhr es Maike.

„Er wird wohl heute schon abreisen, um den Workshop in Ahlbeck vorzubereiten. War er noch nicht hier?"

„Nein." Maikes gute Laune war wie weggeblasen. Warum hatte er ihr nichts davon gesagt?"

„Übrigens hat Margit dafür gesorgt, dass Frau Ostermann gestern Abend noch entlassen wurde."

„Das ist ja wunderbar!"

Teresa schaute auf ihre Armbanduhr. „Oh, wenn ich mich nicht beeile, komme ich zu spät. Ich hole Sie morgen früh um halb zehn ab, wenn das passt."

„Ja, natürlich. Ich bin Ihnen sehr dankbar."

„Das ist das Mindeste, was ich tun kann, nach allem, was Sie durchgemacht haben." Teresa lächelte, winkte und verschwand.

Wo blieb nur Petros? Aus Frust war Maike in Versuchung, noch eine Schokokugel auszuwickeln und in den Mund zu schieben, doch dann siegte die Vernunft, und sie ließ es bleiben.

Es klopfte.

Petros?

„Ja, bitte?", rief Maike.

Die Tür ging auf, und herein traten Hannelore Ostermann und Professor Dr. Hinterseer.

Frau Ostermann eilte zu ihr. „Wir haben gehört, was Ihnen zugestoßen ist, Frau Schirmer. Es tut mir ja so leid."

Maike stand auf und gab ihr die Hand. „Mir tut es leid, dass Sie unschuldig hinter Gittern saßen", sagte sie. „Bitte setzen Sie sich doch beide. Ich kann auf der Bettkante sitzen."

Frau Ostermann nahm Platz, doch Professor Hinterseer blieb stehen und legte ihr sanft eine Hand auf die Schulter.

„Wie geht es Ihnen?", fragte Maike und ließ sich auf dem zweiten Stuhl nieder.

„Wieder einigermaßen gut", antwortete Frau Ostermann. „Zu wissen, dass Holger draußen im Gang sitzt und auf mich wartet, hat mir in diesen Tagen eine unendliche Kraft gegeben." Zärtlich blickte sie zu ihm auf, dann warf sie Maike einen verschmitzten Blick zu. „Als ich seinen ersten Brief bekommen habe, war ich völlig überrascht. Danach haben wir uns mehrmals täglich geschrieben. Das Personal in der Polizeidienststelle war extrem freundlich und hat unsere Post ‚befördert‘.“

„Eine Briefromanze zwischen Gefängniszelle und Armesünderbank im Warteflur“, kommentierte der Professor. „Altmodisches Medium, ungewöhnliches Ambiente.“

„Das finde ich zauberhaft.“ Maike war beeindruckt.

Frau Ostermann erkundigte sich nun: „Soweit ich es mitbekommen habe, hat man die Täterin ermittelt?“

„Das ist richtig. Allerdings ist sie wohl flüchtig, und ich weiß nicht, ob die Suche nach ihr bereits Erfolg hatte.“

„Können Sie ... dürfen Sie mir Näheres sagen?“

„Ich kann Ihnen nur sagen, was ich selbst weiß“, antwortete Maike. „Aber es ist, glaube ich, besser, wenn ich keine Namen nenne.“

„Selbstverständlich.“

„Diese rothaarige Frau, die Sie auf der Alm hinter der Hütte gesehen haben, war keine Fata Morgana. Es gab sie tatsächlich. Und wenn sie ihre Perücke nicht abgenommen hätte, damit Herr von Trems sie wiedererkennen musste, hätten Sie sie wahrscheinlich sogar erkannt. Normalerweise hatte sie kurzes schwarzes Haar und trug eine Brille.“

„Ich kann mir denken, um wen es sich handelt. War sie auch eines seiner ... seiner Opfer?“

„Ja. Und zwar bisher die einzige seiner Expartnerinnen, die ihn tatsächlich angezeigt hat. Nur deshalb konnte man sie schließlich finden. Ich bin nur durch Zufall auf die Wahrheit gestoßen.“ Sie wies auf ihren Verband. „Das war die Folge davon.“

„Wie schrecklich. Wenn sie Sie nun auch noch ermordet hätte!“

„Ich hatte wohl ziemlich Glück. Sie war kalt erwischt worden und musste sich beeilen, nehme ich an. Aber das Bügeleisen war ganz schön hart."

„Darf ich fragen, wie ..." Frau Ostermann suchte nach Worten. „Weswegen hat sie Herrn von Trems angezeigt?"

„Er nannte sich damals Hermann Vonrhein. Sie besaß ein Hotel, und er hat sie offenbar darum betrogen. Mehr weiß ich auch noch nicht. Jedenfalls schien sie ihre Tat nicht zu bereuen. Ehe sie mich niederschlug, meinte sie nur, er habe bekommen, was er verdient."

„Niemand hat es verdient, ermordet zu werden", erklärte der Professor nun. „Obwohl ich schwer in Versuchung gewesen wäre, es selbst zu tun, wenn ich ihn in die Finger bekommen hätte. Nach allem, was er dir angetan hat." Er drückte Frau Ostermanns Schulter, und sie legte ihre Hand auf seine.

„Mir tut jede Frau leid, die auf ihn hereingefallen ist", erklärte Frau Ostermann. „Und ich hoffe, dass das Unglück, das diese Frau durch ihn erlitten hat, vor Gericht eine Rolle spielen und ihr Strafmaß mildern wird. Ihn hier im Hotel wiederzusehen, auf der Jagd nach einem neuen Opfer, muss sie im Innersten erschüttert haben. So, wie es mich erschüttert hat. Sonst wäre sie zu dieser Tat bestimmt nicht fähig gewesen."

„Du bist ein guter Mensch, Hannelore." Professor Hinterseer beugte sich vor und küsste sie auf den Scheitel.

„Wir bedauern sehr, dass es ein solcher Mensch geschafft hat, sich trotz intensiver Recherchen in diese Gruppe einzuschleusen", sagte Maike.

„Es betrifft ja nicht nur Hannelore", bemerkte der Professor. „Dieser Mann hat durch sein Verhalten gleich vier Menschen in seine Geschichte hineingezogen. Frau Ostermann wurde verhaftet, Sie wurden niedergeschlagen, Frau Hammer ist nur mit Glück seinen Fängen entgangen, und seine Mörderin hat nicht nur ihr Hotel verloren, sondern, wenn man sie denn fasst, auch noch ihre Freiheit."

„Und wer weiß, wie viele Frauen er auf seinem Weg noch unglücklich gemacht und um viel Geld gebracht hat", fügte Frau Ostermann hinzu. „Aber wissen Sie was?", fragte sie Maike und schaute zu Professor Hinterseer auf. „Wir haben uns gefunden, und das hätten wir nicht getan, wenn wir nicht an Ihrem Slow Dating teilgenommen hätten. Ende gut, alles gut."

„Danke, dass Sie das so sehen", erwiderte Maike gerührt. „Vielen, vielen Dank. Wir haben uns solche Sorgen gemacht."

„Holger bringt mich jetzt nach Würzburg." Frau Ostermann stand auf. „Alles Gute, Frau Schirmer. Und grüßen Sie Herrn Meyer-Roussi bitte ganz herzlich." Sie zwinkerte ihr zu. „Ich glaube, er mag Sie sehr."

Maike errötete. „Wirklich?"

Frau Ostermann nickte heftig. „Ganz ehrlich."

Sie gaben sich reihum die Hand, dann verließ das frisch gebackene Paar das Krankenzimmer. Maike sank auf einen Stuhl. Puh, heute Morgen war ja ganz schön was los.

Die Tür wurde geöffnet, und Petros erschien.

Ihr Herz machte einen Sprung, und ihre Wangen röteten sich noch mehr. Er sah fantastisch aus, obwohl er wie immer Jeans, Hemd und Pullover trug. Seine dunkelblonden Locken waren noch feucht vom Duschen, und er wirkte, als könne er mit einem Handstreich die Welt erobern.

Mit weichen Knien stand sie auf, und seufzte beglückt, als er sie in die Arme nahm uns küsste. All ihre Sorgen und Ängste waren vergessen.

„Ich habe die ganze Nacht auf das Geräusch gewartet, wenn du dich auf deiner Isomatte umdrehst und leise fluchst", flüsterte er dicht an ihrem Ohr.

„Und ich dachte damals, du schläfst tief und fest", antwortete Maike. „Wie peinlich."

Er lachte leise. „Und als du dann ins Bett gekrochen bist, musste ich mich so beherrschen, damit ich nicht über dich herfalle."

„Hm." Sie sah zu ihm auf. „Ich habe in jener Nacht dann ziemlich tief und gut geschlafen."

„Welch ein tragisches Missverständnis."

Sie lachten beide und küssten sich erneut. Doch dann fiel Maike ein, was Teresa gesagt hatte.

„Du willst heute schon abreisen?", fragte sie.

„Ich muss. Leider. Am Freitag geht es los nach Ahlbeck, und ich habe für den Workshop noch nichts vorbereitet, geschweige denn mich über die Teilnehmerinnen und Teilnehmer informiert. Außerdem ist Tina unter Beobachtung im Krankenhaus, und das Büro ist völlig verwaist."

„Das leuchtet mir ein." Maike seufzte. „Teresa hat mir angeboten, mich morgen mit nach München zu nehmen, und Tina bezahlt mir den Flug nach Hamburg."

„Das hört sich gut an. Ich hätte ein schlechtes Gewissen gehabt, dich allein mit dem schweren Rucksack per Zug nach Hamburg zurückfahren zu lassen." Er schaute sie forschend an. „Wie geht es dir überhaupt?"

„Ganz gut. Ob ich noch Kopfweh habe, kann ich nicht sagen, weil ich Schmerztabletten bekomme. Aber mir ist weder schwindlig noch übel. Anscheinend habe ich einen ziemlich harten Schädel."

Er lächelte. „Zum Glück." Er strich ihr sanft über die Wange und küsste sie auf die Stirn. „Meine Heldin."

„Unsinn. Ich war zur falschen Zeit am richtigen Ort. So was kann nur mir passieren. Gibt es eigentlich Neuigkeiten von Frau Lambert alias Frau Falk?"

„Ja. Ich habe gerade mit Teresa telefoniert."

Sie setzten sich beide an den kleinen Tisch.

„Gestern am späten Abend hat man Frau Lambert in Österreich festgenommen. Sie leugnet allerdings, doch das wird ihr nicht viel nützen."

„Wieso?"

„Die Polizei hat die Mülltonnen in der Umgebung des Hotels abgesucht und tatsächlich in einem Müllsack die schwarze Perücke, die Tunika und unter anderem dein Handy gefunden." Er griff in seine Tasche, holte es heraus und legte es auf den Tisch. „Sorry, hätte ich fast vergessen."

„Mein Telefon!" Maike wollte es einschalten, aber es tat sich nichts. „Leer." Sie stand auf, holte das Kabel, steckte es in eine Steckdose und verband es mit dem Mobilteil. Dann setzte sie sich wieder und schaute Petros neugierig an. „Wie ging es weiter?"

„Die Tunika war zwar intensiv und professionell gereinigt worden, aber die Forensik konnte laut Teresa trotzdem Spuren von Blut feststellen, das zu Meinhard von Trems gehört. Dass sich auf dem Wanderstock, mit dem sie zugeschlagen hat, keine Fingerabdrücke von ihr befanden, liegt wohl daran, dass sie Einmalhandschuhe getragen hat."

„Aber als sie vor dem Zimmer stand und um Hilfe schrie, trug sie keine Handschuhe", wandte Maike ein.

„Das Ganze war wohl wirklich geplant, nachdem sie in der Lobby gesehen hatte, wie Frau Ostermann den Morgenstock zurückbrachte. Frau Lambert muss die Handschuhe ausgezogen haben, kurz bevor wir oben eintrafen."

„Ich denke auch, dass sie es geplant hat", sagte Maike nachdenklich. „Bevor sie mich niedergeschlagen hat, habe ich sie gefragt, ob es ihr nichts ausmache, dass eine unschuldige Person für sie im Gefängnis sitzt. Aber sie meinte nur, das sei ihr egal. Hauptsache, das Schwein sei tot. Wenn du ihre Augen gesehen hättest ... Gruselig."

„Teresa meint, dass sie vermutlich einen psychischen Knacks weg hatte durch die Sache mit ihrem Hotel. Ich könnte mir denken, dass sie deshalb mit Totschlag davonkommt."

„Erstmal müssen sie ihr nachweisen, dass sie die Täterin ist", wandte Maike ein.

„Das dürfte nicht schwierig sein. Tatzeit, Motiv, Artefakte, alles passt zusammen. Teresa sagt, dass sie morgen dem Haftrichter vorgeführt wird."

„Sie tut mir leid", sagte Maike.

„Obwohl sie dir eine verpasst hat? Du hättest einen Schädelbruch erleiden können oder Schlimmeres", fuhr Petros auf.

„Trotzdem. Wie sehr muss sie gelitten haben, um zu einer solchen Tat fähig zu sein."

Er lächelte sie an. „Dann willst du sie nicht wegen Körperverletzung anzeigen?"

„Das weiß ich nicht so genau. Aber ich vermute, das brauche ich gar nicht. Die Polizei war da, und der Vorfall ist aktenkundig."

Petros nickte. „Wahrscheinlich hast du recht."

Maike strahlte ihn plötzlich an. „Frau Ostermann und der Professor waren übrigens hier. Sie haben sich in der Polizeistation Briefe geschrieben. Von Zelle zu Wartebank und umgekehrt. Jetzt sind sie ein Paar."

„Echt?" Petros lachte laut. „Das ist ja eine Story, die man in *My Dream* unterbringen müsste. Soll ich Sandra anrufen?"

„Bloß nicht!", rief Maike entsetzt. „Dann wüsste ja die ganze Welt, dass wir einen Heiratsschwindler beim Workshop hatten."

„Du hast recht. Schade." Er griff in seine Hosentasche und förderte ein kleines Stück Papier zutage. „Da wir gerade von der Presse sprechen. Das ist der Artikel, der heute im Berchtesgadener Anzeiger erschienen ist." Er gab Maike das Blatt.

Sie las:

Mord in Schönauer Hotel

In den vergangenen fünfzehn Jahren hat es in Schönau keinen Mord gegeben. Doch wie es der Zufall will, ereilte einen Gast in einem kleinen, feinen Hotel sein Schicksal in Gestalt der Hausdame, Magdalena Huber (Name v. d. Redaktion geändert). Er, der Heiratsschwindler oder neudeutsch Love Scammer, hatte sie einst um ihr Erbe, ein Hotel betrogen. Nun begegneten sie sich wieder, und Frau Huber, tief verletzt und durch ihn mittellos geworden, übte blutige Rache. Sie erschlug ihn mit seinem eigenen handgeschnitzten Morgenstock. Daraufhin ergriff sie in ihrem Wagen die Flucht. Der Hilfe von Sieglinde B., die die Gesuchte auf einem Foto erkannte, ist es zu verdanken, dass die Polizei die Täterin ermitteln und festnehmen konnte.

Kein Wort über den Slow Dating-Workshop, dafür ein schnulziger Artikel im Groschenromanstil. Erleichtert gab Maike Petros den Zeitungsausschnitt zurück. „Da haben wir ja nochmal Glück gehabt."

„Ich glaube eher, dass wir das Margit, der Staatsanwältin, zu verdanken haben", bemerkte Petros. „Aber ich bin froh, dass es für uns so glimpflich ausgegangen ist, was die Öffentlichkeit betrifft. Bei dir kann man das ja eher nicht sagen." Er nahm ihre Hand und streichelte sie. „Es tut mir leid, dass ich schon weg muss. Wenn ich wieder da bin ..."

„Alles gut", unterbrach ihn Maike. „Go with the flow, heißt es doch immer so schön."

Er lächelte. „Abgesehen von all den unvorhergesehenen Ereignissen war unser Workshop eigentlich sehr erfolgreich, findest du nicht?"

Maike nickte. „Viereinhalb Paare."

„Wer ist das halbe Paar?"

„Wir natürlich."

„Wieso halb?", fragte er stirnrunzelnd, dann begriff er. „Meinst du, die waren alle schon miteinander im Bett?"

„Mittlerweile bestimmt." Maike grinste. „Der Professor und Frau Ostermann hätten wahrscheinlich am liebsten schon auf der Zellenpritsche ..."

Petros lachte laut und wollte etwas erwidern, doch in diesem Moment wurde die Tür geöffnet, und Gregor fragte: „Darf ich noch einmal eintreten?"

„Bitte sehr", sagte Maike und stand auf.

„Guten Morgen, Herr Meyer-Roussi", begrüßte er Petros höflich mit einer kleinen Verbeugung.

„Salve, Herr Brandtner", grüßte Petros zurück und erhob sich ebenfalls.

„Meine Großmutter hat mir aufgetragen, dir dies hier zu geben", wandte sich Gregor an Maike und überreichte ihr ein kleines Päckchen, in Seidenpapier gewickelt.

„Was ist es denn?", fragte Maike überrascht.

„Öffne es", forderte er sie auf.

Sie löste die rote Seidenschleife und nahm ein zusammengefaltetes, grün-weiß kariertes Stück Stoff heraus. Als sie es aufschüttelte, erwies es sich als quadratisches Kopftuch. Sofort legte sie die Ecken übereinander, zog es an und band es unter dem Kinn zusammen.

„Wie sieht das aus?", fragte sie Petros.

„Zünftig."

„Du sagtest, es wäre dir daran gelegen, die Stelle auf deinem Kopf zu verbergen", erklärte Gregor. „Ich habe meiner Großmutter davon erzählt, und sie meinte, du solltest ein Kopftuch tragen, bis dein Haar nachgewachsen ist. Es sei kleidsam und nicht zu warm."

„Prima Idee von deiner Oma", sagte Maike und nahm das Kopftuch wieder ab. „Bitte sag ihr, dass ich mich riesig darüber gefreut habe. Morgen auf der Heimreise werde ich es tragen! Wenn ich zu Hause bin, mache ich ein Foto und schicke es ihr per Post."

„Darüber wird sie sich sehr freuen." Gregor verbeugte sich noch einmal kurz und entschwand.

Maike und Petros tauschten einen Blick, aber sie verkniffen sich das Lachen. „Er ist einfach süß", sagte Maike. „Und Oma hat recht. Weshalb habe ich nicht selbst schon an ein Kopftuch gedacht?" Sie strich liebevoll über den Stoff. „Jetzt habe ich etwas, das mich immer an die Zeit hier in den Alpen erinnern wird."

Petros kam zu ihr und nahm sie in die Arme. „Ich muss leider los. Mein Zug fährt in einer halben Stunde."

„Wo ist dein Gepäck?"

„Vor der Tür."

Seufzend schmiegte sie sich an ihn und spürte seinen Herzschlag. Es fühlte sich so gut an, ihm nah zu sein. Sie hob den Kopf, und er küsste sie. Lange. Erst sanft, dann voller Leidenschaft.

Endlich löste er sich von ihr. „Bis bald, Maike."

Sie hatte Tränen in den Augen. „Ja, bis bald."

Dann war auch er gegangen, und sie blieb allein im Krankenzimmer zurück. Dumme Tränen. Energisch wischte sie sie fort. Was hatte sie denn erwartet? Dass er ihr sagte, dass er sie liebte? Dafür war es doch noch viel zu früh. Jedenfalls für ihn. An ihrer Liebe zu ihm gab es keinen Zweifel. Verliebt war sie seit über einem Jahr in ihn gewesen. Doch jeder Moment, den sie mit ihm zusammen verbrachte, vertiefte ihre Gefühle. Immer blieb da jedoch die Angst, dass es für ihn eben nur ein Liebes-Experiment war. Ein Experiment, das scheitern konnte.

14. KAPITEL

„Mama, mir ist so schlecht."

Maike war seit fünf Stunden zu Hause. Vor einer Stunde hatte Halim, Timos Vater, ihn zu ihr gebracht, drei Tage früher als abgesprochen. Timo war blass gewesen und wortkarg und sofort in seinem Zimmer verschwunden. Halim meinte nur, es habe Zoff unter den Jungs gegeben, und verabschiedete sich sofort wieder.

Jetzt kam Timo zu ihr ins Zimmer, wo sie, wie vom Arzt angeordnet, auf dem Sofa lag. Eigentlich fühlte sie sich wirklich ganz gut, andererseits wollte sie nicht riskieren, ein Leben lang Kopfschmerzen zu haben.

„Hast du was verdorbenes gegessen?", fragte Maike und richtete sich auf.

„Nein, ich ..." Timo konnte den Satz nicht vervollständigen, weil er sich auf den Teppich erbrach.

„Oh, nein!" Maike sprang auf und führte ihren zitternden, würgenden Jungen ins Bad. Dort hielt sie ihm über der Kloschüssel den Kopf, bis es vorbei war. Als sie ihm danach das Gesicht waschen wollte, schob er sie weg.

„Das kann ich allein."

„Gut." Sie holte einen Eimer, füllte ihn mit heißem Wasser und Essigreiniger, und machte sich über den Teppich her. Als sie das Gröbste beseitigt hatte, fing sie an, den Fleck mit Sagrotan zu schrubben. In Sekundenschnelle stank das ganze Zimmer nach beißender Chemie. Alles besser als der Geruch nach Erbrochenem.

„Ich gehe ins Bett", verkündete Timo, als er aus dem Bad kam.

Nachdem Maike den Teppich tiefengereinigt hatte, stellte sie den leeren Eimer neben Timos Bett. „Falls du dich nochmal übergeben musst."

Gesagt, getan. Allein die Erinnerung daran führte dazu, dass es bei Timo noch einmal losging. Diesmal glücklicherweise in den Eimer.

Für den Rest des Abends und der Nacht ging es so weiter. Eine Textnachricht von Petros, der fragte, ob sie sich sehen würden, beantwortete sie mit einem grünen Kotzwürg-Emoji und schrieb: „Timo hat's erwischt". Petros wünschte gute Besserung und schrieb „bis morgen, hoffentlich". Angehängt war ein Kuss-Emoji.

Donnerstag war Timo unleidlich und hatte Fieber. An Schule war nicht zu denken. Sie rief seinen Klassenlehrer an und entschuldigte ihn. Petros schickte eine Nachricht und fragte, ob er für sie einkaufen solle. Sie bedankte sich und sandte ihm eine Liste. Spätnachmittags klingelte es, und als sie öffnete, stand er vor ihrer Tür, bepackt mit Supermarkttüten.

Ihr Herz hüpfte vor Freude, ihn zu sehen, und sie war froh, dass sie das grüne Kopftuch trug, das sie im Nacken gebunden hatte wie ein Milchmädchen von der Alm, und das ihre grünen Augen zum Strahlen brachte. „Willst du reinkommen?"

„Eher nicht", gestand er. „Ich kann es mir nicht leisten, mir ein Virus einzufangen. Morgen beginnt der Workshop in Ahlbeck."

„Kann ich verstehen. Timo hat es wirklich ziemlich heftig erwischt." Sie nahm ihm die Tüten ab. „Danke. Was bekommst du?"

Er winkte ab. „Das machen wir, wenn ich wieder da bin."

Einen Moment standen sie unschlüssig voreinander. Seit sie wieder in Hamburg waren, hatten sie sich noch nicht gesehen, und das, was in Schönau geschehen war, schien plötzlich weit, weit weg.

Der Alltag hat uns wieder eingeholt, dachte Maike frustriert und schaute zu Boden. Sie biss die Zähne zusammen und kämpfte gegen ihr Bedürfnis, die Tüten fallenzulassen, sich Petros an den Hals zu werfen und ihn hemmungslos zu küssen.

Er machte einen Schritt auf sie zu, legte ihr einen Finger unters Kinn, damit sie ihm in die Augen schauen musste. Lächelnd sagte er: „Wir haben doch alle Zeit der Welt, Maike."

„Das fühlt sich aber an wie Slow Dating XXS", bemerkte sie.

Petros lachte. „Vielleicht der Titel für unseren nächsten Workshop?"

„Da meldet sich kein Mensch an", gab sie zurück und gestand: „Irgendwie hatte ich mir das mit uns anders vorgestellt."

„Ich mir auch." Petros beugte er sich vor und küsste sie zärtlich auf die Lippen. „Wie wollen wir es halten?", fragte er dann sachlich. „Textnachrichten und Anrufe, wenn ich dazu komme, oder eher nicht?"

Sie überlegte. „Eher nicht", entschied sie. „Dann bist du freier beim Workshop, und ich warte nicht ständig darauf, dass du dich meldest."

Er nickte. „Gut. Vielleicht hast du recht. Bis sehr bald", versprach er und küsste sie diesmal sehnsüchtig und verlangend. „Irgendwann muss das Chaos ja mal enden."

Das hoffte auch Maike inständig. In den nächsten Tagen ging ihr das erzwungene Nichtstun gewaltig auf den Keks. Garantiert stapelte sich im Büro die Arbeit. Nächste Woche würde sie sich definitiv nicht mehr krankschreiben lassen. Langsam erholte sich Timo. Sie schauten zusammen ein paar DVDs, und sie war froh, dass das Virus sie verschont hatte. Bei der Mutter eines befreundeten Klassenkameraden erfragte sie die Hausaufgaben für Montag und versuchte mit geringem Erfolg, Timo dazu zu bringen, sie zu erledigen. Erst die Ankündigung, sie würde Sonntag mit ihm in den Hamburger Zoo gehen, wenn er Hausaufgaben machte, wirkte. Sie machte ein Selfie mit Kopftuch, druckte es in der

Drogerie aus, packte es mit einer schönen Begleitkarte in einen Umschlag und schickte es an die Brandtner-Oma. Von Tina kam Freitag eine Textnachricht, dass sie nicht mehr im Krankenhaus sei und ein paar Stunden pro Tag im Büro die Stellung halte. Und dann, zehn Minuten später, schickte sie noch eine Mail hinterher, in der sie sich offiziell an alle Mitarbeiterinnen und den einen Mitarbeiter wandte. In dieser Mail lud sie für den kommenden Montag um halb drei zu einem Meeting ein. Die Überschrift lautete: ZUKUNFT.

Ein mulmiges Gefühl beschlich Maike, und sie erinnerte sich an die Gespräche, die sie mit Petros in Schönau über die Agentur *Slow Happy* geführt hatte. Gern hätte sie Tina direkt angerufen und sich Klarheit verschafft. Doch das ging gar nicht. Drei Tage warten. Drei Tage Grübelei. Und ein Wochenende ohne Petros. Zukunft ... Das konnte alles bedeuten, auch eben KEINE Zukunft.

Die Zeit bis Montag wurde ihr sehr, sehr lang, und sie wünschte, sie hätte mit Petros nicht vereinbart, dass sie auf Nachrichten oder Anrufe verzichten würden.

Immerhin raffte sie sich am Samstagvormittag auf, zur Friseurin ihres Vertrauens zu gehen. Der Verband war ab, wenn auch die Fäden noch nicht gezogen worden waren, und Sinem wusste sofort, was zu tun war. Die junge Stylistin verpasste ihr einen tiefen Seitenscheitel, rasierte die heile Seite kurz und kämmte den verbliebenen Schopf mit langem Pony über die kahle Stelle auf der anderen Seite. In dem hellen Blond, das Maike derzeit trug, sah diese Frisur, die zwischen kurz und halblang changierte, wirklich trendy aus.

„Kriege ich noch eine grüne Strähne?", fragte Maike. „Die andere haben sie abrasiert."

„Aber sicher", antwortete Sinem. „Ist doch so was wie dein Markenzeichen."

Die Abende verbrachte Maike damit, romantische Komödien zu streamen, die sie teilweise schon mehrmals gesehen hatte, und daran zu glauben, dass alles gut werden würde.

Nur ab und zu, wenn sie einen Blick auf ihr Smartphone warf, überkam sie das fast nicht zu bändigende Bedürfnis, Petros anzurufen. Seine Stimme zu hören. Sein Lachen. Um sich zu vergewissern, dass sie das nicht alles nur geträumt hatte. Irgendwann schaltete sie das Ding einfach aus und schob es unter ein Sofakissen. Dann wandte sie sich wieder Jude Law und Cameron Diaz in „Liebe braucht keine Ferien" zu.

Endlich war es Montagmorgen. Um sechs Uhr klingelte der Wecker. Timo! Schule! Maike sprang aus dem Bett und machte sich an die Routine. Frühstück machen, Schulbrot schmieren, Ranzen kontrollieren, auf den Stundenplan gucken, ein missgelauntes Kind wecken, fünf Minuten später nochmal wecken, weil ihr Sohn sich einfach auf die andere Seite gedreht hatte und weiterschlief. Timo ging seit September in die sechste Klasse einer Ganztagsschule, und das Pensum wurde rasch anspruchsvoll. Zum Glück war die Schule nicht weit, und eine Stunde später verabschiedete sie ihn mit einem Kuss.

„Wann kommst du heute nach Hause?", fragte er auf der Treppe.

„Tina hat für halb drei ein Meeting angesetzt. Ich weiß nicht, wann wir fertig sein werden."

„Darf ich dann nach der Schule noch zu Othman?"

Das war Halims ältester Sohn, nur ein Jahr jünger als Timo. Die beiden Halbbrüder waren dick befreundet. Leider hatte Othman eine Spielkonsole. Im Moment war Formel 1 angesagt.

„Ruf vorher dort an und frag, ob es passt", sagte Maike.

„Na gut", maulte Timo und ging mit Schritten, als würden seine Schuhe an der Treppe festkleben, nach unten.

Es klingelte. „Das ist sicher Florian", rief sie Timo hinterher. Was den Effekt hatte, dass Timo wie umgewandelt die Treppe hinunter hüpfte. Gleich darauf hörte sie die Stimmen der beiden Jungs. Sie schloss die Tür und schaute aus dem

Fenster. Lächelnd beobachtete sie, wie Timo und Florian sich scherzhaft balgten.

So, eine Sorge weniger.

Es war halb acht, und sie hatte vor, schon heute Morgen ins Büro zu gehen. Wenn sie um neun Uhr dort sein wollte, musste sie sich beeilen. Sie räumte den Frühstückstisch ab und ging ins Bad.

Ding Dong.

Was war das denn jetzt wieder? Hektisch stoppte sie das Zähneputzen und spuckte aus.

Ding Dong. Ding Dong.

Timo! Hatte er etwas vergessen? War ihm wieder schlecht? Rasch fuhr sie sich mit dem Handtuch über den Mund und rannte zur Tür.

Ding Dong. Ding Dong. Ding Dong!

Sie drückte auf den Knopf der Sprechanlage, der die Haustür öffnen würde und lauschte. Nichts tat sich.

Es klopfte. Maike zuckte zusammen und riss die Tür auf.

Draußen stand Petros. Sein Oberkörper und seine Beine waren nackt, und er hielt einen großen Strauß roter Rosen vor eine zentral wichtige Stelle.

Völlig überrumpelt stand Maike einfach nur da und starrte ihn mit offenem Mund an. Dann sah sie, dass jede Rose mit einem farbigen Kondom in durchsichtiger Plastikhülle bestückt war.

„Darf ich reinkommen?", fragte er grinsend und reichte ihr den Blumenstrauß.

Ihr Blick fiel nach unten. Diesmal trug Petros kein Handtuch um die Hüften. Und sie hatte immerhin die Zähne geputzt ...

Sehr viel später lagen sie eng umschlungen in Maikes Bett. Mit einem Auge schielte Maike auf den Wecker. Es war viertel vor elf. Eigentlich hätte sie schon längst im Büro sein sollen, aber gerade war ihr das so was von egal. Sie war tiefenentspannt und glücklich. So glücklich wie noch nie.

Petros biss zart in ihr Ohrläppchen. „Wie viele Kondome haben wir bisher verbraucht?"

„Zu wenige", erwiderte sie und pflückte eins aus dem Blumenstrauß, den sie zwischendurch bei einem Badgang in eine Vase gesteckt und auf ihren Nachttisch gestellt hatte. Sie öffnete das Plastikpäckchen und schlug die Decke zurück. Zufrieden sah sie, dass Petros nur zu bereit war. Er rollte sich auf den Rücken, und sie streifte ihm den Schutz über, ehe sie sich rittlings auf ihn setzte und ihn langsam in sich gleiten ließ. Sie liebten sich, ohne dass sich ihre Blicke ein einziges Mal voneinander lösten.

Danach schliefen sie in Löffelchenstellung ein, doch irgendwann schreckte Maike hoch. Tina! Das Meeting! Zukunft! Ihr Wecker zeigte ihr, dass es viertel nach eins war. Sie rüttelte Petros.

„Wach auf. Wir haben um halb drei einen Termin!"

Mit einem Ruck setzte er sich auf. „Hatte ich völlig vergessen." Er schwang sich aus dem Bett, und Maike bewunderte seine schlanke, durchtrainierte Rückenansicht, als er zur Tür ging.

„Bis gleich", rief er ihr über die Schulter zu. Gleich darauf hörte sie, wie die Wohnungstür ins Schloss fiel.

Seufzend ließ sie sich wieder in die Kissen sinken. Was für ein herrlicher Morgen! All ihre Träume waren wahr geworden. Schöner konnte das Leben nicht sein. Wenn bloß dieses blöde Meeting mit dem Titel ZUKUNFT nicht gewesen wäre. Ihr schwante nichts Gutes.

Eine halbe Stunde später fuhren sie gemeinsam mit dem Fahrrad in die Rothenbaumchaussee. Ehe sie das Büro betraten, küsste Petros sie noch einmal voller Verlangen. „Heute Nacht bei mir", flüsterte er. „Timo weiß ja, wo er dich findet."

„Ich muss ihm erst mal sagen, dass wir jetzt mehr als Nachbarn sind", erwiderte Maike stirnrunzelnd. „Das wird vermutlich nicht einfach für ihn."

„Ich glaube, du unterschätzt ihn", meinte Petros fröhlich und deutete auf die Eingangstür der Agentur *Slow Happy*, auf der das Logo mit den zwei Schnecken prangte, die Yin und Yang darstellten. „Also rein in die Zukunft."

„Was immer Tina damit sagen wollte", ergänzte Maike düster und konnte der Sache ausnahmsweise nichts Positives abgewinnen.

Das Erste, was Petros auffiel, als er die Agentur betrat, war, dass sich Tinas Bauchumfang in der Woche, in der er sie nicht gesehen hatte, ungefähr verdoppelt hatte. Bestimmt handelte es sich dabei um eine Sinnestäuschung, aber ihm kam es halt so vor. Sie sah prachtvoll aus, aber ihre Miene war ernst, als sie ihn und Maike begrüßte.

„Das muss ja unglaublich aufregend gewesen sein für euch da unten in Schönau", sagte sie.

„Und nicht ganz ungefährlich", ergänzte er und wies auf Maike.

Tina umarmte sie. „Es tut mir leid, dass es dich erwischt hat. Wie geht es dir?"

„Gut", erwiderte Maike. „Eigentlich prima." Sie schaute verliebt zu Petros auf und nahm seine Hand.

„Hat Slow Dating etwa auch bei euch gewirkt?", fragte Tina und blickte vom einen zum anderen.

Beide nickten.

„Na endlich. Ich freue mich sehr für euch." Tina strahlte, doch dann wurde sie wieder ernst. „Setzt euch."

Jetzt bemerkte Petros auch Katrin Lindner, die als Teilzeit-Callcenter fungierte, und lächelte ihr zu. „Hallo, Frau Lindner."

„Hallo", grüßte sie zurück.

Petros und Maike setzten sich neben sie auf zwei Stühle, die vor Tinas Schreibtisch aufgebaut worden waren.

„Wo ist Yvonne?", fragte Maike.

„Im Homeoffice. Mit ihr habe ich schon gesprochen", erklärte Tina.

Auf dem Tisch standen Getränke und Gebäck. Petros goss sich Kaffee ein und wandte sich an Maike. „Du auch?"

„Ich nehme eine Cola."

Er schenkte ihr ein Glas ein und reichte es ihr. Doch statt zu trinken, stellte sie es auf den Tisch. Petros nippte an seinem Kaffee, fand ihn zu stark und gab zwei Stücke Zucker hinein.

Alle schwiegen und schauten Tina erwartungsvoll an.

„Was ich zu sagen habe, fällt mir nicht leicht", begann sie. „Ups." Unter dem Stoff ihres Kleides zeichnete sich deutlich eine Beule ab, die wieder verschwand und gleich darauf wiederkam. Sie legte eine Hand auf ihren Bauch und strich leicht darüber. „Die beiden Jungs merken, dass ich aufgeregt bin", sagte sie und fuhr dann in verhaltenem Ton fort: „Als ich *Slow Happy* vor fünf Jahren gegründet habe, hat niemand außer mir an den Erfolg von Slow Dating geglaubt. Alle, denen ich davon erzählt habe, tippten sich an die Stirn und prophezeiten mir eine krachende Pleite. Doch ihr wisst besser als alle anderen, welch großen Erfolg unser Konzept hat. So groß, dass vor etwas mehr als einem Jahr Valentine's ein Angebot für *Slow Happy* abgegeben hat. Ich habe es damals aus den bekannten Gründen abgelehnt, und ich habe es nicht bereut. Doch dann habe ich Tilman kennengelernt, und jetzt bekomme ich Zwillinge. Ich werde auf absehbare Zeit keine Workshops mehr durchführen können. Das heißt, ich müsste ein oder zwei neue Mitarbeiterinnen oder Mitarbeiter einstellen. Auch meine Arbeit als Geschäftsführerin müsste ich reduzieren, und wer mich ersetzen könnte, weiß ich nicht.

Dazu kommt, dass der Investor, der vor einem Jahr das Gebäude gekauft hat, in dem sich das Altonaer Puppentheater befindet, kurzfristig abgesprungen ist. Die alte Fabrik steht wieder zum Verkauf.

Vor vier Tagen hat mich Valentine's erneut kontaktiert und angefragt, ob ich mir nicht doch vorstellen könnte, *Slow Happy* zu verkaufen. Ich habe kurz überlegt und dann ja gesagt."

„Nein!", entfuhr es Maike.

Tina ignorierte ihren Einwurf und sprach weiter. „Valentine's hat angeboten, die Mitarbeiter, die Workshops leiten, zu übernehmen. Das betrifft dich, Maike, und dich, Petros. Sie würden euch zu besten Konditionen fest anstellen, und ihr könntet in Hamburg wohnen bleiben. In Zeiten von Zoomkonferenzen müsstet ihr zu Teambesprechungen noch nicht einmal nach Köln fahren."

„Aber ich kann nicht ständig Workshops leiten", warf Maike ein. „Ich habe ein Kind und brauche feste Arbeitszeiten."

„Ich bin noch nicht fertig", sagte Tina. „Alle erhalten außerdem eine sehr großzügige Abfindung von mir und die Möglichkeit, die Agentur auch vor der regulären Kündigungsfrist zu verlassen, wenn ihnen ein tolles Jobangebot über den Weg läuft. Könnten Sie damit leben, Frau Lindner?"

„Das kommt sehr plötzlich", sagte Katrin Lindner, „Aber grundsätzlich, das wissen Sie, Frau Ternes, würde ich ja gerne wieder Vollzeit arbeiten, jetzt, wo meine Tochter fast erwachsen ist. In der Firma meines Mannes ist eine Stelle als Vertriebsassistentin frei. Ich denke, ich werde mich darauf bewerben."

Tina nickte. „Das hört sich doch gut an. Danke, Frau Lindner, dass Sie so kooperativ sind."

„Was ist mit Yvonne?", fragte Petros.

„Mit dem Betrag, den ich von Valentine's für *Slow Happy* bekomme, kann ich das Gebäude in Altona kaufen und so sicherstellen, dass das Altonaer Puppentheater seine Spielstätte behält. Yvonne wird für das Theater die Buchhaltung machen, und ich werde mich im Laufe der Zeit in die Theaterleitung einarbeiten."

„Du wirst Prinzipalin? Das ist ja toll!", rief Maike spontan.

Tina lachte. „Das heißt in diesem Fall: Tickets abreißen, Brezeln verkaufen, Pappkronen verteilen."

„Ich habe vor den Sommerferien die Anfrage einer Hamburger Privatschule erhalten. Sie wollten, dass ich als Lehrkraft für Mathe und Sport bei ihnen anfange", berichtete Petros.

„Würdest du denn wieder unterrichten wollen?", erkundigte sich Tina. „Valentine's wird dir sicher ein sehr großzügiges Angebot machen. Du könntest auch Schulungen für die neuen Workshopleiter durchführen. Es ist geplant, neue Themenfelder zu erschließen. Zum Beispiel im Bereich Wellness, Achtsamkeit, Yoga, Meditation. Daneben sportliches Slow Dating. Bouldern, Reiten, Kanufahren. Sie wollen das ganz groß aufziehen und natürlich auch ins deutschsprachige Ausland expandieren."

„Mir hat gerade unser kleines, feines Start-up gefallen", antwortete Petros. „Eigentlich möchte ich nicht für ein Riesenunternehmen wie Valentine's arbeiten. Und, ja, um deine Frage zu beantworten: Ich könnte mir vorstellen, wieder zu unterrichten."

„Aber was machen wir mit dir, Maike?", begann Tina nun. „Du hast *Slow Happy* mit mir zusammen aufgebaut. Ohne dich wäre ich verloren gewesen."

„Ich weiß es nicht." Maike ließ den Kopf hängen, und Petros legte ihr den Arm um die Schultern. Hoffnungsvoll schaute sie auf. „Kann ich nicht im Puppentheater mitarbeiten, Tina? Ich könnte die Kostüme für die Figuren nähen."

Mitfühlend schüttelte Tina den Kopf. „Ich fürchte, das machen die Spieler selbst."

„Wie hoch wäre denn die Abfindung, die du uns zahlen würdest?", erkundigte sich Maike.

„Ich habe mit meiner Anwältin Teresa darüber gesprochen, und wir denken, dass es sich auf jeden Fall um eine Summe im ..." Plötzlich wurden Tinas Augen tellergroß. Sie schrie auf und schaute nach unten.

Petros war aufgesprungen, und jetzt sah er den großen nassen Fleck, der sich auf Tinas Kleid ausbreitete. Er bückte sich. Auf dem Fußboden unter dem Schreibtisch entdeckte er eine große Pfütze.

Tina fasste sich in die Seiten und stöhnte laut.

Maike rannte zum Telefon und wählte die 112. „Bitte einen Rettungswagen in die Rothenbaumchaussee 47. Erdgeschoss. Der Name ist *Slow Happy*. Wir haben eine Geburt. Zwillinge. Die Fruchtblase ist gerade geplatzt."

Katrin Lindner war in die Küche gelaufen, hatte den Wasserkocher angeworfen und sich mit viel Seife die Hände gewaschen. Gleich darauf kehrte sie mit einem Stapel frischer Handtücher zurück. „Ich habe eine Ausbildung zur Krankenpflegerin gemacht. Ist zwar schon lange her, aber im Notfall wüsste ich, glaube ich, was zu tun ist."

Wieder schrie Tina auf. Maike ging zu ihr und massierte ihr leicht die Schultern. „Wenn eine Wehe kommt, atme so, wie du es in der Geburtsvorbereitung gelernt hast", sagte sie sanft.

Tina bemühte sich, ihrer Anweisung zu folgen, als die nächste Wehe durch ihren Leib fuhr. „Wenn ich gewusst hätte, wie weh das tut, wäre ich Jungfrau geblieben", keuchte sie.

Petros hatte sein Handy gezückt und rief Tilman an. „Bei deinem Mann meldet sich nur die Mailbox", verkündete er dann.

„Nachmittagsvorstellung", presste Tina hervor und schrie auf, als die nächste Wehe sie erfasste.

Petros rief erneut bei Tilman an und hinterließ eine Nachricht. Wahrscheinlich würde er die Geburt seiner Zwillinge verpassen. Schauspielerschicksal …

Erleichtert hörte er die Sirene des Krankenwagens. Gleich darauf waren die Sanitäter sowie der Notarzt da, und es dauerte nur wenige Minuten, bis Tina eingeladen worden war und mit Blaulicht in die Klinik gebracht wurde.

„Aber in welches Krankenhaus bringen sie sie?", fragte Maike.

„Keine Ahnung", antwortete Petros.

„Dann weiß ihr Mann doch gar nicht, wo sie ist", ergänzte Katrin Lindner und ließ sich auf einen Stuhl fallen. „Was für ein Chaos. Manchmal kommt wirklich alles auf einmal."

In den nächsten zwei Stunden saßen die drei mehr oder weniger stumm um Tinas Schreibtisch herum. Immer wieder klingelte eines der Festnetztelefone ins Leere. Keiner von ihnen machte sich die Mühe, sie auf Anrufbeantworter umzuschalten. Nach einer Weile, die Petros wie eine Ewigkeit vorkam, nahm Katrin Lindner einige Handtücher und begann, das Fruchtwasser aufzuwischen. Maike kam mit Eimer und Putzlappen und wischte hinterher. Es roch durchdringend nach Essigreiniger.

Petros stand auf, ging nach draußen und tigerte auf dem Bürgersteig hin und her. Ihm war nach rauchen, aber er hatte keine Zigaretten und wollte auch keine kaufen. Fünf Minuten später wurde ihm kalt, und er ging wieder rein.

„Wie spät ist es?", fragte Maike irgendwann.

„Halb sechs", antwortete Katrin Lindner. „Wollen wir uns nicht endlich mal duzen?", schlug sie vor.

„Gute Idee. Maike."

„Petros."

„Katrin. Komisch. Jetzt, wo alles vorbei ist."

„Ich kann es noch gar nicht fassen", gestand Maike. „Verkauft. Unser schöner kleiner Laden. Einfach verkauft."

„Verstehen kann ich Tina", sagte Katrin.

„Ich auch, aber ..."

„Tut halt weh."

„Genau."

Petros ließ sich auf Maikes Stuhl am Empfangstresen nieder und stützte den Kopf in die Hände, nur um ihn gleich wieder zu heben. „Haben wir was zu trinken?", murmelte er.

Maike deutete auf den Tisch. „Was du willst. Cola, Wasser, Kaffee."

„Nein, ich meine Alkohol."

Katrin stand auf und ging in die Küche. Man hörte sie Schranktüren öffnen und wieder schließen. Dann kam sie mit einer Dose Bier zurück. „Das ist alles, was ich ..."

Petros' Handy klingelte.

Er sprang auf. „Ja?", meldete er sich hastig und flüsterte den anderen zu: „Tilman!" Er hörte einen Moment zu, dann sagte er: „Herzlichen Glückwunsch. Wir freuen uns riesig."

„Wie heißen die Jungs?", riefen Maike und Katrin gleichzeitig.

„Ich soll fragen, wie die Kinder heißen", sagte Petros ins Telefon. Nach einem Augenblick begann er, schallend zu lachen.

„Was ist?", drängelte Maike. „Sag schon."

Petros winkte ab. „Also dann, alles Gute, Tilman, und gute Erholung für die Mama." Er legte auf und grinste, als er in die erwartungsvollen Gesichter seiner Kolleginnen schaute.

„Und?", fragte Maike.

„Alles bestens gelaufen, Mutter Tina ist wohlauf, die Kinder ebenfalls. Sie sind ein bisschen zu früh geschlüpft, aber im Falle von Zwillingen nicht ungewöhnlich."

„Und wie heißen sie nun?", insistierte Maike.

„Eigentlich sollten sie Jan und Joshua heißen. Aber Tilman sagt, als sie die beiden gesehen haben, wussten sie, dass sie Tom und Tim heißen würden."

Katrin und Maike brachen in Gelächter aus. Als sie sich wieder beruhigt hatten, fragte Katrin: „Teilen wir uns das Bier zur Feier des Tages? Mehr haben wir nicht, aber es ist immerhin kalt".

Maike nahm drei Gläser, öffnete zischend die Dose und drittelte den halben Liter akkurat. Dann reichte sie die Gläser weiter und hob ihr eigenes. „Auf Tom und Tim."

„Auf die Zukunft", ergänzte Petros und sah Maike liebevoll in die Augen.

„Was auch immer sie bringen mag", fügte Katrin hinzu. „Prost!"

15. KAPITEL

Silvester, drei Monate später

Petros stand vor dem großen Spiegel in Maikes Schlafzimmer, das ihr auch als Werkstatt diente. Rollen mit Stoffen lehnten an der Wand neben dem Tisch mit der Nähmaschine. Bisher hatten sie ihre zwei Wohnungen beibehalten, weil es äußerst praktisch war. Hier in der obersten Etage waren sie vollkommen unter sich. Oft ließen sie sogar ihre Türen nur angelehnt, wenn sie zu Hause waren. Dann fühlte es sich fast an wie eine große Wohnung. An seinen freien Tagen, die ihm zustanden, wenn er einen Workshop geleitet hatte, hing er stundenweise ein Schild an die Tür: Bitte nicht stören. Dann wusste Maike, dass er an seinem Roman arbeitete.

Timo war mit dieser Zwei-Wohnungs-Lösung sehr einverstanden. Petros verstand sich gut mit ihm, aber er wollte sich dem Kind nicht aufdrängen. Außerdem hatten er und Maike in seiner Wohnung dann sturmfreie Bude. Timo wusste nachts, wo seine Mutter war, und sie wäre jederzeit für ihn dagewesen.

Petros trug Bluejeans und war barfuß. Jetzt reichte Maike ihm ein Hemd, das sie extra für die Neujahrsparty auf Schloss Nordeby für ihn geschneidert hatte. Tina hatte zur großen Abschiedsfete eingeladen. Dorthin, wo alles begonnen hatte. Das Hemd war weiß und besaß ein lockeres, unaufdringliches Muster aus unterschiedlich breiten schwarzen, anthrazitgrauen und hellgrauen Streifen, die sich kreuzten und damit an Bilder von Mondrian erinnerten.

„Anziehen", befahl Maike, als er das Hemd skeptisch betrachtete. Folgsam zog er es an und knöpfte es zu. Es saß perfekt.

„Jetzt das Sakko", ordnete sie an und nahm ein steingraues, maßgeschneidertes Jackett vom Bügel. Es war aus einem festen Sweatshirtstoff und passte sich Petros' schlanker, durchtrainierter Figur perfekt an.

„Wow!", sagte sie. „Das sieht noch besser aus, als ich es mir vorgestellt habe."

Zweifelnd betrachtet er sich im Spiegel. Maike hatte recht. Er sah gut aus, aber irgendwie kam er sich fremd vor. Er deutete auf seinen geliebten Kaschmirpullover. „Kann ich nicht doch lieber ..."

Maike schaute enttäuscht. „Ja, klar. Wenn es dir nicht gefällt."

„Es gefällt mir ja, aber ..."

Sie zupfte einen kurzen Faden vom Revers, den sie übersehen hatte. „Wenn du dich nicht wohlfühlst ... Obwohl der Stoff wirklich bequem ist."

Er hob die Arme, winkelte sie an und machte ein paar Bewegungen. Es stimmte. Das Hemd war mit Stretch, und das Sakko war weich und schmiegsam, dabei sportlich-elegant. Maike war genial. Es passte genau zu seinem Typ. „Ich werde es tragen", verkündete er und freute sich, als sich Maikes Miene aufhellte. „Und was hast du zu bieten?"

„Das da." Sie zog ihr Sleepshirt aus, griff sich von einem Stuhl ein Minikleid in V-Linie aus einem schwarzen Sweatstoff und streifte es über. Nun sah Petros, dass das Kleid einen großen gelben Stehkragen hatte, der mit kleinen schwarzen Elefanten bedruckt war. Durch den Hohlsaum des Kragens war eine dicke schwarze Kordel gezogen. Aus demselben gelben, mit Elefanten bedruckten Stoff waren die überlangen Bündchen an den Ärmeln sowie der überbreite Rocksaum, durch den ebenfalls eine dicke schwarze Kordel gezogen war, die an einem kleinen Schlitz gebunden wurde. Maike ergänzte das Outfit mit einer schwarzen Strumpfhose und schlüpfte in hochhackige lackschwarze Plateaupumps. Sie schob die Hände in die versenkten Taschen des Kleides und drehte sich. „Fertig."

„Crazy", entfuhr es Petros. Das Kleid war der Hammer.

„Mehr hast du dazu nicht zu sagen?", erwiderte sie und zog einen Schmollmund.

Er legte ihr beide Hände um die Taille und küsste sie. „Du siehst unglaublich aus."

„Unglaublich gut oder unglaublich schlecht."

„Unglaublich verrückt. Und ich liebe dich."

Timo schlenderte ins Zimmer und blieb wie angewurzelt stehen. „Ey, Digga! Meine Mutter ist ein Freak!", rief er, machte auf dem Absatz kehrt und verschwand.

Petros lachte, und Maike verdrehte die Augen. „Er ist im ‚Mama, du bist voll peinlich'-Alter."

Sie würden allein nach Nordeby fahren, denn Timo hatte angekündigt, Silvester mit seinen Brüdern verbringen zu wollen. Halim hatte den Jungs ein gigantisches Feuerwerk versprochen.

Eine Stunde später saßen sie zu dritt in dem Auto, das Petros gemietet hatte, lieferten Timo bei seinem Vater ab und fuhren dann gen Norden. Das einzige Mal, dass Maike und er auf Schloss Nordeby gewesen waren, war anlässlich der Hochzeit von Sandra und Jonathan gewesen. Sandra Wegener hatte das allererste Slow Dating-Seminar, das auf Schloss Nordeby stattfand, für die Zeitschrift *My Dream* als Journalistin begleitet und sich dort in Jonathan Dankwerth verliebt, dessen Familie das Schloss ehemals gehört hatte. Er war Soldat und Afghanistan-Rückkehrer gewesen und züchtete nun das vom Aussterben bedrohte Schleswiger Kaltblut. Auf einem benachbarten Hof im Dörfchen Nordeby hatte er zusammen mit Sandra eine Pferdeklappe gegründet, wo alte, kranke oder aus anderen Gründen nicht vermittelbare Pferde aufgepäppelt wurden und ein würdevolles Zuhause bekamen. Bei der Hochzeit war Sandra schwanger gewesen. Ihr Kind musste jetzt etwa acht oder neun Monate alt sein.

Petros war gespannt, wen sie auf Schloss Nordeby noch alles treffen würden. Tina hatte nichts verraten, sondern nur gesagt: „Lasst euch überraschen."

Seit Mitte Oktober war Valentine's nun Eigentümer von *Slow Happy*, und seit heute, dem einunddreißigsten Dezember, war Schluss für ihn und Maike. Yvonne Schuchardt, die Buchhalterin, hatte ihren neuen Job am Altonaer Puppentheater bereits angetreten. Katrin Lindner war ebenfalls ausgestiegen und arbeitete nun als Vertriebsassistentin in der Firma ihres Mannes. Zum Glück waren Fachkräfte derzeit äußerst gesucht. Nach den Weihnachtsferien, pünktlich zum Start des zweiten Schulhalbjahrs, würde er wieder unterrichten, und seltsamerweise freute er sich darauf. Die Zeit bei *Slow Happy* war interessant gewesen und zuletzt sogar aufregend. Eine Erfahrung, die er nicht missen wollte. Und er hatte Maike kennengelernt. Nie hätte er gedacht, dass er jemanden so sehr lieben würde. Maike war lebensklug, mutig, lustig, intelligent, schräg, großzügig, chaotisch, manchmal naiv, leidenschaftlich, schön, begehrenswert. Jeden Morgen, wenn er neben ihr erwachte und sie anschaute, wie sie, in die Kissen gekuschelt, jede Minute vor dem Weckerklingeln auskostete, durchflutete ihn ein Glücksgefühl, wie er es nie zuvor erlebt hatte.

Er bewunderte grenzenlos, was sie mit ihrer Nähmaschine zauberte. Sie hatte an einer der renommiertesten Schulen für Schnitttechnik die Aufnahmeprüfung für die Ausbildung zur Schnittdirectrice geschafft. Nebenbei baute sie sich einen Onlineshop für ihr eigenes Label, Topolino, auf. Den bunten Schriftzug des Logos ergänzte eine kleine knallpinke Maus. Maike war wirklich das Gegenteil einer grauen Maus. Und ihre Mode verkörperte dieses Selbstbewusstsein.

Aus dem Augenwinkel betrachtete er sie. Maike saß völlig entspannt auf dem Beifahrersitz, eingehüllt in einen schwarzen, knöchellangen Kunstpelzmantel. Seit vorgestern hatte sie ihren asymmetrischen blonden Bob gegen eine schwarze Kurzhaarfrisur mit grüner Strähne eingetauscht. Das passte unglaublich gut zu ihrer hellen Haut und ihren grünen

Augen. In den Ohrläppchen klimperten riesige silberne Creolen.

In diesem Moment schoss ein Gedanke durch seinen Kopf, und je länger die Fahrt dauerte, und je rascher sie sich ihrem Ziel näherten, um so mehr nahm dieser Gedanke Gestalt an. Heute würde er Maike einen Heiratsantrag machen. Sein Puls beschleunigte sich. Unwillkürlich drückte er aufs Gas, weil er plötzlich ganz klar die Zukunft vor sich sah. Zu dieser Zukunft gehörten Maike, Timo, und vielleicht noch ein oder zwei Kinder. Er konnte es kaum erwarten, so schnell wie möglich in dieser Zukunft anzukommen.

Doch dann wurde er nervös. Denn konnte er sicher sein, dass sie ja sagte?

„Sind wir gerade geblitzt worden?", fragte Maike und riss ihn aus seinen Tagträumen.

„Ich habe nichts blitzen gesehen." Er schaute auf den Tacho. Er fuhr fünfundachtzig. Oder vielleicht auch siebenundachtzig. Oder, wenn es hochkam, neunundachtzig. Ein Schild rechts der Baustelle, die sie gerade passierten, mahnte Tempo achtzig an. Sein Mietwagen war relativ alt und noch nicht mit Elektronik vollgepropft, die ihn eventuell davor hätte warnen können, wenn er zu schnell fuhr. Es wurde Zeit, dass er sich aufs Autofahren konzentrierte.

Doch immer wieder wanderten seine Gedanken zum eigentlichen Thema zurück. Heiraten. Nie hätte er gedacht, dass es ihn einmal erwischen würde. Maike und er hatten bisher noch kein einziges Mal auch nur ansatzweise darüber gesprochen. Warum eigentlich? Fand sie es vielleicht abwegig? Altmodisch? Würde sie ihn auslachen? Wie machte man überhaupt einen Heiratsantrag? Sollte er einfach sagen: Du, ich möchte dich heiraten, wie steht es mit dir? In seinem Roman kam natürlich am Schluss ein Happy End mit Heiratsantrag vor. Wie sein eigener Antrag aussehen sollte, darüber hatte er sich noch keine Gedanken gemacht. In den Liebesromanen, die er früher übersetzt hatte, landete der Held

meist auf einem Knie und präsentiert ein mit Samt ausge-
schlagenes Kästchen, in dem ein fetter Brillantring steckte,
der natürlich perfekt an den Finger der Angebeteten passte.
Ein Ring! Er hatte keinen Ring. Würde Maike einen Ring
erwarten und zu seinem Antrag nein sagen, wenn er keinen
vorweisen konnte? Und irgendwie sah er sich nicht vor ihr
knien. Also musste er die Sache auf sich zukommen lassen.

„Wir sind schon wieder geblitzt worden", sagte Maike.
„Diesmal habe ich es genau gesehen."

„Mist." Petros nahm den Fuß vom Gas, und der Wagen
verlangsamte sein Tempo.

„Worüber denkst du eigentlich beim Fahren gerade
nach?", wollte sie wissen.

„Ich? Über nichts", log er.

Sie lachte. „Du hast schon zwei Mal nicht geantwortet, als
ich dich etwas gefragt habe."

„Echt? Tut mir leid. Was hast du gefragt?"

„Ob du weißt, wie viele Gäste kommen."

„Keine Ahnung."

„Die nächste Ausfahrt müssen wir raus", verkündete sie.
Wenig später fuhren sie über stille Landstraßen Richtung
Ostsee. Der Himmel war einheitlich hellgrau, die Wiesen waren gelb, und die kahlen Bäume standen wie dunkle Mahn-
male stumm und isoliert in der Landschaft. Die Gegend war
brettflach mit sehr vereinzelten Gehöften.

„Ist das nicht schön hier?", seufzte Maike.

„Schöner als in Schönau am Königssee?", fragte er grinsend.

„Viel, viel schöner."

„Verschneit sähe es bestimmt ganz nett aus."

Sie boxte ihn. „Sag, dass es hier schön ist."

„Na gut. Es ist schön hier."

Zufrieden lehnte sie sich zurück und schaute aus dem Sei-
tenfenster. Sie schwiegen, bis sie das Dorf Nordeby mit seinen Reetdachhäusern und der Kirche erreicht hatten. Von

hier aus war Schloss Nordeby ausgeschildert, und gleich darauf stellten sie den Wagen auf dem Parkplatz vor der Allee ab, die zum Herrenhaus führte. Hier standen bereits einige andere Fahrzeuge.

Sie holten ihre Trolleys aus dem Kofferraum und gingen die Allee entlang auf das breite, zweistöckige Gebäude mit Walmdach, schlichtem Portikus und Barockportal zu, das von einem Wassergraben umgeben war.

Als sie auf dem Damm waren, der von zwei steinernen Löwen flankiert wurde und den Zugang mit dem kiesbestreuten Vorplatz verband, blieb Maike stehen.

„Was ist?", wollte Petros wissen.

Sie schaute sich um, dann gestand sie: „Bisher war ich so damit beschäftigt, nach vorne zu schauen und alles zu organisieren. Aber gerade merke ich, dass ich mich noch gar nicht damit beschäftigt habe, dass hier und heute etwas endet. Etwas sehr Schönes. Das macht mich traurig."

Er stellte seinen Rollkoffer ab und nahm Maike in die Arme. „Es erinnert mich daran, weshalb der Januar, der morgen beginnt, nach dem römischen Gott Janus benannt ist. Sein Standbild besteht aus zwei gleichen Gesichtern. Eines schaut nach vorn, das andere zurück. Sein Symbol ist das Tor."

„Woher weißt du das?"

„Hab im Geschichtsunterricht damals aufgepasst."

Sie dachte einen Moment nach. „Wenn ich also jetzt da rein gehe in das Schloss, schaue ich zurück. Richtig?"

„In gewisser Weise, ja."

„Und wenn wir morgen wieder über diese Brücke hier gehen, schaue ich nach vorn."

„So in etwa."

„Aber weißt du, ich habe das Gefühl, dass ich hier etwas Wichtiges zurücklassen werde", bekannte sie. „Und das macht mir Angst. Ich werde Tina und *Slow Happy* vermissen."

Er nickte. „Ich auch, Maike. Es war eine unglaublich bereichernde Zeit. Aber was uns erwartet, ist vielleicht auch nicht ganz schlecht." Lächelnd schaute er ihr in die Augen.

Maike atmete tief durch. „Du hast recht. Also, betreten wir die Vergangenheit." Entschlossen nahm sie ihren Trolley und zog ihn über den Kies.

Petros folgte ihr. Es berührte ihn tief, dass sie ihre Gefühle mit ihm so offen teilte, und er dachte an seinen Entschluss, ihr einen Heiratsantrag zu machen. Aber jetzt war nicht der richtige Zeitpunkt dafür, auch wenn sie sich durch die melancholische Stimmung gerade sehr nah gewesen waren.

„Scharfes Kleid", sagte Tina statt einer Begrüßung, als Maike in den Salon kam, der im ersten Stock lag. Petros war noch oben im Zimmer und wollte gleich nachkommen. Sie hatten eines der Eckzimmer bekommen mit Blick auf den See und das Reetdachhaus, in dem Frauke und Antonio, die Eigentümer des Schlosses, mit ihren zwei Töchtern wohnten.

Im Salon gab es mehrere bequeme moderne Sitzlandschaften und Bücherregale rechts und links der Doppeltür, die zum Ballsaal führte. Durch die hohen Sprossenfenster fiel nachmittäglich gedämpftes Winterlicht. Die großen venezianischen Kristalllüster waren erleuchtet, es duftete nach Kaffee und frisch gebackenem Kuchen, und der Raum schien Maike voller Menschen zu sein.

„Du siehst aber auch oberfein aus", erwiderte sie. Man sah Tina absolut nicht mehr an, dass sie vor drei Monaten Zwillinge geboren hatte. „Wo sind die Kids?", wollte Maike wissen.

„Tilman macht mit ihnen eine Runde durch den Park. Sie sind satt und schläfrig." Tina nahm sie am Arm. „Komm, ich möchte dir jemanden zeigen."

Maike folgte ihr und wurde gleich darauf zwei Frauen vorgestellt, die nebeneinander auf einem Sofa saßen.

„Erinnerst du dich an Nina Hinrichs und Anke Sonstnoch?", sagte Tina.

„Natürlich. Das erste Paar, das sich aufgrund von Slow Dating getraut hat", antwortete Maike. „Ich habe Ihre Karte immer noch an der Wand hinter meinem Schreibtisch hängen. Hm, hatte ...", verbesserte sie sich, denn das Büro war aufgelöst worden, die Sachen lagerten in Kisten, und die Räume waren bereits neu vermietet.

Nina und Anke standen auf und gaben ihr die Hand. „Als Tina uns eingeladen hat, haben wir sofort zugesagt."

„Die Karte hängt jetzt da drüben." Tina wies auf eine breite Stellwand, die Maike erst jetzt auffiel. „Ich dachte, es wäre doch nett, all die Fotos und Karten, die unsere Klienten uns in den vergangenen Jahren geschickt haben, hier zu versammeln."

Maike schaute sich um. „Da sind ja Frau Ostermann und Professor Hinterseer", rief sie und winkte, als die beiden herüberschauten.

Tina nickte. „Wir schuldeten ihnen etwas. Ich bin sehr froh, dass sie gekommen sind."

Die nächste Stunde verbrachte Maike damit, einige weitere ehemaligen Slow Dater, die sich in einem Workshop gefunden hatten, zu begrüßen. Sie plauderte mit Sanda, bewunderte die kleine Luise, die von ihren Cousinen Chiara und Sophie beaufsichtigt wurde, unterhielt sich mit Frauke Dankwerth, erkundigte sich bei Yvonne Schuchardt nach ihrem neuen Job im Puppentheater und hörte von Katrin Lindner, dass sie zufrieden war auf ihrer neuen Position, die Agentur *Slow Happy* aber vermisste. Beide ehemalige Mitarbeiterinnen wurden von ihren Ehemännern begleitet. Auch Teresa Henning, Tinas Anwältin, war gekommen. Sie berichtete, dass Dora Lambert mildernde Umstände erhalten hatte. Die Vorgeschichte habe dabei eine Rolle gespielt, dazu sei noch das psychologische Gutachten gekommen. Trotzdem habe man sie wegen Totschlags zu acht Jahren Haft verurteilt.

Irgendwann fragte sich Maike, wo Petros eigentlich blieb, und ging ihn suchen. Auf dem Zimmer war er nicht. Sie streifte durch das Gebäude und gelangte irgendwann in den Gewölbekeller, der ein überregional bekanntes Restaurant unter der Leitung von Antonio Varletta beherbergte. Sie kam an der roten englischen Telefonzelle vorbei und hörte Stimmen. Männerstimmen. Petros und Jonathan Dankwerth standen an der Bar der im altenglischen Stil eingerichteten Lounge, von der aus man ins Restaurant gelangte, und hatten jeder ein Glas Bier in der Hand. Nur die Vitrinenbeleuchtung hinter dem Tresen war an. Der Durchgang zum Restaurant war offen, aber dahinter war es dunkel.

Maike kicherte. „Was macht ihr hier im Schummerlicht?"

„Wir führen Männergespräche", antwortete Petros.

Sie war irritiert und neugierig. Um was ging es wohl bei diesen „Männergesprächen"? Doch sie verkniff sich eine Nachfrage und sagte nur: „Dann will ich nicht stören."

„Unsinn. Willst du was trinken?", fragte Jonathan, kam zu ihr und gab ihr die Hand. Er war noch größer als Petros, aber ein magerer, langer Schlaks mit raspelkurzem blonden Haar.

„Was hättest du zu bieten?"

„Einen Aperol Spritz zum Beispiel. Oder einen Gin Tonic? Was du magst."

„Hast du auch was Alkoholfreies? Sonst bin ich gleich angetütert."

Jonathan trat hinter die Bar, mixte ihr einen Drink und schob ihn über das blankpolierte Holz des Tresens.

Sie schnupperte an dem Cocktail. „Was ist das?"

„Ein alkoholfreier Kräuterlikör auf Eis mit einem Schuss Orangensaft. Original italienisch."

Maike nippte daran. „Lecker." Dann hielt sie es nicht mehr aus. „Worüber habt ihr denn gesprochen?"

Jonathan legte den Finger an die Lippen. „Streng geheim."

Sie schaute zu Petros auf. „Du hast Geheimnisse vor mir?", rief sie theatralisch. „Schon jetzt?"

„Nur ein einziges", berichtigte er.

„Ich will es wissen", schmollte sie.

Petros und Jonathan tauschten einen Blick, doch Jonathan schüttelte den Kopf.

„Nicht der richtige Moment, sagt Jonathan", erwiderte Petros.

„Und wann ist der richtige Moment?"

„Bald", versprach er. „Ganz bald."

Die beiden benahmen sich wie pubertierende Jungs. Kopfschüttelnd nahm Maike ihr Glas und ging wieder nach oben. In der Halle traf sie auf Tilman, der einen Zwillingskinderwagen schob. Er roch nach frischer Winterluft, als sie sich umarmten. Dann warf sie einen Blick in den Wagen. Dick eingepackt, so dass man nur die winzigen Gesichtchen sehen konnte, lagen die beiden Zwillinge nebeneinander, die Augen weit geöffnet. Sie sahen aus, nun, eben wie Tom und Tim.

Maike musste lachen. „Die Namen passen. Aber welcher ist welcher?"

„Links ist Tim, rechts ist Tom." Er beugte sich über seine Kinder und studierte sie kurz. „Nein, rechts ist Tim, links ist Tom." Tilman richtete sich auf und grinste. „So genau kann ich das meist nicht sagen. Tina kann sie besser auseinanderhalten."

„Ich freue mich, dass das Altonaer Puppentheater gerettet ist", bemerkte Maike. „Wenn Tina *Slow Happy* nicht gegründet hätte, dann hätte sie es nicht an Valentine's verkaufen können, und das Theater hätte sein Zuhause endgültig verloren."

„Ja, ich bin auch sehr glücklich darüber", bekannte Tilman. „Aber Tina fällt es schwer, sich von ihrem Traum zu verabschieden."

„Das merkt man ihr nicht an", sagte Maike nachdenklich. „Uns gegenüber tut sie so, als sei sie mit der Entscheidung extrem zufrieden."

„Einerseits ja, andererseits nein. Ich glaube, sie braucht ein wenig Zeit. Es ist alles so neu für sie. Die Zwillinge sind ein anspruchsvoller Job."

„Das glaube ich gern."

„Was ist mit dir und Petros?", wollte Tilman wissen. „Habt ihr vor zu heiraten?"

„Heiraten?" Maike zuckte die Achseln. „Ich weiß nicht. Petros ist, glaube ich, nicht der Typ fürs Standesamt. Wenn ich daran denke, wie oft er seine Freundinnen gewechselt hat, wundere ich mich, dass er es so lange mit mir aushält."

„Hast du Angst, ihn zu verlieren?"

Maike nickte und schaute zu Boden. Plötzlich hatte sie Tränen in den Augen.

„Es tut mir leid, Maike", sagte Tilman. „Ich wollte dir nicht ..."

„Schon gut." Sie schaute auf und lächelte. „Ich liebe ihn so furchtbar sehr, dass ich bei dem Gedanken, dass er irgendwann tschüss sagt, fast verrückt werde." Sie wedelte mit der Hand die aufsteigende Röte weg. „Alles Unsinn. Ich bin einfach nur ziemlich angefasst, weil heute Silvester ist und *Slow Happy* Geschichte. Es war so eine tolle Zeit."

„Das kann ich gut verstehen. Tina geht es ähnlich, auch wenn sie es niemals zugeben würde."

Tom – oder war es Tim – fing an zu krähen. Es dauerte vier Sekunden, dann machte sein Bruder mit.

„Fütterung der Raubtiere", erklärte Tilman. „Wir sehen uns später." Er schob den Wagen zum neu eingebauten Aufzug. Das Krähen ging langsam in durchdringendes Geschrei über. Wahnsinn, was die Kehlen derart kleiner Babys hergaben ...

Maike kehrte zurück in den Salon. Dort trat sie ans Fenster und schaute hinaus auf den Park mit dem See. Es wurde langsam dunkel draußen. Die Silhouetten der großen alten Bäume kamen ihr vor wie freundliche Riesen, die schützend ihre weit ausladenden Hände über diesen zauberhaften Ort hielten.

Plötzlich stand Tina neben ihr. Eine Weile schauten sie einfach nur hinaus in die einfallende Dämmerung.

„Hast du dir die Pinwand mit den Fotos und Karten mal genauer angeschaut?", fragte Tina irgendwann.

„Noch nicht."

Ohne, dass sie es verabreden mussten, gingen sie hinüber und blieben vor den beiden Stellwänden stehen. Manche der Gesichter auf den Fotos kamen Maike bekannt vor, andere hatte sie vergessen. Es gab Hochzeitsfotos und Bilder von Paaren am Strand bei Sonnenuntergang. Es gab Postkarten aus fast allen Gegenden der Welt.

„Schau mal, da sind die Fotos von der Bella Luna. Tilman als MaryLou M. und Frankie Toledo am Keyboard", sagte Tina.

„Was für ein Abenteuer das war", erwiderte Maike.

„Nicht abenteuerlicher als das, was du am Königssee erlebt hast."

„Ist es nicht erstaunlich, dass Sandra, du und ich durch Slow Dating unsere Partner kennengelernt haben?", bemerkte Maike. „Dabei ging es doch darum, unsere Teilnehmerinnen und Teilnehmer zusammenzubringen."

„Anscheinend hat Slow Dating eine magische Wirkung", meinte Tina lachend. „Wer sich in den Bannkreis eines unserer Workshops begibt, wird davon infiziert."

„Du meinst, Liebe ist ansteckend?"

„Scheint so, oder nicht?"

Maike wurde nachdenklich. „Ich hoffe es jedenfalls."

„Ist zwischen dir und Petros alles in Ordnung?", erkundigte sich Tina.

„Ich denke schon." Maike fasste sich ein Herz. „Ich bin ganz furchtbar melancholisch. Wegen *Slow Happy*. Es war so eine schöne Zeit. Und du hast mir damals eine Chance gegeben, als niemand mehr daran geglaubt hat, dass ich es in einem Job bringe. Dafür möchte ich dir danken, Tina."

Sie umarmten sich kurz.

„Und ich möchte dir danken, Maike. Du warst eine fantastische Assistentin. Jeden Morgen, wenn ich ins Büro kam, habe ich mich darauf gefreut, dich zu sehen."

„Wirklich?", fragte Maike glücklich.

„Ja, natürlich. Ich werde dich vermissen. Sehr vermissen."

Erneut umarmten sich die beiden Frauen, und diesmal hielten sie sich einen Moment ganz fest.

Danach standen sie voreinander, lächelten sich an, und Tina sagte: „Zeit für den ersten Prosecco. Oder etwa nicht?"

Wie passend, dass Frauke in diesem Moment mit einem Sektkübel den Salon betrat. Sekunden später knallten die Korken.

Um acht Uhr abends bat Antonio zum Silvesterdinner im Gewölbekeller, der für diesen Anlass mit Girlanden und Lampions geschmückt worden war. Die Tische waren zusammengeschoben worden, damit sie eine lange Tafel bildeten, an der alle Gäste Platz fanden. Als das Fünfgangmenü sich mit dem Dessert und dem Espresso dem Ende zuneigte, ging es auf halb zwölf zu. Tilman und Tina hatten ihr Bluetooth-Babyfon im Ohr und wechselten sich ab, sobald Tim oder Tom sich mit mehr als einem Seufzer meldeten. Chiara und Sophie, die halbwüchsigen Töchter von Frauke und Antonio, hatten keine Lust auf große Gesellschaft und sich bereit erklärt, auf die kleine Luise aufzupassen. Zum Schluss servierte Antonio den Grappa, band seine Schürze ab und setzte sich mit an den Tisch.

Da erhob sich Tina und tippte mit dem Dessertlöffel an ihr Grappaglas. Das Stimmengewirr verstummte.

„Ich möchte etwas sagen", begann sie. „Aber seit ich Kinder habe, fange ich oft völlig sinnloserweise an zu heulen. Falls es gleich wieder passiert, bitte ich im voraus um Verzeihung."

Gelächter.

„Ich habe die Paare nicht gezählt, die wir durch Slow Dating und den Liebesfragebogen des Dr. Arthur Aron zusammengebracht haben", fuhr sie fort. „Aber die Quote liegt im mittleren dreistelligen Bereich. Darauf bin ich stolz ..."

Applaus brandete auf, doch Tina stoppte ihn mit einer Handbewegung.

„Darauf bin ich stolz, aber ich weiß, dass ich diesen Erfolg nie ohne meine wunderbaren Mitstreiter geschafft hätte. Ich danke Yvonne Schuchardt, die unserer Finanzen so perfekt in Ordnung gehalten hat. Ich danke Katrin Lindner, die am Telefon mit Geduld und Kompetenz so manchen, der gezögert hat, ob er oder sie am Slow Dating teilnehmen sollte, überzeugen konnte." Sie machte eine Pause, um den beiden den verdienten Applaus zuteil werden zu lassen.

„Ich danke Maike Schirmer, die gefühlt rund um die Uhr für *Slow Happy* da war, die die Seele der Agentur war, und die mir Mut gemacht hat, wenn es mal für kurze Zeit nicht so gut lief. Maike, ich werde deine leeren Muffinhüllen, deine angebissenen Mettbrötchen, deine Post-it-Notes am Computer, deine ständig wechselnde Haarfarbe, deine Birkenstocksandalen, deine wilden Klamotten, deine Treue und Zuverlässigkeit, deine Hilfsbereitschaft und deinen Humor vermissen."

Pfiffe, Gejohle und rhythmisches Klatschen belohnte diese Worte.

Maike war tief errötet und legte beide Hände an die Wangen.

„Einen muss ich noch erwähnen", rief Tina, und der Lärm ebbte ab. „Petros Meyer-Roussi, der spät zu uns gestoßen ist, und der in den vergangenen zwei Monaten, nach der Geburt meiner Zwillinge, dafür gesorgt hat, dass kein einziger Workshop ausfallen musste. Vorhin hat er mir gestanden, was er während der Zeit bei *Slow Happy* noch getan hat. Petros hat seinen ersten Roman geschrieben, und natürlich ist es ein Liebesroman geworden. Und er hat bereits einen Verlag dafür begeistern können. Ich gratuliere dir von Herzen, Petros, und ich wünsche deinem Buch ganz viel Erfolg."

Während applaudiert wurde, schaute Maike fragend zu Petros, der ihr gegenübersaß. Er grinste reuig und beugte sich über den Tisch.

„Ich wollte dich damit am Neujahrsmorgen überraschen", flüsterte er laut genug, dass sie es verstehen konnte. „Die Zusage kam erst gestern."

Ohne etwas zu erwidern, stand Maike auf und verließ das Restaurant. Petros folgte ihr. „Warte doch, Maike. Konnte ich wissen, dass Tina die ganze Welt darüber informieren würde?"

In der schummrigen Bar blieb sie stehen. „Du hattest die ganze Autofahrt Zeit, es mir zu sagen."

Er ließ den Kopf hängen. „Da habe ich an etwas anderes gedacht."

„Und deswegen bist du so schnell gefahren, dass wir zwei Mal geblitzt worden sind?"

„Sieht ganz so aus."

„Was hast du vorhin so Wichtiges mit Jonathan besprechen müssen?", fragte sie, und ihre grünen Augen funkelten zornig. „Ich habe das Gefühl, dass du mir noch mehr verheimlichst, als dein Buch."

„Maike, ich ... Oh, Gott, ich habe es total vermasselt. Wie komme ich aus dieser Nummer wieder raus?"

„Vielleicht, indem du ehrlich zu mir bist?"

„Jonathan hat gesagt, dass nie der richtige Zeitpunkt ist, und anscheinend hat er recht gehabt. Er hat auch gesagt, dass er eine Heidenangst davor hatte."

„Ich verstehe nicht. Warum ist nie der richtige Zeitpunkt und für was? Und warum eine Heidenangst?"

„Lass uns nach draußen gehen", schlug Petros vor.

Sie verließen das Schloss durch den Haupteingang und standen in der kalten, sternklaren Nacht. Es war fast windstill. Kein Laut war zu hören. Petros fasste ihre Hand und war froh, dass sie es zuließ. „Es tut mir leid, dass du das mit dem Roman durch Tina erfahren hast."

Maike legte den Kopf in den Nacken und schaute hinauf zu den Sternen. „Ich gratuliere dir."

„Danke."

„Freust du dich?", fragte sie.

„Natürlich. Aber die Frage ist, ob du dich freust."

„Sehr. Wann erscheint dein Buch?"

„Schon im Mai. Pünktlich zur Feriensaison, damit alle, die in Urlaub fahren, es mitnehmen."

„Willst du noch eins schreiben?"

Er lachte leise. „Erst einmal muss ich zusehen, dass ich meine wilden Zehn- bis Zwölftklässler zähme."

„Das wird dir nicht schwerfallen."

Sie schwiegen, standen nebeneinander, hielten sich an der Hand, spürten die Wärme des anderen. Petros hätte Maike gern geküsst, aber er wusste, dass es zu früh gewesen wäre.

„Schön hier, nicht wahr?", flüsterte Maike irgendwann.

„Ja, wunderschön."

„Was ist eigentlich los?", fragte sie sanft. „Worüber hast du im Auto nachgedacht?"

Er zögerte einen Moment, dann sagte er: „Ich möchte dich etwas fragen. Der Satz besteht aus vier Worten, aber ich kriege es einfach nicht gebacken."

„Hm", meinte sie und bekam Herzklopfen, „wie wäre es, wenn du das erste Wort sagst, und ich versuche, das zweite zu erraten? Und so weiter?"

„Gut. Das erste Wort ist ‚willst'."

„Darauf passt ja bloß ‚du'."

„Mich."

Ihre Knie begannen zu zittern. Meinte er das ernst? Sie wollte das letzte Wort sagen, doch ihre Stimme versagte.

„Und?", fragte er. „Nummer vier?"

„Hei...heiraten?", krächzte sie und räusperte sich. „War das der Satz?"

„Ja."

„Bist du deswegen zu schnell gefahren? Weil du darüber nachgedacht hast, wie du mich fragen sollst?"

„Ja."

„Ja!", rief sie.

„Ja?", hakte er nach.

„Was, ja?", fragte Maike verwirrt, denn hatte sie nicht gerade ja gesagt?

„Willst du?"

„Ja!"

„Willst du denn?"

„Ja."

Lachend fielen sie sich in die Arme und wirbelten eng umschlungen über den kiesbestreuten Vorplatz.

In diesem Moment schlug die Kirchturmuhr von Nordeby Mitternacht.

Atemlos blieben Petros und Maike stehen und lauschten auf jeden einzelnen der zwölf Glockenschläge.

„Frohes Neues Jahr", sagte Petros.

„Frohes Neues Jahr", antwortete Maike und sah erwartungsvoll zu ihm auf.

Er lachte leise und küsste sie. Lange. Leidenschaftlich. Als sie sich voneinander lösten, fragte Maike: „Sollten wir nicht,

239

bevor wir heiraten, lieber den Fragebogen des Dr. Arthur Aron beantworten?"

„Ich glaube, das ist nicht nötig", antwortete Petros zärtlich. „Dich noch mehr zu lieben, als ich es jetzt schon tue, ist unmöglich."

Janus hatte das Tor geöffnet, und sie waren hindurchgegangen. Hinter ihnen lag das, was gewesen war, vor ihnen lag die Zukunft wie ein heller, Glück verheißender Schein am Horizont.

EPILOG

Im nächsten Sommer

„Eins, zwei, drei, vier, los!", rief Timo, und dann sprangen die beiden Jungs gleichzeitig mit einer Arschbombe (Verzeihung: einem Paketsprung) vom Rand der kleinen Segelyacht ins Wasser, gingen unter und kamen prustend und lachend wieder an die Oberfläche. Dann kraulten sie um die Wette.

Das Boot lag in einer geschützten Bucht vor Anker. Wie die kleine griechische Ägäis-Insel hieß, wusste Maike nicht. Aus der winzigen Kombüse stieg ihr der aromatische Duft nach gebratenem Fisch und Rosmarinkartoffeln in die Nase. Ihr Magen knurrte. Sie waren den ganzen Tag bei herrlichstem Wetter gesegelt. Später hatte Petros geangelt. Nun kochte er, und sie war mega hungrig. Und es gab etwas, das sie Petros sagen musste. Etwas, das sie erst seit heute Morgen wusste und noch ein paar Stunden für sich behalten hatte, um sich innerlich darauf einzustellen.

Petros streckte den Kopf durch die Luke. „Essen ist fertig."

Maike beugte sich über die Reling. „Essen ist fertig!", informierte sie ihren Sohn und seinen Halbbruder Othman, die sich im türkisfarbenen Wasser balgten.

Die beiden nackten braunen Jungs erklommen die Strickleiter, die seitlich am Schiffsrumpf hing.

„Erst abtrocknen und anziehen", sagte Maike und reichte ihnen Handtücher. Dann folgte sie den Kindern, die schon fast keine Kinder mehr waren, nach unten. Petros hatte bereits den Tisch gedeckt. Alles war eng und abgenutzt, doch alles funktionierte perfekt. Das Segelboot gehörte Petros' Cousin Vassilis, und sie hatten es für drei Wochen ausgeliehen.

Sommerferien nach einem anstrengenden halben Jahr. Ihr erster Block auf dem Weg zur Schnittdirektrice war beendet, und Petros hatte sein erstes Schulhalbjahr absolviert. Timo war versetzt worden, was keineswegs selbstverständlich gewesen war. Das Pubertier hatte ihn im Griff, und seine Noten waren so rapide schlechter geworden, wie sich der Flaum auf seiner Oberlippe verdichtete. Er begann, seinem Vater Hamil sehr ähnlich zu sehen. Manchmal war er noch kindlich kuschelig, öfter jedoch stur und stachlig.

Nach dem Essen spielten sie Monopoly. Othman gewann und gähnte laut.

„Zähne putzen und ab in die Koje", ordnete Maike an.

„Dürfen wir noch eine Runde am Tablet spielen?", fragte Timo.

Maike nickte. „Ja, aber nur eine." Sie stand auf und machte Platz für die Jungs. „Ich spüle", sagte sie zu Petros und zwängte sich an ihm vorbei.

Er nutzte die Gelegenheit, um ihr einen Klaps auf den Po zu geben, der in einer megakurzen, ausgefransten Jeanshorts steckte. Darüber trug sie nur ein Bikinioberteil. „Ich trockne ab", verkündete er.

Auf See ging alles seinen gemächlichen, routinierten Gang. Ab und zu liefen sie, wie gestern, einen Hafen an, um die Duschen zu nutzen, das Frischwasser aufzufüllen, und ein bisschen griechisches Flair zu genießen. Aber am schönsten fand Maike die Abende, an denen sie wie jetzt in einer windgeschützten Bucht ankerten, um sich herum nichts als die Berge und das Meer.

Später saß sie mit Petros auf dem kleinen Freisitz im Heck des Bootes. Die Sonne stand tief, und die Berge waren in rosiges Licht getaucht. Am Himmel kreiste ein Vogelpaar.

Petros deutete hinauf. „Leonorenfalken", sagte er.

„Wunderschön", seufzte Maike und schaute dem Sonnenuntergang zu, der das Meer langsam purpurn färbte.

„Möchtest du ein Glas Wein?", fragte Petros.

Sie schüttelte den Kopf.

„Wieso nicht?"

„Weil ..." Sie suchte seinen Blick. Plötzlich bekam sie Herzklopfen.

„Weil?" Forschend sah er sie an.

„Ich ... hm, ich war gestern shoppen, als wir im Hafen lagen. Und ... und heute Morgen ..." Wieso hatte sie denn mit einem Mal Angst davor, es ihm zu sagen?

„Was war heute Morgen?" Petros runzelte die Stirn.

Sie fasste sich ein Herz. „Heute Morgen habe ich den Test gemacht. Ich bin schwanger."

Das Boot schwankte, als Petros aufsprang und auf ihre Seite kam. Er zog sie hoch, nahm sie in die Arme und hielt sie fest, so fest, dass es ihr die Luft nahm.

„Hilfe", ächzte sie und lachte, als er sie freigab. All ihre albernen Befürchtungen waren verflogen. „Freust du dich?"

„Freuen? Das wäre viel zu wenig. Ich habe mir nichts sehnlicher gewünscht."

„Echt? Das hast du mir nie gesagt."

„Ich wollte dich nicht unter Druck setzen", gab er zu.

„Faule Ausrede", entgegnete sie und drückte einen Kuss auf seine nackte Brust. „Die wirklich wichtigen Dinge sagst du mir immer erst, wenn es keinen anderen Ausweg mehr gibt. Aber da ich das mittlerweile weiß, kann ich damit umgehen."

„Bin ich wirklich so schlimm?", fragte er grinsend.

„Ganz schlimm", erwiderte sie.

„Ich werde mich bessern."

„Besser nicht."

Er lachte und küsste sie. Dann standen sie eng umschlungen an der Reling und schauten der Sonne zu, die ein letztes Mal glutrot aufleuchtete und dann hinter dem Horizont verschwand. Leise schwappte das Wasser um den Rumpf des Bootes und wiegte es sanft. Maike fühlte sich geliebt und geborgen. Sie wusste: Nichts und niemand war vollkommen. Aber dieser Moment hier kam der vollkommenen Glückseligkeit sehr nah.